Alfred Ziermayr

Die Saat des Bösen

Kriminalroman

1. Auflage
Marchtrenk, 2022
www.federfrei.at

Umschlagabbildung:
© ysbrandcosijn - Adobe Stock
Lektorat: E. Zahnt
Satz und Layout: Verlag federfrei
Printed in EU

ISBN 978-3-99074-180-1

Alfred Ziermayr

Die Saat des Bösen

Kriminalroman

federfrei
www.federfrei.at

Samtliche Protagonisten dieses Romans, ihre Namen und ihre Handlungen sind frei erfunden, etwaige Ähnlichkeiten mit lebenden oder verstorbenen Personen nicht beabsichtigt.

Gewidmet der Stadt Gmunden
und seinen liebenswerten Bürgern.

Prolog

Salzkammergut Rundschau, 10. September 2018

Brutaler Mord im Juwel des Salzkammergutes,
Gmunden

Gestern am späten Vormittag wurde auf dem Grünberg in der Bezirkshauptstadt Gmunden die Leiche des bekannten Wirten Heinrich Wiesauer aufgefunden. Der passionierte Jäger besitzt auf dem Hausberg der Gmundner eine kleine Jagdhütte, in der es augenscheinlich zu dem Verbrechen kam. Einem ersten Polizeibericht zufolge ist Wiesauer durch mehrere Schüsse in den Kopf getötet worden. Auch die Hütte war schwer in Mitleidenschaft gezogen, das Mobiliar teilweise zertrümmert, Laden und Schränke waren durchwühlt worden, es sah ganz danach aus, als hätte der Täter fieberhaft nach etwas gesucht. »Am schlimmsten aber war die Art und Weise, wie Wiesauer zu Tode gebracht wurde, sie erweckte den Eindruck einer Hinrichtung, als wäre der Täter von einem unbändigen Hass gegenüber seinem Opfer erfüllt gewesen«, berichtete der sichtlich geschockte Postenkommandant Inspektor Hörpoldtseder von der Stadtpolizei Gmunden.

Besonders tragisch ist auch, dass der Tote von einem seiner Söhne entdeckt wurde. Er war von Wiesauers Frau losgeschickt worden, um nach dem Rechten zu sehen. Sie hatte sich bereits Sorgen gemacht, weil ihr Mann längst zurück hätte sein sollen und auch auf ihre mehrmaligen Telefonanrufe nicht reagiert hatte. Die Familie Wiesauer steht unter psychologischer Betreuung.

»Es ist unfassbar, dass ein derartiges Verbrechen, dass an Mafiamethoden erinnert, in einer so bezaubernden Stadt, mit seinen friedliebenden und weltoffenen Bürgern, wie Gmunden passiert, fast ist man versucht, an die Schändung des Paradieses zu denken«, kommentierte der Bürgermeister der Stadt Johann Saicht in einer ersten Stellungnahme. Seine ganze Anteilnahme gehöre jetzt den Hinterbliebenen des Ermordeten, die diesen schweren Schicksalsschlag zu verkraften haben.

Aber auch das Loch, dass Wiesauer durch seinen tragischen Abgang in die Hotel- und Gastgewerbeszene reiße, sei wohl kaum zu stopfen. »Heinrich war nicht nur ein fürsorglicher Familienvater, mit dem Herzen auf dem rechten Fleck, er war auch ein Wirt von altem Schrot und Korn, ein gestandener Gastronom, dem das Wohl seiner Gäste über alles ging. Darüber hinaus ein Mann mit hohem Gemeinschaftssinn. Jahrelang war er Gemeinderatsmitglied, Funktionär und Ehrenmitglied in etlichen Vereinen und Organisationen. Einer wie Heinrich ist nicht zu ersetzen«, schloss der Bürgermeister und rief die Bevölkerung der Stadt auf, die Polizei bei ihren Ermittlungen auf das Loyalste zu unterstützen, um den brutalen Täter, oder die Täterin, seiner gerechten Strafe zuzuführen.

Kapitel 1

Nachdenklich ließ er die Zeitung sinken. Ein erster Bericht. Im Großen und Ganzen so, wie er zu erwarten war. Offensichtliche, wenig aussagkräftige Fakten, zu früh für Spekulationen und Mutmaßungen, die Ermittlungen steckten gerade mal in den Kinderschuhen.

Den Verfasser des Artikels kannte er über zwei Ecken. Dieter Stummer. Ambitionierter, aber mit mäßigem Talent ausgestatteter Schreiberling für die Salzkammergut Rundschau Netter, nach außen hin harmlos erscheinender Kerl, so eine Art »Everybodys Darling«, allerdings mit der für seinen Berufsstand nicht unüblichen Tücke im Blick. Gelegentlich waren sie sich im Café Lehmann über den Weg gelaufen und hatten das eine oder andere Bier zusammen getrunken. An sich war er ja nicht so der Typ, der voreilig jemanden an sich heranließ, dazu war er zu vorsichtig, zu misstrauisch, in gewisser Weise auch zu melancholisch. Nun, er war auch nicht sonderlich daran interessiert neue Bekanntschaften zu machen. Aber Stummer hatte so eine unverbindliche, unbedarfte Art auf Menschen zuzugehen, eine selbstverständliche Art, die sich jeglicher Scheu entledigte. Mangelndes Schreibtalent schien er durch eine Leichtigkeit in der zwischenmenschlichen Kontaktaufnahme zu kompensieren. Und das bei einem äußeren Erscheinungsbild, das ihm nicht gerade das Prädikat »Wunschschwiegersohn« umhängte. Schmuddelig, mit nach hinten gekämmten langen Haaren, die, so wie sie aussahen, nur sporadisch einer Wäsche unterzogen wurden, stets schlampig rasiert und mit rot geränderten Augen – nicht vom vielen Schreiben, sondern von einem schwer bezähmbaren Hang zum Glas –, schien er es darauf anzulegen, als verkannter Poet und Dichter, der an der Schlechtigkeit seiner Mitmenschen schwer zu tragen hatte, wahrgenommen zu werden.

Es war nicht so, dass die beiden sich offiziell verabredeten. Man lief sich eher zufällig über den Weg, was allerdings bei der häufigen Anwesenheit Stummers im Lehmann schon wieder als kein Zufall zu betrachten war. Man saß an der Theke und plauderte. Dabei übernahm Stummer den Großteil der Konversation. Er war eher der Zuhörertyp. Wie hieß es so schön? »Reden ist Silber, Schweigen ist Gold.« Gut so, die Leute quasseln sowieso viel zu viel, geben zu viel von sich preis, demaskieren sich, plärren mit, wenn sich wieder einmal ein geltungssüchtiger Politiker medienwirksam für strengere Datenschutzgesetze stark macht und erzählen im selben Atemzug, jedem der es hören will oder auch nicht, frank und frei, von ihren bevorzugten Sexualpraktiken. Ein fataler Exhibitionismus. In seiner Situation könnte sich so etwas dramatisch auswirken. Aber er war nie einer gewesen, der sein Herz auf der Zunge trug, gewisse Dinge behielt man besser für sich, überhaupt persönliche. Ein Verdacht war schnell geschürt und ein Strick schnell gedreht, die Wichtigmacher und Speichellecker saßen allzeit in den Starlöchern. Schlafende Hunde sollte man nicht wecken!

Wahrscheinlich hatte die gemeinsame Vorliebe für Basketball den Umgang mit Stummer begünstigt. Basketball war immer ein Thema gewesen, bei dem sogar er sich ereifern konnte. Vermutlich mit der Muttermilch aufgesogen. Hineingeboren in die Zeit, in der Basketball in Gmunden – wiewohl international bis dato von keinerlei Relevanz – so richtig Fahrt aufnahm, zum echten Hype wurde – nicht zuletzt durch die nimmermüden

Hände seiner zum Großteil ehrenamtlichen Mitglieder. Eine echte Leidenschaft, die seine Wortkargheit vergessen machte und sich in einer ungehemmten Diskussions- und Argumentationslust ergoss. Als kleiner Bub und später noch als Jugendlicher hatte er selbst im Verein gespielt. Es war sein Traum gewesen, später einmal in der A-Mannschaft zu spielen. Dieser Traum erfuhr sein Ende, als augenscheinlich wurde, dass die meisten seiner Kameraden ihn im Laufe der Zeit um mehr als Haupteslänge überragten, und aus mindestens 1,90 m Höhe auf seinen Scheitel herabblickten. Er war einfach zu klein und zu zierlich für einen Basketballspieler. Damals zog er die Konsequenzen und hörte auf. Er wollte sich die mitleidigen, gelegentlich auch abschätzigen Blicke seiner Kameraden und des Trainers, und die natürlich nie böse gemeinten Scherze bezüglich seiner Körpergröße nicht länger antun. Er wusste, dass er ihnen irgendwann zur Last fallen würde, dass es nur eine Frage der Zeit war, bis sie ihn als lästiges Anhängsel empfinden würden. Es war besser, beizeiten die Notbremse zu ziehen, Einsicht ist schließlich die Mutter der Vernunft.

Die Hoffnung, selbst aktiv im Verein spielen zu können, hatte er begraben, die Sehnsucht und die Liebe zu diesem Sport lebte er als Zuschauer aus. Jedes Wochenende war er auf den Rängen und feuerte seine Mannschaft an. Er kannte alle Spieler der Basket Swans persönlich. Er bewunderte und liebte diese muskelbepackten, hünenhaften Kerle. Wie gerne wäre er einer von ihnen gewesen, wie gerne wäre er selbst da unten gestanden in der Arena, respektiert und gefürchtet vom Gegner, angefeuert von den Fans.

Basketball war im Übrigen das einzige Thema, bei dem das Redeverhältnis zwischen Stummer und ihm einigermaßen ausgeglichen war, das einzige Thema, bei dem er sich gehen ließ, bei dem ihm das Herz aufging. Ansonsten war er verschlossen wie eine Auster, und das war auch gut so, gerade im Umgang mit einem Lokalreporter. Deshalb schärfte er sich ein, auf der Hut zu sein, seine Worte genauestens abzuwägen, wenn ihm Stummer im Lehmann über den Weg laufen sollte. Man durfte den Kerl trotz seiner Affinität zu Bier und Wein nicht unterschätzen, er hatte überall Augen und Ohren und seiner Sensationslüsternheit entsprechend eine Freude daran, Menschen auszuhorchen.

Kurzzeitig hatte er überlegt, ob es nicht besser wäre, sich eine Weile nicht im Lehmann blicken zu lassen, so lange, bis sich die Wogen etwas geglättet hatten. Doch diese Idee hatte er bald verworfen. Besser war es, den Schein der Normalität zu wahren, weiterzuleben wie bisher. Nichts war auffälliger und warf mehr Fragen auf, als ein veränderter Lebensstil. Bis jetzt war alles perfekt gelaufen, alles nach Plan, obwohl, etwas machte ihm zu schaffen: Er fragte sich, ob es nicht von Vorteil gewesen wäre, die Hütte abzufackeln, sie war vollkommen aus Holz. Ein kleiner Kanister Benzin, sie hätte gebrannt wie dürres Laub, etwaige Spuren wären in Rauch und Flammen aufgegangen. Andererseits, das Feuer wäre natürlich weithin zu sehen gewesen, es hätte Tumult gegeben, Spektakel, Auflauf, Feuerwehreinsatz, großes Kino sozusagen. Und natürlich wäre auch die Gefahr eines Waldbrandes nicht auszuschließen gewesen.

Er war sich über Vor- und Nachteile nicht schlüssig, aber es verunsicherte und ärgerte ihn, dass er nicht im Vorfeld an diese Möglichkeit gedacht und sie gründlich erwogen hatte. »Irgendetwas scheint man immer zu vergessen, irgendeinen Punkt, ein Detail, das man nicht berücksichtigt«, konstatierte er. Dabei hatte er sich für seine Tat reichlich Zeit gelassen, sie akribisch durchdacht. Fast ein Jahr lang, von der Beschlussfassung bis zu deren Ausführung, hatte er sich beinahe täglich mit ihr auseinandergesetzt, hatte jeden Schritt tausendmal im Kopf abgespult, sich jede Szene immer und immer wieder vorgestellt, jede Eventualität mit einbezogen.

Wahl hatte er keine gehabt, er musste diese Sache durchziehen, konnte sie nicht auf sich beruhen lassen. Damals, vor einem Jahr war etwas gewaltsam in ihm zerbrochen worden, in Scherben geschlagen, das nie wieder zu kitten war. Damals hatte es einen Klick in seinem unschuldigen, naiven Hirn gemacht, ein Schalter war umgelegt worden. Er war ein anderer geworden, abgestumpft, mitleidlos und kalt. Er hatte die Menschen plötzlich in all ihrer Niedertracht, Bösartigkeit und Selbstsucht wahrgenommen. Nach und nach war er innerlich erkaltet, wie ein ausgebrannter Vulkan, und er wusste, dass ihm nichts anderes übrig blieb, als zu handeln, dass er die bestrafen musste, die ihm das angetan hatten.

Von Anfang an war ihm klar gewesen, dass es keine Kleinigkeit ist, einen Menschen zu töten, auch wenn dieser Mensch nichts anderes verdient hat. Von Anfang an wusste er, dass er keine Emotion zulassen durfte, seinen Schmerz, seinen Hass, seine Abscheu ignorieren musste. Die weitaus meisten Morde passieren im Affekt, das ist auch der Grund, weshalb fast alle aufgeklärt werden. Die Täter haben ihre Gefühle nicht im Griff, sie handeln ohne zu denken, das ist natürlich ein absolutes No Go. Gefühle durfte er nicht zulassen, musste sie schon im Ansatz ersticken. Er war sachlich und rational vorgegangen, hatte funktioniert wie eine Maschine, und genauso würde er auch weiterhin funktionieren. Er hatte sein Herz versiegelt für die große Sache, seine Handlungen, die Mimik, Gestik und Dramaturgie eingeübt, wie ein Schauspieler eine Rolle. Die Ermittlungen hatten schon eingesetzt, es war nicht auszuschließen, dass man auch ihn befragen würde. Nun, er war vorbereitet, beinahe ein Jahre lang hatte er seine Rolle einstudiert.

Kapitel 2

Kern stand am Fenster der Wachstube der Stadtpolizei Gmunden und blickte düster auf den sich leicht im Westwind kräuselnden Traunsee. Hier und da ein Segelboot, das majestätisch durch das Wasser pflügte. Linkerhand der Grünberg, von dem sie vor etwa zwei Stunden zurückgekehrt waren. Schräg dahinter der mächtigere Traunstein, das Wahrzeichen der Gmundner, und in gewisser Weise auch deren Selbstverständnis repräsentierend. Von pathosschwangeren Touristenführern wird der vielgesichtige, exponiert dastehende Kalkklotz gerne als »grimmiger Wächter des Salzkammergutes« bezeichnet. »Mehr als 130 Menschen«, so postulieren sie gerne, »mussten auf diesem Schicksalsberg schon ihr Leben lassen.«

Aber nicht immer sind Leichtsinn, Unvermögen, oder widrige Umstände die Ursache, die Menschen vom »Wächter des Salzkammergutes« herunterpurzeln lassen. Manche bedienen sich seiner auch vorsätzlich als Startrampe in den noch ein Stockwerk höher gelegenen Himmel. Den kuriosesten Fall bildet wohl jener Musiker, der – so die Legende korrekt – adjustiert in weißem Hemd und schwarz befragt, mit dem Cello auf dem Rücken aufstieg, auf dem Gipfel den Göttern ein Ständchen darbrachte, womöglich in der Absicht, beim Oberkapellmeister einen guten Eindruck zu machen, und sich hernach adlergleich die schroffen Klippen hinabstürzte, um hoffentlich einzugehen in die ewigen Himmelschöre.

Kern hatte den Traunstein bis jetzt dreimal bezwungen, das

heißt, um ehrlich zu sein eigentlich nur zweimal. Den ersten Aufstieg, über den sogenannten »Hernlersteig«, hatte er als noch junger Mann vor etwa siebenundzwanzig Jahren gewagt. Blöderweise war dieser Tag ein strahlend blauer Sonntag Anfang Mai gewesen. Nach etwa zwei Dritteln des Weges hatte er umgedreht, weil der Ansturm der keuchenden, schnaufenden, schwitzenden und dennoch stets den Schnabel offen habenden Menschenmassen ihm furchtbar auf die Nerven ging. Er war sich vorgekommen wie auf einem Kirtag – nur die Blasmusikkapelle und die Schießbuden hatten noch gefehlt. Später witzelte er gerne darüber, dass er sich des Eindrucks nicht erwehren konnte, dass diese vielen Menschen drauf und dran waren, den Berg abzutragen. Frustriert war er gegen den Strom schwimmend abgestiegen und im »Moaristidl«, einer beliebten Jausenstation am Ufer des Traunsees beziehungsweise am Fuße des Traunsteins, eingekehrt. Und hier, an diesem paradiesähnlichen Fleckchen Erde, während er bei Würstel im Saft und einer Halben Bier saß, und dessen Gastgarten sich mehr und mehr füllte, passierte etwas, das ihn seine Frustration schnell vergessen ließ.

»Entschuldigen Sie, ist hier noch ein Platz frei?«

Kern schaute auf – und schaute geradewegs in die fragenden blauen Augen einer Prinzessin, die mindestens so tief waren wie der Traunsee an seiner tiefsten Stelle. Bekleidet war die Prinzessin, ganz wie es sich für eine traditionsbewusste Gmundnerin an einem Sonntag gehörte, mit einem dunkelblauen Dirndl mit kleinen weißen Blümchen auf der rosa Schürze.

So hatte alles angefangen. Kern erinnerte sich, wie befangen und nervös er anfänglich dieser hübschen jungen Frau gegenüber war. Ganz im Gegensatz zu Andrea, deren Leichtigkeit ihn allerdings bald ansteckte, sodass er ihr von seinem Abenteuer auf dem Traunstein erzählte.

»Man merkt gleich, dass Sie nicht von hier sind«, lächelte sie ihn kopfschüttelnd an. »Auf den Traunstein geht man nicht an einem Sonntag, schon gar nicht bei so einem Wetter – da rennen alle rauf. Wenn Sie es ruhiger haben wollen und den Berg wirklich genießen möchten, müssen Sie unter der Woche aufsteigen, da stoßen Sie höchstens auf ein paar ehrgeizige Pensionisten. Und der Aufstieg lohnt sich wirklich, man hat einen fantastischen Blick auf den See und bis weit ins Land hinein.«

»Würden Sie mit mir hinaufkommen?«, rutschte es aus Kern heraus, im selben Augenblick überrascht und etwas verlegen über die eigene, bisher nicht gekannte Verwegenheit. »Quasi als Führer«, setzte er kleinlaut und mit Dackelblick nach.

Leicht belustigt schätzte sie ihn ab: »Unter einer Bedingung«, entgegnete sie. Kern sah sie gespannt an. »Auf dem Berg gilt eine Regel. Wir sind per du ...«

So also hatte alles begonnen. An einem Sonntag, im Mai, im malerischen Gmunden. Im Franz-Josef-Park leuchteten überschwänglich die Blumen, vom Rathausplatz herüber erklangen die Klänge des Radetzkymarschs der Stadtmusikkapelle, und aus der Landeshauptstadt Linz war der vielversprechende Polizeischüler und motivierte Gipfelstürmer Kern in seinem alten, rostigen, gerade noch polizeitauglichen orangen Renault angezuckelt, um den Kopf ein wenig freizubekommen. Aber stattdessen hatte sich die Liebe in demselben festgesetzt.

Das war vor siebenundzwanzig Jahren. Eine Menge Zeit. Und eine Menge Wasser, die währenddessen die Traun runtergelaufen war. Siebenundzwanzig Jahre, verpufft wie nichts. Eine Stunde kann sich ziehen wie ein Strudelteig, oder ein Amtsbescheid, siebenundzwanzig Jahre sind dagegen nichts weiter als ein Wimpernaufschlag. Wie relativ das Zeitempfinden doch ist.

Kern war seit damals Stammgast in Gmunden. Sonntägliche Aufwartung bei den Schwiegereltern, die Esplanade – im

Einheimischenjargon die sogenannte »Dodlpiste« – rauf und runter marschiert, wie tausende andere auch, Kaffeehausbesuche, Badetage am Seebahnhof, Schlittschuhlaufen am Krottensee und Segelbootausflüge mit seinem stets Pfeife paffenden Schwiegervater, der nun, seit dem Tod seiner Frau, das Haus am Brunnenweg alleine bewohnte.

Gelegentlich kam Kern auch jetzt noch von Linz runter und besuchte ihn. Dann spielten sie Schach, oder sie saßen bei einer Flasche Veltliner oder Blaufränkischen im Garten und versuchten, die großen Fragen der menschlichen Existenz zu lösen. Manchmal betrachteten sie auch nur pietätsschwer den erhabenen Untergang der großen Blutorange, beide paffend, Kern eine »Genusszigarillo« und sein Schwiegervater seine Pfeife. Das Naheverhältnis der beiden Männer war groß genug, dass sie auch zusammen schweigen konnten, ohne dass es peinlich wurde. Kern mochte und schätzte seinen Schwiegervater als einen Mann, der viel gesehen und viel erlebt hatte, und der trotz der schmerzhaften Schicksalsschläge und des näher rückenden Achtzigers immer noch vital, wach und kompakt wirkte.

Für heute, seinen ersten Tag in Gmunden nach längerer Abstinenz, hatte er sich nach Dienstschluss auch angemeldet. Wenn er schon mal da war, konnte er auch gleich vorbeischauen. Vermutlich würde das in der nächsten Zeit, seit bekannt war, dass er mit dem Fall Wiesauer betraut war, öfter der Fall sein.

Durch das schmucke Trauntor flutete der niemals enden wollende Verkehr wie eh und je. Neuerdings führte auch die Straßenbahn durch und nahm ihren Weg über die im Zuge der Straßenbahn-Bauarbeiten sanierte Traunbrücke Richtung Klosterplatz bis zum Seebahnhof, wo sie an das Schienennetz angebunden worden war und nun bis Vorchdorf fuhr.

Der Bau hatte im wahrsten Sinne des Wortes ziemlichen Staub aufgewirbelt und die Traunseestädter in drei Lager geteilt: die leidenschaftlichen Befürworter, die leidenschaftlichen Gegner und tatsächlich nur eine verschwindend kleine Gruppe von Ignoranten – unzweifelhaft ein Hinweis darauf, wie sehr den Gmundnern dieses Thema unter den Nägeln brannte. Letztlich wurde das Projekt nach mehrjähriger Bauzeit aber verwirklicht und die Straßenbahn mit dem ehemals kürzesten Schienennetz der Welt von gerade einmal 2,315 km um ein Vielfaches verlängert. Überhaupt schien Gmunden von einer Art Bauwelle oder vielmehr einer Art Bauobsession befallen zu sein. Wohin man blickte, schossen diverse Gebäude und moderne Apartmenthäuser wie Pilze aus dem Boden. Was für ein unseliger, leider sehr verbreiteter großmannssüchtiger Ehrgeiz, ging es Kern durch den Kopf.

Es schien, als wollte man unter allen Umständen City sein, modern, stolz, prosperierend, selbstbewusst, weltstädtisch. Nur über die Nutzung des Grund und Bodens an der Schiffslände, da wo einst das malerische Parkhotel stand, darüber schien man sich aus mysteriösen Gründen nicht einig zu werden. Viele Jahre wurde dieses von einer mediterranen Aura umflorte Hotel von drei kauzigen Schwestern betrieben und der Abriss dieses Traditionshauses bedeutete einen herben Schlag für die Hotel- & Gastroszene Gmundens. Bestrebungen zur Errichtung eines neuen Hotels gab es, und der eine oder andere Entwurf fand auch seinen Weg an die Öffentlichkeit. Besonderes Aufsehen erregte der futuristisch anmutende Plan eines anscheinend schwer profilierungsambitionierten Architekten, der nahelegte, dass selbiger eine besondere Affinität zu Star Wars pflegte. Selbst wenig Fantasiebegabte hätten sich ohne weiteres vorstellen können, dass es sich bei diesem Machwerk um die intergalaktische Raumstation irgendwelcher grünen Männchen handelte – Käpt'n Kirk an Enterprise, »Beamen Sie mich rauf, Scotty!«

Verwirklicht wurde bis zum heutigen Tag keines der ehrgeizigen Projekte und das ehemalige Parkhotelareal transferiert zurück in einen hoffnungsspendenden Urzustand, in dem es einen kaum überraschen würde, Adam und Eva anzutreffen. Strauchwerk, Flechten, Gestrüpp, Baumwildwuchs bilden ein wunderbares, verwunschenes, urwaldähnliches Biotop inmitten der Stadt, das keinen Anspruch darauf erhebt, wachgeküsst zu werden.

Auch in kultureller Hinsicht war man nahe dran, die Geschwindigkeitsbegrenzung zu überschreiten. Die Festspiele, Respekt! Da waren rührige, nimmermüde Hände am Werk! Freilich, an der x-ten Reanimation von Thomas Bernhard kam man nicht vorbei, aber sonst! Salzburg. Ja, natürlich, Salzburg – Domingo, die Netrebko! Das wär was, die Netrebko im Stadttheater, du lieber Himmel, das würde Gmunden nach vorne katapultieren, das würde die letzten Ignoranten aufwecken, da müsste man nicht mehr mit dem Regionalteil in den Oberösterreichischen Nachrichten vorlieb nehmen! Mit so einem Kapazunder am Haken würde man die heiligen Hallen füllen und eine ganz andere Klientel und ganz andere Sponsoren an Land ziehen. Freilich, die Hotelsituation in Gmunden war nicht gerade das Gelbe vom Ei. Ein Vier-Sterne-Hotel in der ganzen Stadt – mein lieber Schwan –, man konnte die Netrebko doch nicht in einer Pension unterbringen – vielleicht gar noch »Bed and Breakfest only«!

Nun, es liegt in der Natur des Menschen zu schaffen. Das ist in seiner DNA verankert, wenn man vom Lechner Sepp absah, der seine Tage an diversen Wirtshaustischen mit hochphilosophischen Betrachtungen verbrachte. Kern in seiner Funktion als Kriminalinspektor war da, um einen unschönen Mord im schönen Gmunden aufzuklären – einen Mord, der so überhaupt nicht in diese Idylle passen wollte.

Es war etliche Zeit her, aber früher verkehrte der Herr Inspektor mit seiner Familie gelegentlich im Gasthof Wiesauer. Er konnte sich ganz gut an den Wirten erinnern. Ein umtriebiger Typ mit beachtlichen O-Beinen, gemütlichem Bäuchlein und dienstfertiger Haltung, der gerne auf ein Schwätzchen an die Tische seiner Gäste kam. Dramatisch, so sein Ende zu finden. Der wortgewaltige Herr Bürgermeister und sein Kollege von der Stadtpolizei hatten Recht: Es sah aus, als sei Wiesauer hingerichtet worden, kaltblütig, wie ein Mafiamord, kein mildernder Hinweis auf Affekt. Drei Einschüsse im Kopf-Nacken-Bereich aus unmittelbarer Nähe, dem Zustand des Schädels nach zu schließen beziehungsweise was noch von ihm übrig war. Der Täter hatte ihm die Waffe direkt an den Hinterkopf gesetzt und abgedrückt. Wiesauers Oberkörper lag über den Tisch hingebreitet in einer Blutlache, die Lokalzeitung unter sich, ein noch halbvolles Krügel, blutgesprenkeltes, mit Partikeln von Wiesauers Hirn und Schädelknochen angereichertes Bier vor sich. Die Hütte war von oben bis unten umgedreht worden, als hätte der Täter verzweifelt nach etwas gesucht. Eingangstür sowohl wie auch die Fenster zeigten keine Spuren eines gewaltsamen Eindringens. Wiesauer hatte seinen Mörder also entweder selbst hereingelassen, oder die Türe war unverschlossen, und er war ganz nonchalant durch dieselbe hereinspaziert.

Der Täter kommt also herein, hält mit seiner Waffe Wiesauer in Schach, tritt hinter ihn, ballert ihm drei Kugeln in den Schädel, um auf der sicheren Seite zu sein, durchsucht dann die Hütte und verschwindet wieder.

So einfach war das … so einfach war das.

Kapitel 3

Tod! Leben!

Die Menschen messen diesen Dingen im Allgemeinen zu viel Bedeutung bei, vor allem dem Leben. Sie wollen tausend Jahre alt werden, vorausgesetzt es geht ihnen gut. In ihrer Fantasielosigkeit können sie sich keine andere als die irdische Existenz vorstellen. Dabei ist sie mehr oder weniger belanglos – je nach Schmerz- und Leidensgrad vermutlich. Wir sind einfach, weiter nichts. Kinder des Zufalls, undefinierbare, impulsgesteuerte Wesen, mit Sicherheit das grausamste aller Wesen – und das dümmste! Keinem Tier würde einfallen, seinen Lebensraum zu zerstören.

Wir drehen unsere Lebensrunden, hecheln fraglos und ohne Rücksicht auf Verluste dem hinterher, was uns eingeredet wird für Glück zu halten, und kommen dennoch nie an. Glück ist eine Gnade, einigen wenigen Einfältigen und einigen wenigen Intelligenten wird sie zuteil, der Rest der Menschheit frisst sich durchs Leben bis zum Tod.

Ich wurde im christlichen Glauben erzogen, mit keiner nennenswerten Nachdrücklichkeit, aber dennoch. Taufe, Erstkommunion, sonntäglicher Kirchgang, Besuch der Mette zu Weihnachten, Ostermesse – das übliche Programm des traditionsbehafteten, fidelen Durchschnittskatholiken eben.

Aber ich konnte tatsächlich etwas damit anfangen, diese zwanglose Erziehungsmaßnahme fiel bei mir auf fruchtbaren Boden.

Schon etwas älter, las ich die Evangelien und war schwer beeindruckt von Jesus und seiner Lehre, von seinem Postulat der Liebe, seiner Idee des Vergebens, seine Feinde zu lieben, dem auch die andere Backe hinzuhalten, der dich schlägt. Ich war beeindruckt und bin es immer noch, und ich bin von der Wahrheit und der Richtigkeit seiner Worte nach wie vor überzeugt.

Dennoch habe ich getötet, und ich empfinde keinerlei Bedauern darüber, ich empfinde auch keine Freude darüber, ich empfinde, wenn überhaupt etwas, nur tiefe Trauer. Trauer darüber, was aus mir geworden ist, Trauer darüber, dass ich nicht der bleiben durfte, nicht der bleiben konnte, der ich so gerne gewesen war, dass Umstände in mein Leben traten, die eine bewusste Wesensveränderung unabdingbar machten, und die stark genug war, mich zum vorsätzlichen Mörder werden zu lassen.

Ich wurde gewogen und als zu gering befunden. Oder besser gesagt, mein Glaube und mein Vertrauen, wohl auch meine Demut, wurden auf die Waagschale gelegt, und als zu gering befunden. Ich war und bin mir bewusst, welche Konsequenz mein Vergehen im Sinne des christlichen Bekenntnisses und der Zehn Gebote nach sich ziehen könnte. Dennoch habe ich keine Angst, im Höllenfeuer zu schmoren. Ich habe getötet, weil ich nicht anders konnte, eine Grenze in mir wurde überschritten, die mich zu dieser Maßnahme zwang, ich würde wieder so handeln und ich bin bereit, meine Strafe zu akzeptieren, so Gott überhaupt existiert. Ich verehre Jesus Christus und unterschreibe jedes seiner Worte. Ich kann aber nicht mit Bestimmtheit sagen, an Gott zu glauben oder daran, dass Jesus göttlichen Ursprungs beziehungsweise Gottes Sohn war.

Früher glaubte ich vorbehaltlos, ungeachtet der Tiefschläge, die ich auch da schon einstecken musste. Ich hielt diese Tiefschläge für Prüfungen Gottes, die er mir auferlegt hatte, quasi um mich seiner als würdig zu erweisen. Ich dachte, wenn ich mich bewähre, standhaft bin, stärker als die Bürde, müsse irgendwann eine Belohnung erfolgen, der Aufstieg in eine höhere Sphäre. Jeder Baum, jede Blume, der Sternenhimmel, der Wind, jeder Schmetterling, jedes Lächeln schien mir die Existenz Gottes zu untermauern. Die Welt war für mich rosarot, der Frühlingswind strich durch mein Haar und streichelte meine geröteten Wangen, die Wolken flogen hoch am tiefblauen Himmel, ich lag im saftig-grünen Gras, ein dickes Abenteuerbuch in Händen, umschwirrt von Hummeln und emsigen Bienen, einen Halm im Mundwinkel und flog mit – mindestens bis nach Amerika und weiter, bis zu den Sternen.

Es ist einfach, an Gott zu glauben, wenn man glücklich ist, wenn einem das Leben gewogen ist. Aber irdisches Glück scheint auf die Dauer nicht der Philosophie Gottes zu entsprechen. Er schlägt jene, die ihn suchen, die bereit wären ihn zu lieben, er prüft und enttäuscht sie so schwer, bis sie sich von ihm abwenden.

Ich fühle nur noch Leere in mir. Gott ist tot, gestorben an seinen eigenen maßlosen Ansprüchen. Ich denke nicht ohne Bitterkeit und Zynismus an ihn. Als eine respektable, kuriose Idee, die einigen zum Vorteil gereicht, die meisten aber verstört.

Aber für mich ist diese Idee von keiner Relevanz mehr. Sie tangiert mich nicht mehr, sie macht mir das Leben nicht mehr schwer. Ich wiege meine Handlungen nicht mehr hinsichtlich einer göttlichen Strafe ab. Gottes Tod geht mit dem Tod der Angst einher. Ich habe gelernt Entscheidungen zu treffen und Schmerz und Leid als etwas Relatives zu betrachten. Es ist eine Frage der Einstellung, oder des Hochmutes, beziehungsweise der Leidensfähigkeit, denn ich bin mir im Klaren darüber, das Leid und Schmerz bei entsprechender Dosierung zur Kollaboration führen müssen. Es kommt auf die Dosis an, man kann letztlich den widerstandsfähigsten Menschen zu Tode foltern oder in den Wahnsinn treiben.

Dennoch ist mir noch der Glaube an die eigene Kraft geblieben. Den Willen, den Intellekt, oder besser gesagt glaube ich, nein, weiß ich, dass wir uns diese Charaktervorzüge aneignen können. Wir können uns aus dem Pfuhl ziehen, Dinge in die eigene Hand nehmen und selbst über unsere Handlungen entscheiden. Gott hat damit nichts zu tun. Ich bin zu der Einsicht gelangt, dass er nichts weiter ist als eine Fiktion, eine raffinierte Erfindung, ausgeheckt, um uns ein moralisches Leben schmackhaft zu machen, an dessen Ende als Belohnung das Himmelreich steht. Genauso wie der Teufel nur eine Erfindung ist, mit demselben Ziel, anständige Menschen aus uns zu machen.

Die Wahrheit ist aber eine andere. Es ist belanglos, wie man als Mensch ist. Ob man Gutes tut, oder Böses. Ob man ein Engel ist, oder ein Teufel, es gibt keine ausgleichende Gerechtigkeit, keine Belohnung und auch keine Sühne, so wir sie nicht zeitlebens selbst in die Hand nehmen. Am Ende aber schließen wir die Augen, ob Gut oder Böse, und werden wieder zu dem, aus dem wir zusammengesetzt sind, zu Staub. Da ist kein Himmel, in den wir auffahren, keine Hölle, in die wir hinunterstürzen – da ist niemand, da ist nichts, nur grenzenlose Leere.

Kapitel 4

Kern fuhr stadtauswärts, linkerhand an der Evangelischen Kirche vorbei, die ihn aufgrund ihrer Bauweise immer an Mexico und Mario Adorf erinnerte, vermutlich irgend so ein Spaghetti-Western, den er vor hundert Jahren gesehen hatte und der sich in seinen Synapsen festgefressen hatte. Vor dem Kreisverkehr scherte er rechts aus und stieß in die Schlagenstraße hinein. Während der Besprechung auf der Wachstube hatte er kurzerhand beschlossen, noch seinen Schwiegervater zu besuchen. Er hatte sein Kommen telefonisch angemeldet und der alte Herr wirkte am Telefon aufgeräumt und agil wie immer, auch wenn es anscheinend mit dem Gehör nicht mehr so hinzuhauen schien, wie Kern wegen des gelegentlichen Nachfragens mutmaßte. Vielleicht lag es aber auch bloß an einer schlechten Verbindung. Jedenfalls schien sich der Kapitän, wie er ihn früher manchmal spaßhalber genannt hatte, zu freuen, seinen Schwiegersohn wieder einmal zu Gesicht zu bekommen.

»Ich habe einen schweren Jungen im Keller liegen«, hatte er erklärt und damit einen Cabernet Sauvignon gemeint, »den schaff ich nicht alleine.«

Kern schmunzelte, sein Herr Schwiegerpapa, immer noch der alte Genießer, der keine Gelegenheit ausließ, das Leben zu feiern, auch wenn ihn unisono die wohlbekannte Melancholie erfüllte. Unweigerlich schob sich ihm das Bild Andreas vor Augen. Es war unschwer zu erraten, von wem sie diese einnehmende Art gehabt hatte. Wahrscheinlich war es genau das, weshalb er sich so zu ihr hingezogen fühlte, so gern in ihrer Nähe war. Weil sie auf ganz selbstverständliche Weise sie selbst war. Da war nichts Verstelltes, nichts Aufgesetztes, nichts Falsches und nichts Nachgeahmtes, sie war der authentischste Mensch, der ihm je begegnet war.

Kern richtete seine Aufmerksamkeit auf den holprigen Verlauf der Schlagenstraße, auf der er an einer besonders engen Stelle einen weißen Sportwagen mit offenem Verdeck passierte. Der Fahrer, ein schon etwas in die Jahre gekommener Sunny Crocket-Verschnitt mit schwarzer Ray Ban Sonnenbrille, Armaniflitter und weißer Baseballkappe, exakt so adjustiert wie seine Beifahrerin, war freundlicherweise stehen geblieben und winkte ihn nonchalant vorbei. Er bog links in den Brunnenweg ein und stellte seinen BMW schließlich in der geschotterten Auffahrt seines Schwiegervaters ab.

Zu beiden Seiten der Auffahrt waren üppige Blumenbeete angelegt, Dahlien, Lilientraube, Kapuzinerkresse. Inmitten von großzügig wucherndem Steinkraut, und verschiedenen anderen Pflanzen, deren Namen Kern schon wieder entfallen waren, schienen sie sich sehr wohl zu fühlen. Kern stieg aus und ließ den Blick über dieses Idyll schweifen. Blumenkistchen vor den Fenstern und auf dem Geländer der Terrasse. Zwei, drei Apfelbäume, eine Trauerweide, Himbeersträucher, der mächtige Nussbaum inmitten des Gartens, unter dessen Schatten er früher nach dem sonntäglichen Mittagessen gerne ein Nickerchen gehalten hatte, nichts schien sich verändert zu haben. Der Rasen war frisch gemäht, die Ligusterhecke gestutzt, alles war fast noch genauso gut in Schuss wie zu Lebzeiten von Elsa, der verstorbenen Frau seines Schwiegervaters. Wie schafft der alte Herr das nur alles, überlegte Kern gerade, als ihm Hans Burgstaller, sein Schwiegervater, in Gefolgschaft von Murli, eine seiner drei Katzen, einer grau-schwarz getigerten mit weißen Flecken, mit offenen Armen entgegenkam. Die beiden Männer umarmten einander und schüttelten sich herzlich die Hand.

»Gut schaust du aus, Hans«, sagte Kern, fast ein wenig neidisch, während er den fit wirkenden alten Herrn von oben bis unten musterte. Er hatte eine Gesichtsfarbe, die Menschen, die sich viel an der frischen Luft aufhalten, zu eigen ist. »Und alles so gut in Schuss, inklusive dir, ich habe mich gerade gefragt, wie du das alles hinkriegst?«

»Tja, carpe diem, mein Lieber, carpe diem, aber nicht der Rede wert. Ich habe viel Zeit, weißt du, auch wenn von der, die mir noch bleibt, nicht mehr so viel übrig ist«, grinste er. »Außerdem, ich werde mich hüten, den Garten zu vernachlässigen, Elsa wäre imstande, Schwefel und Asche auf mich herniederregnen zu lassen, wenn ich nicht meine ganze noch verbliebene Manneskraft dafür aufbrächte, mich um ihr Heiligtum zu kümmern. Du weißt ja«, flüsterte er verschwörerisch und mit blitzenden Augen, »dass sie da keinen Spaß verstand.«

Kern nickte bedeutsam. »Tja, das stimmt«, lächelte er, »wenn es um ihren Garten ging, kannte sie kein Pardon.«

»Du sagst es, mein Freund. Ein Herz wie ein Bergwerksstollen, aber unerbittlich wie ein preußischer Feldmarschall, wenn es um ihr Grünzeugs ging.«

»Aber«, dozierte Kern, »der Erfolg gibt ihr Recht, sie hat dich gut hingebogen, der Schüler erweist sich seinem Lehrer als überaus würdig.«

»Verbindlichsten Dank, mein Lieber, vielleicht mach ich auf meinen alten Tagen noch einen Blumenladen auf!«

Kern ließ den Blick über das Blütenmeer schweifen, hielt schnuppernd seinen Zinken in die Luft, und sog seinen zartbittersüßen Duft tief in sich ein. Erinnerungsfetzen blitzten in seinem Kopf auf, Fragmente, seine Schwiegermutter in der

Küchenschürze, auf der Terrasse stehend, gestikulierend mit einem Kochlöffel wie ein Stabsführer, um die Familie zum gemeinsamen Mittagsmahl zusammenzutrommeln, den Kapitän und sich selbst im Schatten unter der Trauerweide bei einer Partie Schach, die Kids selbstvergessen in der Sandkiste, der Duft von gegrillten Koteletts und Gelächter vom Nachbargarten herüber. So wird es nie wieder werden, huschte es Kern durch den Kopf.

Murli rieb sich schnurrend und mit steil erhobenem Schwanz an seinem Fuß. Er ging in die Hocke und kraulte ihr den Nacken. »Sag mal, was sollte denn das vorhin heißen, dass nicht mehr viel Zeit übrig ist?«

»Ach«, winkte Hans ab, »keine Sorge, mir fehlt nichts. Aber der Achtziger steht vor der Tür, da geben einem die alten Knochen gelegentlich zu verstehen, dass man nicht ewig lebt.«

»Papperlapapp«, beschwichtigte Kern, »du wirst mindestens hundert!«

»Um Himmels willen«, winkte der Kapitän kopfschüttelnd ab und forderte Kern auf, ihm ins Haus zu folgen, wo sie vom Duft von frisch durch den Filter tropfenden Kaffee empfangen wurden. Murli war mit konsequent erhobenem Schwanz hinterdrein getrottet.

»Da bekomme ich dich ja jetzt vielleicht öfter zu Gesicht, nach dieser unseligen Geschichte mit Heinrich?«

Kern nickte bedächtig. »Ja, das wäre gut möglich, wenn du nichts dagegen hast. Ich möchte mich aber nicht aufdrängen.«

»Na hallo, rede keinen Unsinn! Ich bin froh, wenn ich gelegentlich eine Ansprache habe. Immer vor dem Idiotenkasten zu sitzen ist auch nicht gerade die Erfüllung, überhaupt bei diesem Schrott, den sie einem heutzutage servieren.«

Kern war sich nicht sicher, ob da nicht ein zarter Vorwurf mitgeschwungen hatte. Nicht ganz zu Unrecht, wie er sich eingestehen musste. Es mochte wohl mehr als drei Monate her sein, seit er seinen Schwiegervater das letzte Mal besucht hatte. Er nahm sich fest vor, dass zu ändern. War doch nichts dabei, gelegentlich bei ihm vorbeizuschauen, auf eine Partie Schach, oder ein Bummerl.

Überhaupt musste er etwas ändern in seinem Leben, wieder mehr unter die Leute gehen, nicht dass er noch zum Kauz wurde, zum Sonderling. Sich eine sinnvolle Freizeitbeschäftigung suchen, vielleicht einen Schnitzkurs besuchen, das hatte ihn schon immer interessiert, oder vielleicht sollte er seine Memoiren schreiben, Titel: »Aus dem Leben eines Bullen«, oder »Was Sie schon immer über Bullen wissen wollten«. Kern nahm sich fest vor, ab sofort sein Leben zu ändern.

Und als Erstes wollte er damit beginnen, sich mehr um seinen Schwiegervater umzusehen. Eine dreiviertel Stunde Fahrt von Linz nach Gmunden, an der Entfernung konnte es nicht scheitern.

»Entschuldige, mein Lieber«, sagte sein Schwiegervater lächelnd, als hätte er seine Gedanken gelesen, »jetzt bin ich wohl ein wenig melodramatisch geworden, das muss dieses verflixte Alter sein.«

»Ach was, du hast ja Recht! Ich weiß selbst nicht, weshalb ich nicht öfter komme – aus Gedankenlosigkeit vermutlich. Man lebt in seinem Trott dahin und bemerkt nicht, wie einem die Zeit davonläuft. Dabei könnte mir ein bisschen Abwechslung und ein gelegentlicher Abstecher in dieses Paradies wirklich nicht schaden – vielleicht bekäme ich dann auch so eine gute Farbe wie du! Weißt du was? Wir schließen einen Pakt, ich komme dich alle drei, vier Wochen besuchen und du weihst mich in die Geheimnisse der Gartenkunde ein.«

»Ach du liebe Güte, nur nicht so hastig mit den jungen Pferden«, grinste Hans, während er eine Pfeife mit trichterförmigem Kopf aus seinem Etui auswählte, und sie sorgsam mit Landtabak stopfte, »ich verstehe ja selbst nichts davon. Alles, was ich mache, ist in der Erde buddeln, den Samen einlegen, Unkraut jäten, fleißig gießen und Stoßgebete gen Himmel senden, dass sie gedeihen mögen.«

»Na, dann scheinst du ja einen guten Draht nach oben zu haben.«

»Ja, der liebe Gott liebt die Gärtner«, entgegnete er und entzündete die Pfeife.

Kern musterte seinen Schwiegervater. »Es ist nicht immer leicht, stimmt's?«

»Nein, natürlich nicht«, seufzte er, »aber es ist in Ordnung, wie es ist und wir sitzen beide im selben Boot, nicht wahr?« Kern nickte.

»Weißt du, ich habe meinen Frieden gemacht, und das solltest du auch tun.«

»Ja, ich weiß.«

»Hast du nie daran gedacht, wieder zu heiraten?«

»Schon, aber Andrea ist mir immer noch so lebendig, sie spukt ständig in meinem Kopf herum, ich kann mir derzeit einfach nicht vorstellen, dass eine andere Frau ihren Platz einnehmen könnte – ich bring sie nicht aus meinem Kopf.«

»Vielleicht willst du sie bloß nicht aus deinem Kopf bringen. Du musst lernen los zu lassen, du bist niemandem etwas schuldig. Du bist ein guter Vater und warst ein wunderbarer Ehemann, Andrea hat dich über alles geliebt. Aber ich bin sicher, auch sie würde wollen, dass du dir wieder jemanden suchst, es ist auf die Dauer nicht gut, alleine zu sein.«

»Du bist doch auch alleine.«

»Ich bin ein alter Mann und du gerade mal knackige fünfzig.«

»Fast zweiundfünfzig!«

»Na!«

»Du hast Recht, ich bin ein einsamer Wolf, überhaupt jetzt, wo die Kinder aus dem Haus sind. Manchmal höre ich die Stille atmen und dann kommen alle möglichen Gedanken hoch und ich denke zurück, wie erfüllt diese Räume einmal waren, vom Leben und Lachen, vom Schabernack der Kinder, und dem Geist Andreas, von ihrem positiven Wesen. Ich habe verstanden, was für ein unverschämtes Glück ich mit ihr hatte, aber das habe ich eigentlich auch schon begriffen, als sie noch lebte. Scheiße, manchmal bin ich immer noch so wütend, dass mir, dass uns das passiert ist, und dann auch wieder dankbar. Immerhin durfte ich über zwanzig Jahre mit dieser wunderbaren Frau verbringen.«

»Schön, wenn du es so sehen kannst«, erwiderte Hans, »es ist der richtige Zugang.«

»Klar, du hast Recht.«

Der Kapitän nickte. »Was meinst du, ich glaube, jetzt ist es an der Zeit, den Cabernet zu köpfen, er hat jetzt genug geatmet – du bleibst doch heute hier, oder?«

»Nur, wenn's keine Mühe macht.«

»Schau dich um, ein ganzes Haus für zwei Männer! Du kannst im Gästezimmer schlafen. Ist lange her, dass da jemand übernachtet hat. Ist aber alles sauber und entstaubt, ich hab ja neuerdings eine Putzfrau.«

»Was du nicht sagst?!«

»Ja, Caroline, die Tochter einer Nachbarin, die sich ein bisschen was dazu verdienen möchte. Sie ist zurzeit noch in Karenz, alle vierzehn Tage übernimmt sie das Kommando, flitzt wie ein Derwisch durchs Haus und ich muss das Feld räumen, wenn ich nicht unter die Räder kommen will. Ihr Jüngstes, Maximilian, ist gerade mal ein Jahr.«

Hans pusselte mit einem Pfeifenbesteck sorgfältig den Pfeifenkopf aus, wischte mit einem Stück Küchenrolle nach und machte sich anschließend in der Küche zu schaffen. Wenig später kehrte er mit dem Wein, einer Karaffe Wasser und Gläsern auf einem Tablett zurück, welches er vorsichtig auf dem Terrassentisch platzierte.

»Und, morgen einen strengen Tag?«

»Wie man's nimmt, jedenfalls laufen morgen die ersten Einvernahmen an. Familienmitglieder, Angestellte, Freunde usw. Hast du Wiesauer gekannt, ich meine näher?«

»So lala, ich habe meinen Stammtisch dort, alle vierzehn Tage, die alten OKA-Veteranen – die halt noch übrig sind. Werden auch von Jahr zu Jahr weniger.«

»Und?«

»Boah, schwer zu sagen, in Menschen sieht man nicht rein. Meiner Meinung nach ist … war er ein sehr umtriebiger Wirt, der sein Geschäft verstand, noch einer von altem Schrot und Korn. Gelegentlich ließ er eine Runde springen, begrüßte die Gäste mit Handschlag. Nur das Personal hat oft gewechselt, was seltsam war, also bis auf zwei, Michael und Gerhard, die scheinen mir schon ewig und drei Tage da zu sein.«

»Ist das nicht üblich im Gastgewerbe, dass das Personal häufig wechselt?«

»Wahrscheinlich. Sicher. Ist uns einfach nur so aufgefallen. Denn kaum hatte man sich an jemanden gewöhnt, war er oder sie meist auch schon wieder weg, immer wieder neue Gesichter. Manchmal gab es ganz offensichtlich ziemliche Spannungen zwischen den Angestellten und Heinrich, vor allem mit Markus.«

Kern musterte seinen Schwiegervater aufmerksam.

»Einmal, als ich auf die Toilette musste, bin ich zufällig Zeuge geworden, wie die beiden sich angebrüllt haben.«

»Was, neben den Gästen?!«

»Nein, nein, das nicht. Aber wenn man aufs Häuschen will,

muss man am Büro vorbei und da habe ich sie gehört, durch die geschlossene Tür!«

»Und worum ist es gegangen?«

»Kann ich nicht genau sagen, ich hab nur kurz angehalten, eher aus Schreck, wollte nicht spionieren. Aber so viel hab ich mitgekriegt, dass Heinrich dem Kellner vorgeworfen hat, dass er nichts taugt.«

»Und ist dieser Markus noch in der Firma?«

»Nein, schon eine ganze Weile nicht mehr, was schade ist. War ein netter Kerl, hat es gut mit den Gästen verstanden, war flott und aufmerksam. Keine Ahnung, was Heinrich an ihm auszusetzen hatte.«

Hans schenkte Wein nach. Die Zubringerstraße fuhr ein Auto herauf, derselbe Sportwagen, dem Kern bei der Herfahrt begegnet war, wie er im einsetzenden Dämmerlicht zu erkennen glaubte.

»Wie friedlich es hier ist«, sagte er und lehnte sich behaglich in seinem Stuhl zurück.

»Wie man's nimmt«, entgegnete sein Schwiegervater mit feiner Ironie in der Stimme und paffte einen Kringel in die Weite des Alls.

Kapitel 5

Es kommt darauf an, Entscheidungen zu treffen, wie ich ja schon erwähnte. Und diese dann unbeirrbar umzusetzen, aller Kleinmütigkeit zum Trotz. Die meisten Menschen prahlen, schmieden große Pläne, hauen auf den Tisch, was sie nicht alles vorhaben, oder was sie nicht alles aus ihrem Leben machen wollen, wahrlich, sie haben ihren Lohn bereits erhalten. Am nächsten Morgen haben sie aber schon wieder vergessen, wovon sie am Abend zuvor so großspurig redeten. Sie sind wie dürre Blätter im Herbstwind, die bald hierhin, bald dorthin treiben. Sie treffen keine Entscheidungen, höchstens vielleicht, womit sie sich zu Mittag vollstopfen, oder welchen Schwachsinn sie sich im Fernsehen reinziehen. Sie sind nichts weiter als Mitläufer, Kanonenfutter, steuerbare, großmäulige Marionetten, leicht zu manipulierendes, rückgratloses Wahlvieh, das sich keine größere Katastrophe vorstellen kann als ohne Fernseher, Handy oder Auto auskommen zu müssen.

»Wer aber handeln will, muss das Tor zu seinen Zweifeln fest verschließen«, sagt Nietzsche. Er hat Recht, er hat tausendmal Recht! Eine Sache durchzuziehen adelt einen Menschen, hebt ihn ab von der dumpfen Masse. Einem Menschen, der handelt, ist nichts unmöglich. Das heißt nicht, dass alles gelingt. Handelnde Menschen sind im Scheitern groß. Handeln bedeutet Unabhängigkeit, bedeutet frei im Geiste sein. Freilich ist der handelnde Mensch immer auch ein einsamer Mensch, er hat nichts mit der Masse gemein. Im Gegenteil, er legt sich mit ihr an, daher sind seine Prüfungen anspruchsvoller, er muss seinen Weg immer alleine gehen, unbeirrbar, so wie ich. Ich muss meinen Weg alleine gehen, immer weiter, bis zum bitteren Ende, wenn es sein muss, aber aufrecht.

Bevor ich zur Handlung schreiten konnte war es notwendig, mein Wesen zu verändern. Ich konnte unmöglich der bleiben, der ich war, dieser Habitus hätte mir eine Tat in diesem Ausmaß unmöglich gemacht. Ich gewöhnte mir an, Mitgefühl durch Teilnahmslosigkeit, Weichheit durch Härte, Wohlwollen durch Missgunst und Verachtung, Natürlichkeit durch Kalkül, und Anteilnahme durch Zynismus auszutauschen. Vorerst in kleinen Schritten, wie sich denken lässt, denn eine Radikalwendung dieser Art erfordert behutsames Vorgehen, Zeit und konsequentes Training. Man erschafft einen neuen Menschen – oder sollte ich sagen ein Monster – nicht über Nacht. Rom wurde schließlich auch nicht an einem Tag erbaut.

Die Korrektur war aber unabdingbar, um einerseits meinen Plan ausführen zu können, und andererseits um ein amateurhaftes, dilettantisches Vorgehen auszuschließen, das mich in Nullkommanichts der irdischen Gerichtsbarkeit überantwortet hätte. Erschwerend kam hinzu, dass niemand meine Verwandlung bemerken durfte. Nach außen hin blieb ich der berühmte harmlose, nette, höfliche Bursche von nebenan, der einer alten Lady über die Straße hilft, der Verständnis für Heiratsabsichten von Schwuchteln aufbringt, und der dauergrinsend Nachbars sabbernden Köter Gassi führt. Kurz, der, den jeder mochte und ausnützte und dem niemand ein derartiges Verbrechen zutrauen würde. Innerlich aber vollzog ich systematisch eine Wandlung – nicht vom Saulus zum Paulus, sondern vice versa, in umgekehrte Richtung!

Ich begann, zwei Identitäten zu leben. Damit unterscheide ich mich vermutlich nicht maßgeblich von einem beträchtlichen Teil der wahlberechtigten Bevölkerung, mit dem Unterschied, dass bei mir die Show vorsätzlich und im vollen Bewusstsein abging. Nebenbei bemerkt möchte ich nicht wissen, was sich hinter den Fenstern und Türen so mancher schmucker Häuschen mit penibel geschniegeltem Gärtchen abspielt, welche Tragödien da hinter vorgezogenen Gardinen stattfinden, und welche Typen, von denen man es nicht erwarten würde, mit einem Januskopf herumlaufen.

Ich fing mit Bildern an. Opfer von Gewaltverbrechen: Erhängte, Erstochene, Erschossene, Ertränkte, Erschlagene, sogar Gesteinigte. Menschen sind sehr fantasiebegabt, wenn es darum geht, einem anderen das Lebenslicht auszublasen, und das segenreiche Internet erlegt sich da keinen Zwang auf und bietet diesbezüglich einen schier unerschöpflichen Fundus an Bildern, wenn man weiß, wo man schauen muss. Anfangs kämpfte ich oft mit Brechreiz, ein- oder zweimal hab ich mich tatsächlich angekotzt, aber man gewöhnt sich an alles – selbst der Magen unterliegt der Gewöhnung und wird mit der Zeit resistent. Nach einer Weile bereitete es mir keinerlei Probleme mehr, neben der Betrachtung solcher Bilder mein Abendessen einzunehmen. Eine weitere Maßnahme war, dass ich Berichte über Gewaltverbrechen studierte. Ich ging sie im Kopf durch, versuchte mich in die Rolle des Täters zu versetzen. Wie war er vorgegangen, wie bekam er seine Nerven in den Griff, seine Anspannung, seine Nervosität?

Ich hatte zuvor erst einmal eine echte Leiche gesehen, die meiner Großmutter. Sie war neunundachtzig und an Altersschwäche gestorben. Ich war damals knapp zwanzig Jahre alt und bin vor dem offenen Sarg gestanden. Ich war dermaßen gefangen vom Anblick der toten Frau, dass ich die Umgebung um mich herum vergaß. Sie sah aus wie eine Puppe, starr, mausetot und doch in gewisser Weise so präsent, dass es mir kalt über den Rücken lief. Ein Verwandter, der hinter mir stand um ebenfalls Abschied zu nehmen, legte seine Hand auf meinen Arm und murmelte mir in der Annahme, ich sei vollkommen erschüttert, ein paar begütigende Worte ins Ohr, damit ich wieder zu mir kam.

Damals war mir die Bedeutung der Worte »Tot« und »Endgültig« erstmals bewusst geworden, genau genommen hatte es mich wie ein Keulenschlag getroffen. Wenn man tot ist, ist man nicht mehr, aus, vorbei, Ende der Durchsage! Wie unvorstellbar das war! Mir war nicht klar, weshalb das plötzlich so eine Bedeutungsschwere für mich hatte. Ich hatte das Leben nie besonders wertgeschätzt. Was hatte es mir bisher geboten, außer Enttäuschungen, unerfüllte Träume und Schmerz? Dennoch, jetzt im Angesicht dieser leblosen Hülle, dieses maskenhaften, wächsernen, entseelten Wesens vor mir, überkam mich eine abgrundtiefe Traurigkeit. Nicht wegen meiner Großmutter, wir waren uns nie besonders nahe gestanden, sondern weil mich das Gefühl überkam, selbst nicht wirklich zu leben. Ich funktionierte, ja, das war schon was! Morgens, nach dem Aufstehen musste ich aufs Klo, ob ich wollte oder nicht, und irgendwann bekam ich Hunger und Durst. Ich hatte das Privileg, diese elementaren Dinge stillen zu können, wann immer ich wollte, und schließlich wurde ich irgendwann müde, ein weiches frisch bezogenes Bett wartete auf mich! Das war viel, ich weiß, viel mehr, als Millionen von Menschen für sich in Anspruch nehmen können!

Und dennoch, wo war das, was man Glück nannte? Wo war das, was meine Sehnsucht stillen konnte? Ich lebte nicht, zumindest meiner Auffassung nach davon nicht. Es war, als stünde ich neben mir, als beobachtete ich diesen jungen Mann, wie er krampfhaft versuchte zu leben, glücklich zu sein, wie er all die Dinge gewissenhaft erledigte, die ein »organisches« Leben überhaupt erst ermöglichten, und wie er immer und immer wieder anrannte auf seiner Suche nach Leben und Glück und Erfüllung, und wie er immer wieder scheiterte.

Während ich die Leiche meiner Großmutter betrachtete, fühlte ich mich in gewisser Weise selbst als Toter, fühlte mich selbst als Leiche. Aber dennoch war da noch etwas anderes. Ganz tief in mir nahm ich plötzlich ein mattes Lichtlein wahr, ein winziges, kleines Flämmchen und ich begriff, oder glaubte zumindest zu begreifen, dass dieses kleine Lichtlein den Unterschied ausmachte. Diese Lichtlein war das Leben, war mein Leben!

In seltenen Momenten loderte dieses Licht sogar auf, und ich bekam eine Ahnung davon, wie das Leben sein könnte: voll Sex, voll Lust, voll Vögeln, Lachen und Singen. Aber in Realita war es natürlich nicht so, meine DNA schien nicht derartig ausgerichtet zu sein. Vielmehr legte sie den Grundstein für ein stilles, zurückhaltendes, introvertiertes Wesen, dem jedes Draufgängertum völlig fremd zu sein schien, und es daher umso mehr bewundert und … beneidet – ein Wesen, dem es nur in seltenen Momenten vergönnt war, selbstvergessen zu sein und aus sich herausgehen zu können. Vornehmlich bei sportlichen Wettkämpfen.

Leider läuft es derzeit nicht ganz so gut, der Meistertitel ist nicht mehr zu holen. Meiner Meinung nach fehlt gegenwärtig ein bisschen die Leichtigkeit, die Unbedarftheit, der Esprit. Früher war ihnen gar nicht der Gedanke gekommen, dass sie verlieren könnten! Die Burschen geben ihr Bestes, sie wollen natürlich gewinnen. Aber gerade dieser stete Gedanke an das unbedingt gewinnen Wollen, diese Erfolgszwanghaftigkeit, löst auch die Angst vor einer Niederlage aus, was zu einem verhaltenen Spiel führt und damit zu der einen oder anderen Niederlage. Letztlich stellt man die eigenen Fähigkeiten in Frage, was im Übrigen auch der Fluch vieler ehemaliger erfolgreicher Sportler ist. Irgendwann, nach all den grandiosen Erfolgen und der Dominanz, gehen sie der Leichtigkeit, der Unbedarftheit verlustig, die Siege bleiben aus und der Zweifel hält Einkehr – sagte nicht einer der größten Feldherren aller Zeiten, Napoleon: »Sobald der Zweifel in deinem Kopf ist, hast du die Schlacht verloren«, Napoleon und Nietzsche, zwei Brüder im Geiste!

Nun, ich hatte nicht vor, meinen Zweifeln auch nur einen Spaltbreit die Türe zu öffnen, der Beschluss war einstimmig gefasst und abgesegnet, er war in Stein gemeißelt! Die Vorbereitungen waren im Gange, ich nahm mir Zeit, denn ich wusste, dass der schlimmste Feind des Erfolges die Eile ist, eine Aufgabe zu schnell getan, ist in den allermeisten Fällen schlecht getan!

Manchmal kam mir mein Vorhaben irreal vor, aberwitzig, mir war aber klar, dass dies bloß Sendboten des Zweifels waren, Nietzsche und Bonaparte hatten schließlich davor gewarnt. Im Übrigen bin ich zu der Ansicht gelangt, dass Zweifel aber auch daraus resultiert, dass wir uns ganz allgemein zu wenig zutrauen. Mangelndem Selbstvertrauen wiederum liegt nicht zuletzt eine unzureichende Vorbereitung zugrunde, und ist damit der Geburtshelfer des Scheiterns, Punktum!

Zwei Dinge waren mir wichtig bei meinem Unterfangen. Erster und wichtigster Punkt, Wiesauer musste wissen, wer sein Richter und Vollstrecker war, das hieß, dass ich ihm bei der Tat Aug in Aug gegenüberstehen wollte. Ihn auf größere Distanz mit einem Gewehr zu töten kam für mich, abgesehen von der Unsicherheit eines tödlichen Schusses aus der Entfernung, nicht in Frage. Das Zweite war, er musste über sein Vergehen, seine Schuld in Kenntnis gesetzt werden, er musste vor seinem Abtritt erfahren, was er mir angetan hatte und für welch ein Schwein ich ihn hielt. Ich wollte ihn wimmern sehen, ich wollte ihn um sein armseliges Leben betteln sehen … ich wollte Rache.

Alles war auf Schiene gebracht, alles war im Laufen, jetzt ging es darum, mich für die Tat bereit zu machen, mich hart und gefühllos zu machen, um im entscheidenden Moment nicht die Nerven zu verlieren. Mit jedem Tag hatte ich mehr das Gefühl, einen neuen Menschen zu erschaffen, wurde stärker und entschlossener und ich erkannte das ungeheure Potential, das in mir schlummerte – das in jedem Menschen schlummert. Es geht darum, den Willen zu mobilisieren, jeden Hemmschuh über Bord zu werfen, dann ist im Grunde nichts unmöglich!

Kapitel 6

Insgesamt wirkte der Raum recht freundlich, wenn auch eine Spur zu düster, was wohl daran liegen mochte, das er gen Norden hin ausgerichtet war. Aber die klobigen Holztische waren sauber gedeckt, mit Tischtuch, weißer Deckserviette, Trockenblümchen und Menage. Die Wände zierten Reproduktionen von Landschaften und Stillleben, bei deren Auswahl ganz offensichtlich reine Willkür Pate gestanden hatte. Außerdem hingen einige Respekt gebietende Geweihe, die einmal die Häupter kapitaler Hirsche krönten, an den Wänden. Gottlob hatte man von der Aufmachung ausgestopfter Tiere Abstand genommen, wie sie in so manchen Gaststuben immer noch sehr beliebt sind, und die auf recht vielsagende Weise das makabre Liebesverhältnis mancher Jäger zu Tieren widerspiegelt.

An die massive Sitzbank des Stammtisches lehnte sich der gemauerte Kachelofen, aufgemotzt mit Fliesen aus der Gmundner Keramikmanufaktur, natürlich im berühmten, grüngeflammten Muster, dem man ansah, dass er in der kalten Jahreszeit eine behagliche Wärme abgab. Die Stühle mit einem ausgeschnittenen Herz in der Lehne waren zur Bequemlichkeit der Gäste mit hellgrün gestreiften Sitz-Pölstern belegt.

An diesen Stammtisch nun bat die Chefin des Hauses, Frau Wiesauer, Kern und seinen jungen Kollegen, der sich ihr als Klement, Inspektor Klement, vorstellte, und der Kern nicht zum ersten Mal vom Landeskriminalamt beigestellt wurde, Platz zu nehmen.

Brigitte Wiesauer war von eher kleiner, leicht gedrungener kompakter Statur, strahlte dabei aber eine gewisse feldwebelhafte Robustheit aus, sodass man sich ohne weiteres vorstellen konnte, wie sie mit eiserner Hand die Küchengeschicke des Restaurants lenkte. Sie war in etwa in Kerns Alter, vielleicht ein, zwei Jahre jünger und ihr dunkelbraunes, straff nach hinten gekämmtes und zu einem Dutt zusammengefasstes Haar verstärkte den Eindruck, dass man es bei ihr mit einem sehr energischen Menschen zu tun hatte. Trotz der zur Schau getragenen Beherrschtheit entsprach ihr übriges Erscheinungsbild aber weitestgehend dem Bild, das man sich für gewöhnlich von einem Menschen macht, dessen Ehegatte zwei Tage zuvor auf so tragische Weise zu Tode gekommen war. Blaugraue Ringe unter den graugrünen Augen, schlaffe, fahle Wangen, ein Zeichen durchwachter Nächte, der typische, nach innen gerichtete Blick, der nicht akzeptieren kann und will, was passiert ist. Insgesamt ein Mensch in Grau, verloren im Kosmos des nicht Begreifbaren, der alles Sein in Frage stellt.

»Sie müssen Ihre Pflicht tun«, hatte sie mit leiser Stimme entgegnet, als Kern ihr sein Bedauern über den schweren Verlust ausdrückte, und darüber, ihr in diesen schweren Stunden dennoch einige Fragen stellen zu müssen.

»Ist Ihnen Ihr Mann irgendwie verändert vorgekommen in der letzten Zeit, anders als für gewöhnlich? Oder hat er irgendetwas gesagt, dass Ihnen seltsam vorkam?«, war Kerns erste Frage.

Die Wirtin starrte unverwandt auf die Tischplatte, als stünden auf der weißen Deckserviette Antworten geschrieben, dann schüttelte sie langsam den Kopf. »Nein, Heinrich war wie immer.«

»Keine Anzeichen von Nervosität, Aufgeregtheit, Fahrigkeit, Anspannung?«

»Nein, nichts dergleichen, am Donnerstag war er sogar besonders gut gelaunt – wie meistens, wenn er zur Hütte fuhr.«

»Mhm«, nickte Kern.

»Fuhr er oft zu dieser Hütte?«, fragte Kollege Klement.

»Nach Möglichkeit jede Woche – meistens donnerstags, nach dem Mittagsgeschäft, um ein wenig runter zu kommen, um zu entspannen und Abstand zu gewinnen.«

»Und er blieb über Nacht in der Hütte und kam am nächsten Tag zurück?«

»Genau.«

»Und Ihr Mann war immer alleine unterwegs, will sagen, er war ganz alleine in der Hütte?«

»Ja, natürlich!«, entgegnete die Wirtin abrupt und plötzlich mit einer Schärfe in der Stimme, die Kern aufhorchen ließ.

»Wenn man Tag für Tag im Geschäft steht, sehnt man sich gelegentlich nach Ruhe und Stille und danach, alleine zu sein«, erläuterte die Wirtin, als wolle sie sich für den vorangegangenen Ausbruch rechtfertigen.

»Natürlich«, entgegnete Klement und nickte.

Kern war plötzlich wachsam geworden, musterte die Wirtin, die sich wieder gefasst hatte und genauso lethargisch, die Hände im Schoß und in sich gekehrt, dasaß wie zuvor. Er versuchte in ihrem Gesicht zu lesen, versuchte sich ein Urteil darüber zu bilden, ob es etwas geben könnte, dass die Wirtin ihnen verschwieg. Die Frage Klements vorhin war nicht ganz astrein, denn das Opfer hält man im Allgemeinen, schon alleine aus Pietätsgründen, für über jeden Verdacht erhaben. Diese Frage aber, so unschuldig sie vielleicht auch gemeint war, war provokant, sie nötigte geradezu zu Spekulationen.

Mein Mann war meistens gut aufgelegt, wenn er zur Hütte fuhr …

Nur wegen der Hütte und der Einsamkeit? Die heftige Reaktion der Wirtin auf Klements Frage schürte Misstrauen. Kern fragte sich, wie er an ihrer Stelle auf diese Frage reagiert hätte. Vermutlich genauso, war die lakonische Antwort. Die Frau ist angeschlagen, sie trauert, sie hat abrupt und völlig ohne Vorwarnung ihren nächsten Menschen verloren, befindet sich in einer Sinnkrise, und dann diese ziemlich taktlose Frage, die latent unterstellte, dass er sich dort vielleicht mit jemand anderem, vielleicht gar mit einer anderen Frau getroffen haben könnte.

Mein Mann war meistens gut aufgelegt, wenn er zur Hütte ... Mal ganz ehrlich, nur wegen der Hütte und der Einsamkeit? Oder war da noch etwas?

»Haben Sie und Ihr Mann noch telefoniert an diesem Abend?«

»Nein, es gab keine Veranlassung dazu.«

»Aber er hatte sein Handy dabei, oder?«

»Sicher, aber er hatte es eigentlich meistens ausgeschaltet, wenn er in der Hütte war. Er nahm es nur mit für Notfälle.«

Die Wirtin hielt inne, weil ihr die tragische Ironie des Sachverhalts bewusst wurde.

»Die Sache ist nur die, dass kein Handy gefunden wurde. Weder in der Hütte noch im Auto, auch nicht in der Kleidung Ihres Mannes.«

Die Wirtin starrte Kern an. »Das verstehe ich nicht«, sagte sie.

»Nun, es muss nicht von Bedeutung sein«, sagte Kern, »wir wollten uns lediglich vergewissern, ob Ihr Mann ein Telefon bei sich hatte.«

»Aber welche Rolle spielt es, ob er eins dabei hatte oder nicht?«

»Vielleicht gar keine, wie gesagt«, erklärte Klement.

»Aber die Tatsache, dass es bis jetzt nicht auffindbar war, könnte darauf hinweisen, dass es von Bedeutung ist.« Kern machte eine Pause. »Vielleicht hat er es ja auch nur verlegt, irgendwo außerhalb der Hütte, zu Hause, oder er hat es verloren. Es könnte aber auch der Täter an sich genommen haben.«

»Ich kann mir nicht vorstellen, dass mein Mann sein Telefon verloren hat, oder dass er es verlegt hat, das passt nicht zu ihm, ganz und gar nicht. Heinrich war ein sehr gewissenhafter Mensch und immer bestens organisiert. Nachlässigkeit duldete er nicht, weder bei sich noch bei unseren Angestellten.«

Während Kern seinem Kollegen den Großteil der Befragung überließ, beobachtete er die Frau, die da vor ihm mit in sich gekehrter Miene und steifem, durchgedrücktem Rücken saß und ins Nirwana starrte. Als Kriminalinspektor, zu dessen Berufsbild es gehörte, Tag für Tag mit den tiefsten Abgründen menschlichen Verhaltens konfrontiert zu werden, hütete er sich davor, vorschnell Mutmaßungen über Menschen anzustellen. Aber wenn er die Wirtin betrachtete, wurde er das Gefühl nicht los, dass da etwas war, dass sie mit sich herumschleppte und dass sie ihm nicht sagen wollte. Doch mit Einschätzungen und Spekulationen musste man vorsichtig sein, man bedient sich ihrer nicht selten, um den bequemen Weg zu gehen, um zu vereinfachen und es sich leicht zu machen. Sein Gefühl konnte auch trügen, nicht selten genug ist man das Opfer seiner Paranoia, der Divergenz zwischen Wunschvorstellung, Fiktion und dem, wie es wirklich ist.

»Dann bleibt wohl nur letztere Variante«, unterbrach Klement Kerns Kontemplation.

»Sie meinen, der Mörder hat das Handy meines Mannes mitgenommen. Aber wozu?«

»Tja«, zuckte Klement mit den Schultern.

»Wie viele Arbeitskräfte beschäftigen Sie, Frau Wiesauer?«

»Dreizehn sind in Jahresstelle bei uns beschäftigt und in den Sommermonaten kommen noch drei bis vier Praktikanten bzw. Saisonkräfte dazu«, entgegnete sie.

»Und wie ist es mit dem Personal?«

»Was soll damit sein?«

»Gab es irgendwelche Probleme, Zwischenfälle, irgendetwas, das Ihr Misstrauen weckte?«

Die Wirtin schüttelte den Kopf. »Nein, alles bestens.«

»Und das Geschäft läuft gut?«

»Wir können uns nicht beklagen.«

»Arbeiten noch andere Familienmitglieder im Geschäft mit?«

»Tobias, unser jüngerer Sohn, er führt den Betrieb. Wir haben letztes Jahr an ihn übergeben.«

Kern nickte. »Eine beträchtliche Herausforderung für einen jungen Menschen.«

»Tobias macht das sehr gut. Er hat frischen Wind in die Firma gebracht, und er kommt sehr gut an bei den Gästen.«

»Ihr Mann hat aber immer noch im Betrieb mitgearbeitet?«

»Ja, sechs Tage in der Woche – in einem Gasthaus, das von 9 Uhr Früh bis Mitternacht geöffnet hat, geht die Arbeit nie aus.«

»Verstehe.«

»Und die Zusammenarbeit zwischen Ihrem Mann und Ihrem Sohn hat gut geklappt?«, mischte sich Klement wieder ins Gespräch.

»Ja, sicher. Hin und wieder gab es kleine Meinungsverschiedenheiten, aber sonst …«

»Worin haben diese Meinungsverschiedenheiten bestanden?«

Die Wirtin zuckte mit den Schultern. »Das Übliche eben«, entgegnete sie. »Jung und Alt. Tobias wollte modernisieren, da und dort Veränderungen vornehmen, moderneres Kartendesign, das Flaschenweinangebot erweitern, das Speisenangebot den Bedürfnissen der Zeit anpassen, dem Trend der Zeit Rechnung tragen. All diese sogenannten sozialen Medien nutzen, Facebook, Internet, all dieses Zeug – mein Gott, der Junge ist keine dreißig und voller Tatendrang. Er glaubt an diese Dinge und der Erfolg gibt ihm Recht!«

»Ihr Mann konnte da wohl nicht mehr so mit?«

»Nun ja, er hatte seine Probleme damit, und er war der Meinung, dass es bis jetzt auch gut gelaufen ist. Er tat sich schwer damit, dass die Jugend ihrer eigenen Nase folgt, andere Vorstellungen, andere Wünsche und Träume hat, das übliche Generationsproblem eben. Ein alter Baum ist eben nicht so leicht zu versetzen. Aber mein Mann gab sich Mühe, versuchte sich für diese Dinge zu begeistern, und er war drauf und dran sich drein zu finden. Er hatte begriffen, dass man sich nicht gegen den Zug der Zeit stellen kann, er war halt diesen Dingen gegenüber misstrauisch und er tat sich schwer loszulassen, was ja auch kein Wunder ist, wenn man bedenkt, dass er das alles aufgebaut hat.«

Klement schien diesmal mit der Antwort der Wirtin zufrieden zu sein, er hakte nicht weiter nach.

»Eine Frage noch, Frau Wiesauer. War es Tobias, der Ihren Mann gefunden hat?«

Ein Schatten huschte über das Gesicht der Wirtin, bevor sie antwortete.

»Nein, das war Jakob, unser Älterer.«

Kern musterte sie aufmerksam. »Und arbeitet Jakob auch ...«

»Nein, er hilft nur gelegentlich aus«, fiel ihm die Wirtin ins Wort. »Er arbeitet im Lagerhaus, das Wirtsgeschäft hat ihn nie interessiert. Ganz anders als Tobias, der war von Anfang an Feuer und Flamme.«

»Verstehe«, entgegnete Kern.

»Was hältst du von ihr?«, versuchte Klement seinem Vorgesetzten auf die Schliche zu kommen, während sie im Stadtcafé bei einer Melange und einem Großen Braunen saßen.

Inspektor Kern blickte geistesabwesend aus einem der großen Fenster hinaus auf den Schubertplatz. Vor der gegenüberliegenden Würstelbude hatte sich, wie üblich um die Mittagszeit, eine kleine Menschentraube gebildet. Am öffentlichen Schachplatz, unter der Linde, gleich daneben, lieferten sich zwei ältere Gentlemen eine Partie des Königsspiels, vier, fünf Kiebitze sahen zu. Die Menschen, die am Caféhaus vorbeiwuselten, blickten zu den Fenstern rein. Manche unverwandt, als hofften sie drinnen etwas Besonderes zu erspähen, manche nur kurz und stolz, als reagierten sie bloß aus Höflichkeit auf die sie Beobachtenden von innen.

Es war ein Tag ganz nach Kerns Geschmack. Mitte September, verhangen, der erste hübsche Hochnebel, der die Luft mit einer leichten Feuchtigkeit erfüllte und eine prickelnde Temperatur, die die Haut pikste und bei der man sich auf magische Weise verjüngt fühlte.

Vereinzelt saßen Raucher in Decken gehüllt im noch voll bestuhlten Gastgarten und bliesen ihre Schwaden auf den Traunsee hinaus – ein Schiff wird kommen, ging Kern die Textzeile eines bekannten Liedes durch den Kopf.

»Ich meine, hattest du nicht auch das Gefühl, dass sie irgendetwas verschweigt?«

Das Lokal war gut gefüllt mit männlichen und weiblichen Stammtischrunden, zumeist älteren Semesters, mit Tageszeitunglesern und Hochglanzmagazinleserinnen, mit entspannungsbedürftigen Schülern und Typen, die nur mutmaßlich einzuordnen waren.

Kern kannte das Lokal von früher, als er gelegentlich mit Andrea hier verkehrte. Soweit er sich erinnern konnte, hatte sich kaum etwas verändert, außer dass man den seeseitigen Raum, in dem er und Klement gerade saßen, mit einer in allen Farben des Regenbogens schillernden Bar verschandelt hatte.

Ansonsten waren der Charme und die Patina des Cafés, vor allem im gewölbeartigen inneren Raum, großteils erhalten geblieben, genauso wie jener der beiden schon ein wenig in die Jahre gekommen Fräuleins, die, so schmunzelte Kern boshaft in sich hinein, wohl seit der Eröffnung des Cafés hier ihren Dienst taten.

»Sag mal, hörst du mir überhaupt zu?«, insistierte Klement.

Draußen ordneten die Schachkontrahenten bedachtsam ihre Figuren zu einer neuen Partie. Der leicht ironische Blick Schuberts, dem die großzügigen Gmundner einen Platz samt Büste gewidmet hatten, weil er 1825 einige Wochen hier weilte, lag auf ihnen. Am Horizont, quasi aus den Nebelschwaden, tauchte langsam und mystisch ein Dampfer der hiesigen Schifffahrtslinie auf – das Narrenschiff, ging es Kern durch den Kopf, der unvergessene Oskar Werner, Heinz Rühmann und Lee Marvin in Paraderollen.

»Klar hör ich dir zu.«

»Und, was meinst du?«

»Wozu?«

»Na zur Wirtin!«, schüttelte Klement entnervt den Kopf. »Hast du nicht auch das Gefühl, dass sie uns etwas verschweigt?«

Kern rieb sich das Kinn. »Ja«, antwortete er zögernd. »Aber vergiss nicht, dass sie gerade ihren Mann auf sehr tragische Weise verloren hat. Nach solch einem Schicksalsschlag benehmen sich Menschen oft merkwürdig, anders als man es von ihnen gewohnt ist.«

»Hast Recht, Chef«, erwiderte Klement schon wieder versöhnt.

Kern lächelte, sein junger Kollege war ein Charmebolzen, der über ein sehr einnehmendes Wesen und die beneidenswerte Unbefangenheit der Jugend verfügte. Genauso wie die beiden Fräuleins, die trotz ihrer Nähe zum Herbst ihres Lebens einen ungewöhnlichen Esprit und etwas rührend Mädchenhaftes ausstrahlten.

»Zahlen!«, wollte Kern gerade rufen, als sich vor ihrem Tisch plötzlich ein großer, etwas schmuddelig wirkender Kerl aufbaute.

»Entschuldigung die Störung, die Herren«, legte er mit einer leichten Verbeugung los, »mein Name ist Stummer, Dieter Stummer. Ich arbeite als Redakteur für das Bezirksblatt hier in Gmunden. Sie sind doch die Herren von der Kripo, die im Fall Wiesauer ermitteln, nicht wahr?«

Kern und Klement musterten ihn misstrauisch, ganz nach guter alter Polizeimanier. Klement konnte sich nicht des Eindrucks erwehren, dass dieser trotz der frühen Tageszeit bereits über einen etwas schweren Zungenschlag zu verfügen schien.

»Weshalb kommen Sie auf die Idee, dass wir von der Kripo sind?«

»Nun ...«

»Schon gut«, nickte Kern seinem Kollegen zu. »Was können wir für Sie tun, Herr ...?« »Dieter, ich meine Stummer, Dieter. Nun ja, wie ich bereits erwähnte, bin ich Reporter bei der hiesigen Zeitung, und ich wollte fragen, ob Sie schon irgendetwas haben, ob es schon irgendwelche Anhaltspunkte gibt, beziehungsweise Erkenntnisse, Spuren oder Verdachtsmomente im Mordfall Wiesauer?«

»Sehen Sie, Herr Stummer, die Ermittlungen haben gerade erst ihren Anfang genommen, es ist also unmöglich, jetzt schon irgendetwas Konkretes zu sagen. Es wäre auch grob fahrlässig, irgendwelche Aussagen bloß auf Vermutungen oder Theorien zu tätigen. Sie können aber davon ausgehen, dass wir die Presse miteinbeziehen werden, sobald handfeste Sachverhalte auftauchen, und dass wir natürlich unser Möglichstes tun werden, um das Verbrechen aufzuklären.«

»Glauben Sie, dass der Täter …«

»Wie gesagt, Herr Stummer«, fiel Kern ihm ins Wort, »es ist noch viel zu früh für irgendwelche Spekulationen.«

»Verstehe«, entgegnete Stummer, ganz und gar nicht überzeugt. »Aber ich darf Ihnen doch wenigstens meine Karte dalassen«, bat er und überreichte Kern mit den Worten »Sie können mich zu jeder Tages- und Nachtzeit anrufen« eine Visitenkarte, die auf recht authentische Weise ihren Adressanten widerspiegelte: zerfleddert und ziemlich schmuddelig, als hätte er schon jahrelang darauf gesessen.

»Junge, das war ja vielleicht ein Typ«, meinte Klement, nachdem Stummer abgedreht hatte. »Hat mich ein wenig an diesen schleimigen Journalisten von Österreichs beliebtestem Blatt erinnert – der mit der dicken Zigarre, der immer diese schwülstigen Kolumnen schreibt.«

»Für Unterhaltung ist jedenfalls gesorgt«, schmunzelte Kern und winkte eines der Fräuleins herbei, um zu zahlen.

»Bist eingeladen«, nickte er Klement zu, als dieser seine Brieftasche zückte.

»Der Beauftragte für Ordnung und Sicherheit im Staat entrichtet seinen ergebensten Dank!«, entgegnete Klement zackig.

Kern schüttelte den Kopf.

Kapitel 7

Der Jasmin gehört zur Familie der Ölbaumgewächse. Er ist ein 0,4 bis fünf, in Spalieren sogar bis zu zehn Metern hoch kletternder Strauch. Das natürliche Verbreitungsgebiet des echten Jasmins ist im Himalaya, im Kaschmir und Südwest-China und er blüht dort in Höhen von 1800–4000 Metern von Juni bis September. Die Blüten des Jasmins sind von strahlendem Weiß.

Der Name der Pflanze wurde im 16. Jahrhundert dem persischen »Yasaman« – die Blume – entlehnt und bedeutet »Sinnbild der Liebe.« Er steht für Schönheit, Reinheit und Ordnung.

Ich glaube, Wiesauer hatte sofort einen Steifen, als Jasmin sich bei uns vorstellte. Seine Miene drückte eine Mischung aus Abneigung und Missfallen aus, als ich ihn auf sie aufmerksam machte. Musste dieses Gör sich ausgerechnet in der Mittagszeit um einen Job bewerben, gerade als er sich zum Essen an den Stammtisch setzen wollte? Er war knapp davor gewesen, eine abfällige Bemerkung von sich zu geben, bis ihre Erscheinung seine Netzhaut durch- und in sein Bewusstsein vordrang, wo sie erhebliche Verwirrung stiftete. Von einer Sekunde auf die nächste schlug sein Blick vom ursprünglich missfälligen zum nun lüsternen, lauernden, abschätzenden um. Ich zapfte hinter der Schank gerade ein paar Bierchen und konnte die Räder in Wiesauers verblödetem Schädel förmlich rotieren sehen. Der geile alte Bock, fast sechzig Jahre und schwanzgesteuert wie ein brunftiger Sechzehn-Ender. Vermutlich ließ ihn seine Alte nicht mehr ran. Wen sollte das auch wundern? Zu sagen hatten sich die beiden schon lange nichts mehr, das Einzige, was sie taten, war sich ständig anzublaffen, und immer ging es ums Geld und ums Geschäft, als hätten sie zu wenig davon. Ich hab mich oft gefragt, wie die zwei ihre Nächte verbringen. Keifen sie sich gegenseitig in den Schlaf, oder versöhnen sie sich im Bett wieder, folgen den gehässigen verbalen Scharmützeln am Tag versöhnliche, erotische des Nachts – schwer vorstellbar! Wahrscheinlich schlafen sie in getrennten Betten.

Jedenfalls schienen Wiesauers Augen fast aus ihren Höhlen zu fallen, als er Jasmin jetzt gegenüberstand, oder besser gesagt schienen sie in den prall gefüllten, nicht zu knappen Ausschnitt ihres rosaroten, geblümten Dirndlkleides zu fallen und sich kaum daraus erretten zu können.

Sie sei Studentin der Theaterpädagogik und auf der Suche nach einem Aushilfsjob als Kellnerin, erklärte Jasmin. »Theaterpädagogik?«, hauchte Wiesauer. Ob sie denn schon einmal im Gastgewerbe gearbeitet habe, fragte er mit belegter Stimme. Oh ja, sie habe in Bierzelten und Nachtlokalen ausgeholfen, erklärte sie. Aber dort sei es immer so spät geworden, darum sei sie auf der Suche nach etwas Soliderem, etwas Seriöserem, etwas, wo sie nicht erst im Morgengrauen nach Hause komme.

»Nun ja«, räusperte sich Wiesauer, »wir brauchen immer wieder mal tüchtige, verlässliche Aushilfen«, und am besten wäre wohl, man vereinbare so eine Art Schnuppertag, das wäre für alle Beteiligten am besten, da könne man sich ein besseres Bild von einander machen, ob es passe oder nicht. Wobei er bei ihr aber ein gutes Gefühl habe, bei der Erfahrung, die sie schon gesammelt habe. Allerdings, er müsse sich noch mit Tobias, seinem Sohn, dem Juniorchef des Hauses kurzschließen, der aber im Moment leider nicht verfügbar sei. »Aber«, erklärte er anzüglich, »ich glaube es sieht ganz gut aus, ein bisschen frisches Blut in unseren heiligen Hallen kann nicht schaden, haha.«

Schon drei Tage später war Jasmin das erste Mal im Einsatz. Es war unmöglich, sie anzusehen und an etwas anderes als ans Vögeln zu denken, zumindest für mich. Dabei spiegelte sie keine von diesen prominenten, meistens dem Popbusiness entsprungenen Hochglanzmagazintitelblattschönheiten wider, bei denen von diesen Scheißhausblättern so lange herumretuschiert wird, bis wir sie für makellos und sexy halten. Dabei werden sie völlig irreal dargestellt, sehen aus wie beschissene Barbiepuppen, wie Zombies, M. J. lässt grüßen! Würde man mich so darstellen, würde ich solche Wichsblätter in Milliardenhöhe verklagen! Aber diese selbstverliebte, narzisstische Tuntenclique ist ja dermaßen von sich selbst eingenommen, dass sie sich sogar noch geehrt fühlt, so wirklichkeitsfremd abgebildet zu werden.

Jasmin – die eine oder andere Proportion hätte ihr bei einer Misswahl vermutlich Punkteabzüge beschert, dennoch war sie ein Labsal für das Auge, eine stete Provokation für die Fantasie jedes Mannes, der sein bestes Stück auf dem rechten Fleck hat.

Uns allen – abgesehen von Tobias vielleicht, den seine zickige, farblose Verlobte Berta – Berta!!! Bitte aus welchem Jahrhundert stammt die? Den also dieselbe schwer unter ihrer Fuchtel hatte –, uns anderen, den Kollegen, mir, einschließlich Wiesauer, lief bei Jasmins Erscheinen der Sabber im Mund zusammen. Wir hüteten uns jedoch davor, ihr zu nahe zu treten. In einer von Hollywoodschlampen aufgewiegelten Frauenwelt, in der es für uns traumatisierte Männer schon verfänglich sein kann, einer Frau ein Kompliment zu machen, wollten wir lieber nichts riskieren. Bitte, wie glaubwürdig sind diese Weiber? Vögeln sich die Karriereleiter hinauf und wenn sie sie einige Jahre später die Spitze erreicht haben, entdecken sie die Moral? Da kommt einem doch das Kotzen! Um nicht falsch verstanden zu werden, ich verabscheue Männer, die Frauen Gewalt antun, und hätte ich etwas zu sagen, würde ich für diese Feiglinge, die sich an Schwächeren schadlos halten, wieder die Folter einführen. Daumenschrauben, Streckbank und solche Sachen. Aber diesen Damenschaften aus der Glanz- und Glitzerwelt geht es in erster Linie um Publicity, um Revanche, um Hassbefriedigung.

Wie auch immer, natürlich flachste der eine oder andere gelegentlich mit Jasmin herum, außer Tobias, wie erwähnt, der ehrlich gesagt nicht zu beneiden war. Er bekam von allen Seiten Stoff, auf der einen von seinem tückischen, hinterhältigen Vater, der ihm überall dreinredete und böses Blut machte, auf der anderen von seiner zänkischen Mutter, die ihn ständig maßregelte, und als Draufgabe noch von Berta, die »Eiserne Berta«, oder auch »Berta die Beißzange«, wie wir sie nannten. Manche Esoteriker behaupten ja allen Ernstes, dass sich jeder Mensch das Leben aussucht, das er haben möchte. Du lieber Himmel, wenn das stimmt, dann muss es sich bei Tobias um einen ausgemachten Masochisten gehandelt haben, der glückselig von einem Orgasmus zum nächsten driftete. Warum lief er aber dann mit der Miene eines Amokläufers herum? Ich hab den Typen nie locker gesehen, immer nur angespannt und auf Hochdruck, wie ein Kessel, der kurz vor der Explosion steht. Nicht selten wurde ich Zeuge, wie Junior das Blut in die Birne schoss, wenn sein Vater sich wieder einmal vor den Gästen aufspielte und die Kompetenz und Autorität seines Sohnes ins Lächerliche zog und in Frage stellte. Ich möchte nicht wissen, wie oft Tobias seinem Vater den Tod wünschte.

Wie heißt es so schön im Matthäusevangelium:

»Ich bin nicht gekommen um Frieden auf die Erde zu bringen, dazu bin ich nicht gekommen, sondern das Schwert! Ich bin gekommen, um den Sohn mit seinem Vater zu entzweien und die Tochter mit ihrer Mut-

ter und die Schwiegertochter mit ihrer Schwiegermutter; und die Hausgenossen eines Menschen werden seine Feinde sein.«

Nun, dieser Wunsch wurde ihm jedenfalls erfüllt. Wiesauer mobbt niemanden mehr, und macht niemanden mehr zum Affen. Der Krug war einmal zu oft zum Brunnen gegangen. Dieser lächerliche alte Geck hat bekommen, was er verdient hat. Mögen seine Gebeine in der Hölle schmoren.

Zirka eins dreiundsechzig. Menschen, insbesondere Männer von geringem Wuchs, haben im Allgemeinen einen besonderen Scharfblick für die Körpergröße anderer. Ich kam mit meinen Schätzungen meistens auf einen Zentimeter plus minus heran. Jasmin war in Nullkommanichts vermessen, in der Höhe erreichte sie gut einen Meter und dreiundsechzig Zentimeter, damit war sie etwas kleiner als ich, was mir immerhin eine theoretische Chance einräumte. Aber natürlich ließ ich erst gar keine Hoffnung aufkommen. Ein zurückhaltender, scheuer Typ wie ich, der sich, ganz untypisch für das Gewerbe, in dem er seine Brötchen verdient, für Bücher und Musik interessiert! Abgesehen von Basketball natürlich, eine Leidenschaft, die ich mit vielen Menschen teile, aber dennoch gebrandmarkt mit dem Kainszeichen, wie sollte so einer eine Chance bei Jasmin haben? Einem Mädchen, das vor Vitalität und Lebenslust nur so sprühte. Eine, die nur mit den Fingern zu schnippen brauchte, um die Kerle zum Hecheln zu bringen. Mann, was haben sich diese Flachwichser die Köpfe nach ihr verrenkt!

Manchmal lächelte sie mich an, dann schoss mir sofort das Blut in den Kopf und pulsierte wie Lava in meinen Ohren. Gelegentlich streifte hinter der Schank, wie zufällig, ihr Körper den meinen, was mir augenblicklich einen derartigen Ständer verursachte, dass ich Angst hatte, ich könnte sofort über sie herfallen – mein Gott, wie oft ich mir damals einen runtergeholt habe!

Natürlich schwatzten wir in der Firma gelegentlich miteinander, aber nur Berufliches. Wer welche Tische betreut zum Beispiel, oder wer welchen Dienst übernimmt, solche Sachen. Alles, was nichts mit der Arbeit zu tun hatte, über Privates zu reden, wurde sowieso mit Argusaugen bedacht, das konnte gleich einen Rüffel nach sich ziehen.

»Ich bezahle euch nicht fürs Tratschen«, ätzte der Alte sofort und bekam gleich Schützenhilfe von seiner zukünftigen Schwiegertochter Berta »der Beißzange«, während Junior daneben stand, den Schwanz einzog und wie immer nichts sagte, und runterschluckte. Solange ich zurückdenken kann, herrschte in diesem Haus eine angespannte, vom Alten vergiftete, missgünstige Atmosphäre. Der kleinste Anlass genügte, um runtergemacht zu werden.

Im Grunde war es unmöglich, es einem Menschen wie Wiesauer, der eine beinahe pathologische Antipathie Subalternen und seinen Angestellten gegenüber im Besonderen hegte, Recht zu machen. Wie sehr man sich auch bemühte, man konnte nicht genügen. Wir waren in seinen Augen nichts weiter als ein schweren Herzens geduldetes, minderwertiges, almosenempfangendes, leider notwendiges Übel.

Jasmin, Jasmin, Jasmin, Jasmin!

»Was machst du heute noch?«, fragte sie mich, als wir uns im Aufenthaltsraum, der dem Personal auch als Umkleide- bzw. Essensraum diente, trafen. Die Gäste hatten allesamt relativ früh, und wie auf Kommando, das Lokal verlassen, sodass es sich ergab, dass Jasmin und ich gemeinsam Dienstschluss hatten, und während ich mein Sakko anzog und sie eine leichte Jacke überwarf, stellte sie mir diese klitzekleine, harmlose Frage, welche bei mir augenblicklich eine totale Verwirrung auslöste. Was sollte ich antworten, um Eindruck zu machen, was erwartete sie, wie sollte ich diese Frage auslegen, wie konnte ich sie zu meinem Vorteil nutzen – konnte ich sie zu meinem Vorteil nutzen?

»Gehst du noch etwas mit mir trinken?«, setzte sie lächelnd, ziemlich sicher ahnend, welches Chaos sie in mir angerichtet hatte, nach.

»Klar, klar«, stotterte ich, »sehr gerne!«

Wir verabredeten uns in einem Weinlokal am Marktplatz in der Gmundner Altstadt.

»Es ist bedeutungslos«, sagte ich mir immer wieder während der zirka zehnminütigen Anfahrt, »sie will nur auf einen Drink mit dir gehen, unter Kollegen, weiter nichts. Du warst halt zufällig da, hätte Gerhard oder Michael Schlussdienst gehabt, dann hätte sie einen von denen beiden gefragt, reiner Zufall, erwarte dir nichts.«

Dennoch betrat ich aufgeregt, mit einer Horde vollkommen durchgedrehter Schmetterlinge im Bauch das Lokal, wo sie bereits in einer schummrigen Ecke bei einem gespritzten Wein sitzend auf mich wartete und mir entgegenlächelte. Ich glaube, nie zuvor habe ich mich großartiger gefühlt als in diesem Moment! Ich, mit einem bildhübschen Mädchen, nach dem sich jeder umdreht. Alleine für diesen »Showdown« würde ich Jasmin für immer und ewig lieben.

Mann, ich kann mich noch genau an die verständnislosen Blicke erinnern, die uns, besser gesagt Jasmin, zugeworfen wurden. Sicherlich fragten sich diese Schwachköpfe, was eine Braut wie Jasmin mit einem Allerweltstypen wie mir zu schaffen hat. Mit Recht, wie ich zugeben muss, denn an mir ist, abgesehen von meiner Größe, die leicht unterdurchschnittlich ist, alles Durchschnitt, nichts an mir sticht einem ins Gesicht, aber auch nichts an mir stößt einen explizit ab. Eventuell, dass einem Beobachter mit scharfem Blick meine Augen auffallen könnten, angeblich sind es eindrucksvolle Augen. Hat zumindest meine

Tante Gertrud, die die Aura eines preußischen Feldwebels besaß, einmal bei einer Familienfeier behauptet, worauf die um sie Versammelten pflichtschuldigst nickten. »Deine Augen besitzen Ausdruck, verfügen über Tiefe, und … Sensibilität. Es sind empfindsame Augen, Augen, die mehr sehen als andere, die Augen, vielleicht, eines Künstlers.« Hat alles Tante Gertrud behauptet, mag sein, dass sie schon einen leichten Zacken in der Krone hatte, dennoch fühlte ich mich geschmeichelt. Mehr als das, ich empfand echte Freude über dieses Kompliment. Ich habe nicht viele Komplimente in meinem Leben empfangen, genaugenommen kann ich mich eigentlich nur an dieses eine erinnern.

»Schön, dass du noch mitgekommen bist«, empfing mich Jasmin, nachdem ich mich ihr gegenüber hingesetzt hatte.

Ich versuchte ihr Lächeln zu erwidern und brabbelte etwas in der Richtung, dass ich mich freue, mit ihr hier zu sein. Insgeheim hatte ich aber Bedenken, was ich mit ihr reden sollte. Die Angst, dass wir uns nichts zu sagen hätten und dass unser Treffen schließlich in ein peinlich berührtes Schweigen ausartete, saß mir im Nacken. Eine Angst, die sich allerdings als völlig unbegründet herausstellte. Was studierte Jasmin? Pädagogik, Theaterpädagogik. Sie hatte die wunderbare Gabe, Menschen dazu zu bringen, sich zu öffnen, das Bedürfnis zu wecken, sich mitzuteilen. Nicht einmal eine Auster wie ich konnte in ihrer Gegenwart schweigen. Ich erkannte diesen Kerl kaum wieder, der da mit Jasmin über Gott und die Welt plauderte, der feixte und sich echauffierte, aber ich stellte fest, dass mir dieser Kerl sympathisch war. Wesentlich sympathischer als dieser andere, melancholische, schwer mit sich selbst beschäftigte Typ, der ich eben noch gewesen war, und den ich bedenkenlos gratis auf »Willhaben« angeboten hätte. Sie löste meine Zunge wie nichts, ich konnte mit ihr über Dinge sprechen, wie mit kaum jemandem sonst. Über Bücher, wobei wir in eine hitzige Diskussion über Hesses Steppenwolf gerieten, ein Werk, das ich vorbehaltlos für einen Geniestreich hielt. Nicht selten empfand ich mich selbst wie Harry Haller, der Protagonist dieses Buches, und gelegentlich, in meinen Weltschmerzphasen, bezeichnete ich mich sogar als Steppenwolf. Für mich stellte Haller einen Outsider, einen Helden dar. Haller, ein Typ, der einerseits an seiner Zwiespältigkeit zu verzweifeln droht und andererseits an der Banalität der Menschen und der Welt.

»Aber mal ehrlich«, meinte Jasmin, »worin bitte soll dieses Heldentum Hallers, von dem du da sprichst, bestanden haben?«

»Nun ja«, entgegnete ich, »nun ja, in seinem Anderssein, in seinem Leiden.«

»Welche Leiden bitte waren das?«

»Hmm …«, mir fiel nichts ein, diese wunderbare Frau, die mich mit ihren großen blauen Augen aufzusaugen schien, hatte mich mit Leichtigkeit in die Enge getrieben, mehr, hatte mit wenigen kritischen Worten mein ganzes Selbstverständnis in Frage gestellt. Aber damit war ich noch nicht aus dem Schneider, denn nun legte mir Jasmin ihre Sicht der Dinge dar.

»Findest du nicht«, meinte sie, »dass dieser Steppenwolf ein ziemlich wehleidiger Kerl ist, ein Hypochonder, der sein ganzes Talent und seine ganze Energie damit verschwendet, ständig zu jammern, anstatt irgendetwas auf die Beine zu stellen, ein sich selbst bedauernder Typ, der sich in seinem vermeintlichen Leid gefällt, obwohl er doch augenscheinlich sehr privilegiert ist.«

»Wieso privilegiert?!«, warf ich ein.

»Naja, überleg mal. Anscheinend muss dieser Haller keiner Arbeit nachgehen, dabei betreibt er einen relativ kostspieligen Lebenswandel, verbringt ganze Nächte in Wirtshäusern, muss Miete zahlen, unterhält eine Geliebte. Meiner Ansicht nach handelt es sich bei diesem Harry Haller um einen ausgemachten

Neurotiker, der sich den fragwürdigen Luxus seiner Eskapaden und Marotten dadurch leisten kann, weil er nicht gezwungen ist, einer Arbeit nachzugehen. Er ist niemandes Knecht, niemandem verpflichtet, er muss nicht nach der Pfeife irgendeines Chefs tanzen. Er hängt zu Hause herum, wälzt Schmöker, gefällt sich in seinem Weltschmerz, verplempert seine Zeit und scheut sich im Grunde davor, erwachsen zu werden. Meiner Meinung nach«, setzte sie nach einer kleinen Verschnaufpause, während der sie lächelnd und mit blitzenden Augen mit mir anstieß, fort, »meiner Meinung nach war das überhaupt das große Manko, der Kardinalfehler in diesem Werk Hesses, dass er keine Auskunft darüber gibt, wovon sein Held eigentlich lebt, womit er seine Brötchen verdient. Damit nimmt er dieser Figur die Glaubwürdigkeit. Ein Mensch, der im Berufsleben steht, weil seine wirtschaftliche Lage ihn dazu zwingt, hat meiner Auffassung nach eine wesentlich differenziertere Sicht der Dinge als jemand, der es sich leisten kann, nur die Zeit totzuschlagen. Und infolgedessen hat er auch Sinnvolleres und Produktiveres zu tun, als ständig den Sinn der Welt und sein Dasein zu hinterfragen. Schlicht, er ist zum Beispiel mit so etwas ›Banalem‹ beschäftigt, für eine Familie zu sorgen, seinen Lebensunterhalt zu verdienen.«

Ich konnte die Augen nicht von ihr abwenden, wie sie dasaß, mir gegenüber, der dicke blonde Zopf, der ihr vorneweg über die Schulter fiel. Die weiße Bluse, die über ihren Brüsten spannte wie ein prall gefülltes Segel bei Windstärke zehn. Einen Knopf zu weit geöffnet, sodass meine Blicke vom Schlitz zwischen ihren Zwillingsschwestern wie von einem Magneten angezogen wurden.

Mein Pimmel spielte völlig verrückt, die meiste Zeit hatte ich einen Ständer, dass ich schon befürchtete, er könnte den Reißverschluss meiner Hose sprengen. Ich hätte nicht einmal auf die Toilette gehen können, weil ich sonst aller Wahrscheinlichkeit nach den Plafond unter Wasser gesetzt hätte.

»Alles in Ordnung mit dir?«, fragte sie, und legte dabei ihre Hand auf meinen Arm. Ich schüttelte den Kopf und atmete schwer. »Lass uns gehen«, flüsterte Jasmin.

Gegen 3 Uhr morgens verließen wir die Weinstube, wir waren die letzten Gäste. Draußen nahm Jasmin mich an der Hand und zog mich in die nächste dunkle Ecke. Ich stieß meine Zunge in ihren Mund, schob völlig entfesselt meine Hand unter ihren Rock, zwischen ihre Beine, während die andere ihre Bluse zerriss und in ihren Brüsten wühlte. »Komm mit zu mir«, keuchte ich, während sie meine Hose öffnete und meinen steinharten Schwanz umfasste und die andere auf meinen Mund drückte, und flüsterte: »Heute nicht.« Ich explodierte in wenigen Sekunden in ihrer Hand wie ein bis zum Zerreißen aufgepumpter Luftreifen, in den man eine Nadel stößt. Die Sterne fielen auf mich herab, ein Meteoritenschwarm ging auf mich nieder, ich drang vor in die vierte, fünfte Dimension. Zeit und Raum waren egalisiert, ich hatte das Gefühl, in die Schwerelosigkeit des Weltraums geschleudert zu werden. Ich presste Jasmin mit aller Kraft an mich, rieb meinen Körper an ihrem, saugte mich an ihren Brüsten fest. Ich wollte nichts weiter, als ganz und gar mit ihr verschmelzen, mich in ihr verströmen, in sie hineinkriechen, mit ihr eine nicht mehr auseinanderzudividierende Legierung bilden. Noch einmal bettelte ich heiser, dass sie die Nacht mit mir verbringen möge.

»Das nächste Mal«, entgegnete sie.

»Wann ist das nächste Mal?«, rief ich flehend.

»Schon bald«, antwortete sie tröstend, als sie die Enttäuschung in meinen Augen aufkeimen sah. »Hey, ich versprech's, aber jetzt muss ich noch ein bisschen schlafen, ich muss morgen auf die Uni.« Sie fuhr mit der Hand durch mein Haar, dann legte sie den Zeigefinger auf meine Lippen. »Ich meld mich bei dir«, sagte sie, lächelte mich noch einmal an, dann ging sie.

War das wahr, war das wirklich geschehen, oder hatte ich das alles nur geträumt? Ich stand da, hart an der Mauer, mit immer noch heruntergelassener Hose. Wenn jetzt ein Zeitungsausträger um die Ecke bog, was für ein grotesker Anblick. Ich bückte mich, zog die Hose hoch, stopfte das Hemd hinein. In dem Moment läutete die Glocke der nahegelegenen Stadtpfarrkirche zweimal. Ein wenig erschrocken vom nahen Klang sah ich auf die Uhr, halb vier Uhr morgens. Ich war unschlüssig, nach Hause wollte ich jetzt nicht, ich hätte sowieso keine Ruhe und schon gar keinen Schlaf gefunden. Einer plötzlichen Eingebung folgend querte ich den Marktplatz und ging die Johannesgasse hinauf, Richtung Kirche. Als ich vor der großen Eichenpforte stand, überkamen mich allerdings Zweifel. Ich drückte die Klinke. Abgeschlossen, wie anzunehmen war. Ich hielt kurz inne und flüsterte in einer Anwandlung der Ergriffenheit »Danke«, dann ging ich die Kirchengasse hinunter, schlenderte am Rathaus vorbei zum See und die Esplanade entlang. Nach dem Esplanadencafé ließ ich mich auf einer Parkbank nieder und starrte auf den dunklen See hinaus. Einmal heulte in meinem Rücken jäh ein Motor auf und Sekunden später jagte ein Auto in wahnwitzigem Tempo die der Esplanade parallel entlanglaufende Straße runter.

Still, nur das Wasser des Traunsees, das sacht gegen die Kaimauer platschte. Immer wieder spulten sich in meinem Kopf die letzten Stunden ab. Eine beinahe unerträgliche Sehnsucht nach Jasmin bemächtigte sich meiner. Ich sah sie vor mir, sah, wie ich auf ihr lag, wie ich langsam in sie eindrang, wie sie sich mir stöhnend entgegenpresste, wie ich ihr Gesicht streichelte, mit meiner Zunge über ihre Lippen leckte. Gab es für mich eine Zukunft mit ihr? War es tatsächlich möglich, dass sie etwas für mich empfand, hatte ich eine Chance? Aber was sollte sie an mir finden? Optisch gab ich nicht viel her, reich war ich auch nicht – was also?! Wilde Zweifel ritten mich, Stimmen, die mir einflüsterten, dass Jasmin nur ein Spielchen mit mir spielte, dass ich nichts weiter war als eine Laune, zum richtigen Zeitpunkt am richtigen Ort. Eine Weile spielte ich mit dem Gedanken, in den Traunsee zu springen, mit einem schweren Stein in den Armen. Untergehen, eingehen, endlich nicht mehr gehetzt werden von meinen Zweifeln, von meinen Ängsten, von meinen Enttäuschungen, endlich Frieden finden. Was Jasmin wohl denken würde, wie sie wohl reagieren würde? Würde sie sich Vorwürfe machen, dass sie nicht mit zu mir gekommen war? Würde sie gar Schuldgefühle hegen an meinem Abgang? Nach dem, was zwischen uns vorgefallen war, war das immerhin denkbar. Schon alleine aus diesem Grund verscheuchte ich diese Gedanken.

Das erste Grau mischte sich in den nahenden Tag, der See erwachte zum Leben. Die berühmten Traunseeschwäne, wie immer von einer Horde Enten wie von Trabanten umkreist, reckten die langen Hälse. In der Seemitte konnte ich einen Fischer ein Netz einholen sehen. Kontinuierlich setzte der Berufsverkehr ein, kurzfristig überlegte ich, ob ich Jasmin eine SMS schicken sollte, ließ aber dann davon ab, keinesfalls wollte ich, dass sie sich in irgendeiner Weise unter Druck gesetzt fühlte. Langsam, mit der Zunahme des Tageslichts schwanden die trüben Gedanken, an ihrer Stelle breitete sich Müdigkeit aus. Plötzlich haderte ich wieder, sollte ich, oder sollte ich nicht? Würde Jasmin nicht geradezu eine Nachricht von mir erwarten? Würde sie, wenn sie keine von mir erhielt, es dahingehend interpretieren, dass ich zu wenig Interesse an ihr hätte? Oder würde sie empfinden, dass ich ihr zu sehr auf die Pelle rückte, wenn ich es tat? Schließlich entschied ich mich für eine SMS, sonst würde ich keine Ruhe finden, ich wollte ihr sagen, wie viel mir der vergangene Abend bedeutet hatte. Wenn sie mich für aufdringlich hielt und ich für sie nur so eine Art Laune gewesen war, so eine Art Spielchen, nun, dann würde ich damit klar kommen müssen.

»Hi«, schrieb ich, »bin bis jetzt am See gesessen, bring dich nicht aus meinem Kopf. Danke für den wunderschönen Abend.«

Bevor ich wieder zu grübeln anfangen konnte, ob das die passenden Worte waren, drückte ich auf den Senden-Knopf, dann machte ich mich auf den Weg zu meinem Auto. Eine bleierne Müdigkeit breitete sich in meinem Körper aus, ich war seit knapp vierundzwanzig Stunden auf den Beinen. Zu Hause putzte ich mir die Zähne und wusch mein Gesicht mit kaltem Wasser. Trotz meiner Bettschwere spürte ich eine Unruhe in mir, ob Jasmin zurückschreiben würde. Vermutlich würde sie jetzt noch schlafen, mit einer Nachricht ihrerseits war also aller Wahrscheinlichkeit nach nicht gleich zu rechnen. Ich schaltete das Telefon aus und ließ es in der Küche liegen, dann ging ich zu Bett. Im Dämmerlicht meines Schlafzimmers betrachtete ich wie so oft das Bild des tibetanischen Mönchs an der gegenüberliegenden Zimmerwand. Welch schöne Züge der Mönch hatte und wie wohl bestahlt er zu sein schien – was für ein Verlust für die Damenwelt! –, er war in eine Art Überwurf, oder besser gesagt Tunika gekleidet, wie seinerzeit die privilegierten Römer, die im Senat ihr Unwesen trieben. Das in sich gekehrte Antlitz strahlte tiefe Ruhe aus, Entrücktheit, dennoch, wenn man es ganz genau betrachtete, konnte man in den mandelförmigen Augen des Mönchs Spuren von Unverständnis, von Trotz, durchaus von Empörung lesen.

Ehrlich gesagt habe ich diese Divergenz Chinas, oder jedwedes ähnlich gearteten Landes, nie verstanden, dieses kriegerische, brutale, das mir schwerfällt, auf einen Nenner mit Chinas Jahrtausende alter Kultur zu bringen, dieses riesige Land, das Weise, wie Konfuzius oder Laotsi hervorgebracht hat.

Es ist unfassbar, was einzelne Menschen anrichten können, wenn sie von einer Idee, und sei sie noch so abartig, besessen sind. Und die akute Infektionsgefahr, die von solchen Teufeln ausgeht. Solche Narzissten verlieren völlig den Boden, machen einen großen Sprung nach hinten, anstatt nach vorn, terrorisieren das eigene Volk und unterjochen andere, wozu? Solche Monster sind sogar vermessen genug, so etwas als »Kulturrevolution« zu bezeichnen. Halten sie sich für unsterblich, halten sie sich für Gott? Am Ende sind diese Götter genauso von der Barmherzigkeit andere Menschen abhängig wie normal Sterbliche und sie müssen gefüttert und gewaschen werden, und der Arsch muss ihnen geputzt werden.

In solche Betrachtungen versunken schlief ich schließlich ein und träumte wirres Zeug: der große Vorsitzende, wie er eine Rede auf dem Platz des himmlischen Friedens hält, auf der Tribüne neben ihm stand Wiesauer und prostete ihm mit einem Glas Champagner feixend zu, während im Hintergrund mit gesenktem Haupt und unscheinbar Tobias stand, der gerade von Berta, seiner Verlobten, niedergemacht wurde. Ich konnte nur Teile von dem verstehen, was der große Vorsitzende von sich gab, dahingehend aber, dass das Individuum nichts zähle, dass es von Übel sei und es ausgerottet gehöre, er habe die Absicht, den Einheitsmenschen zu schaffen, alle Menschen gleich unter der Sonne, mit gleichen Gedanken, der gleichen Gesinnung, den gleichen Bedürfnissen.

Plötzlich aber stürmte ein anderer auf die Tribüne und schrie ins Mikrophon: »Ich heiße Gorpatz! G, O, R, P, A, T, Z«, buchstabierte er selbstherrlich, »nicht Bohrsatz! Merken Sie sich das«, brüllte er mit einer Miene ins Mikrophon, die unschwer seine Geringschätzung gegenüber dem Volk verriet. Schließlich skandierten alle auf der Tribüne: »GOR-PATZ! GOR-PATZ! GOR-PATZ!«

Wie aus dem Nichts waren auf einmal Jasmin und ich mit von der Partie, Jasmin, bekleidet mit Jeans und einem schwarzen Top, das ihre herrlichen Möpse perfekt zur Geltung brachte, hatte einen Taktstock und dirigierte den Chor, wobei sie mich nicht aus den Augen ließ, und langsam wurden diese Augen immer größer und größer und starrten mich an und langsam wich alle Freude aus diesen Augen und machten einem abgrundtiefen Entsetzen Platz, da wachte ich auf, mit einer erheblichen Erektion.

Ich stand auf, ging in die Küche und schaltete das Telefon ein. »Ja, ich finde auch, dass es ein schöner, nein, dass es ein wunderschöner Abend war! Melde mich nach der Uni. Jasmin.

PS: Freu mich auf dich!«, stand auf dem Display.

Kapitel 8

Solange Kern zurückdenken konnte, hatte er den Herbst geliebt wie keine andere Jahreszeit. Immer hatte er zu dieser Zeit das unbestimmte Gefühl einer Katharsis gehabt, das Gefühl, endlich angekommen zu sein. Wie eh und je im gleichen Körper zu stecken, aber dennoch beseelt von einem neuen Geist, von Hoffnung, von Zuversicht. Er war sich sehr wohl über den Widerspruch dieses Gefühls im Klaren, das im krassen Gegensatz zur allgemeinen Auffassung über den Herbst stand, denn der Herbst stand für die meisten Menschen im Zusammenhang mit Sterben, mit Tod! Die Natur stirbt! Ein ausgemachter Unsinn. Die Natur stirbt nicht, sie rastet bloß, sie ruht sich aus. Er hatte das immer als einen schönen Symbolismus empfunden, durchaus vergleichbar mit der christlichen Glaubenslehre von Tod und Wiedergeburt und ewigem Leben.

Als Bub hatte er sich gerne mit einem heißen Kakao und einem Buch zurückgezogen, wenn die Tage kürzer wurden, oder er war durch die bunten Wälder seines Geburtsortes geschweift. Er hatte einen Lieblingsplatz gehabt, das sogenannte »Pendel«, ein kleines Waldstück nahe der Kirche, mit Linden, Eichen und Kastanien und Haselnussstauden bewachsen und einer Lichtung auf einem Felsen. Man hatte von diesem Felsen aus einen fantastischen Blick auf den darunter vorbeifließenden Fluss und auf den Nachbarort jenseits des Flusses. In diesem Waldstück stand auch eine Hütte, oder so eine Art Schuppen, der sich in Gemeindebesitz befand und in dem sich über die

Jahre einiges an ausrangiertem Werkzeug und allerlei Gerümpel angesammelt hatte. Der Schuppen war, wie es damals noch üblich war, unversperrt, was praktisch war, wenn einen zum Beispiel ein Regenguss überraschte, oder wenn man beim Rauchen nicht draußen stehen wollte. In diesem Schuppen hatte Kern auch seine ersten Erfahrungen mit dem weiblichen Geschlecht gesammelt, und zwar mit Petra, der temperamentvollen und ziemlich frühreifen Tochter eines Nachbarn der Kerns. Petra war, was die sexuelle Abgeklärtheit betraf, Kern um einiges voraus. »Willst du mich einmal da angreifen?«, sagte sie zu ihm, wobei sie auf einen bestimmten Punkt zwischen ihren Beinen zeigte. »Und jetzt musst du mich küssen«, sagte sie und Kern küsste sie mit hochroten Ohren und einem Herzen, das derart pochte, dass er glaubte, es wolle ihm die Brust sprengen. »Nicht so«, dozierte Petra, »du musst den Mund öffnen.« Kern öffnete den Mund. »Schon besser, jetzt nimmst du noch die Zunge dazu, schieb sie einfach in meinen Mund und ich schieb die meine in deinen, so ist es richtig.«

Aber nicht nur Kern diente der Schuppen als gelegentliches Stelldichein mit Petra, um zu schmusen und sich gegenseitig zu befummeln. Auch Hans, ein älterer Bruder Kerns, traf sich dort manchmal auf ein Schäferstündchen mit seiner Freundin. So zum Beispiel einmal an einem noch lauen Abend im späten September. Die Lichtung leuchtete golden im letzten Sonnenlicht. Hans war bereits da und wartete auf seine Angebetete. Lächelnd ging er schließlich in die Hütte, weil seine Liebste zehn Minuten später immer noch nicht da war, und sie sich manchmal einen Jux daraus machte, sich vor ihm zu verstecken. Wahrscheinlich hat mich dieses Luder schon die ganze Zeit durch das Fenster beobachtet, dachte er und tappte durch das Halbdunkel der Hütte. »Wo bist du denn, meine kleine Hexe?«, lockte er, »na warte, wenn ich dich erwische, werde ich dich bestrafen müssen«, drohte er und hatte eigentlich erwartet, ein Kichern zu hören, stattdessen hörte er ein Knarren. Er drehte sich in die Richtung, aus der er glaubte, das Knarren vernommen zu haben, dabei stieß er mit der Brust gegen etwas Nachgiebiges, aber Festes, Hartes. Bevor Hans noch realisieren konnte, worum es sich bei diesem Gegenstand handelte, griff das Entsetzen nach seinem Herzen und das Blut schien sprichwörtlich in seinen Adern zu gefrieren. Er hob langsam den Blick, in dem Moment hörte er draußen fröhlich sein Mädchen nach ihm rufen: »Hansi, wo bist du? Hansi?«

»Hier ... ich bin hier«, krächzte er. »Nicht reinkommen!« Langsam taumelte er rückwärts dem Ausgang zu, die Augen wie gebannt immer noch auf das Ding gerichtet, das da vom Balken hing und von der Berührung mit Hans sanft hin und her schaukelte. Vor der Hütte lief er direkt seinem Schatz in die Hände, die den Eindruck hatte, einem Gespenst gegenüber zu stehen.

»Da drin hängt einer«, presste er mit schreckgeweiteten Augen hervor. »Unsinn«, entgegnete Monika, seine Freundin. »Wirklich, da hängt einer von einem Balken«, wiederholte Hans. Monika musterte ihn misstrauisch, dann ging sie, zögernd, aber dennoch entschlossen an ihm vorbei, hinein in den Schuppen. »Nicht!«, rief Hans ihr tonlos hinterher, machte aber keinerlei Anstalten sie zurückzuhalten. »Komm, schnell! Lass uns zum Kirchenwirt laufen und Bescheid geben«, sagte Monika, als sie wieder zurück war.

»Der Reiter Sepp hat sich aufgehängt!«, machte wenig später die Neuigkeit im Dorf die Runde. Jeder im Ort hatte den Sepp gekannt, dessen Nachnamen und Herkunft, einschließlich Sepp selbst, keiner kannte – Vater und Mutter unbekannt, ein Bastard. Für alle war er aber immer der Reiter Sepp gewesen, weil er beim Reiter-Bauern als Knecht viele Jahre in Lohn und Kost stand – also zumindest in Kost. Eines Tages war er vor der Hoftür der Reiters gestanden, mit nichts weiter als dem, was er auf dem Leib trug, einem Rucksack auf dem Rücken und einem Wanderstab in der Hand und hatte nach Arbeit gefragt. »Als guter Christenmensch hab ich natürlich nicht lange gezögert und dem armen Teufel Arbeit und ein Dach über dem Kopf gegeben«, wurde der Großbauer Reiter nie müde zu erzählen.

Der Sepp war ein harmloser Sonderling gewesen, zwar nicht geliebt, als billige Arbeitskraft aber zumindest geduldet, nur sehr mangelhaft des Lesens und Schreibens mächtig, in die Welt gesetzt als ein Niemand, ein Mensch ohne Wurzeln, ohne Halt, der zeitlebens nicht verstanden hatte, was in Dreiteufelsnamen er auf diesem Planeten zu suchen hatte. Immerhin, er hatte Arbeit, eine leidlich trockene Unterkunft, den Most, und dann und wann, so weit der Dorfklatsch, Sissy, die stattlichste Kuh in des Großbauers Stall. Gelegentlich, mit dem Sanctus des Bauern, war er auch am Sonntag nach der Messe am Stammtisch beim Kirchenwirt anzutreffen, wo er bescheiden und still in seiner Ecke saß und sich die gottesfürchtigen Stammtischbesucher nicht lumpen ließen und ihn so lange abfüllten, bis der Sepp sich vollends zum Affen machte.

Auch Kern hatte einige denkwürdige Begegnungen mit Sepp, speziell im Sommer, wenn die Äste der zahlreichen Kirschbäume auf Reiters Grund und Boden schwer waren von süßen Früchten. Es gehörte zu einer der elementaren Mutproben der Mitglieder der Kern-Bande, sich an die Bäume anzuschleichen, hernach selbige zu erklimmen und sich mit den herrlichen Kirschen den Bauch vollzuschlagen. Man musste allerdings Vorsicht walten lassen, denn so harmlos der Sepp auch war, in dieser Hinsicht war mit ihm nicht zu spaßen. Mehrmals war er den Buben nachgelaufen, mit der Mistgabel in der Hand und einen Kauderwelsch schreiend, von dem Kern nicht ein einziges Wort verstand. Allen Ernstes gab es im Dorf den einen oder anderen, der sich bekreuzigte, wenn ihm der Sepp über den Weg lief und mancher von denen behauptete sogar, dass er besessen sei, und ob es nicht ratsam wäre, ihm den Teufel von einem Exorzisten austreiben zu lassen.

Nun, der Sepp war tot, wie es aussah gerichtet von der eigenen Hand. Die Stichler hatten es kommen sehen, die Gewissenslast war wohl zu groß geworden. Sie bekreuzigten sich dreimal, schlugen sich mit der Hand gegen die Brust und wünschten seiner verblendeten Seele den ewigen Frieden.

Und den hat der Sepp ganz sicher gefunden, denn in seinem Hosensack wurde ein Abschiedsbrief gefunden, in krakeliger Schrift verfasst, orthographisch und interpunktionstechnisch natürlich sehr mangelhaft, aber immerhin inhaltlich klar verständlich.

Er sei müde, schrieb der Sepp, »so müde«, und er wolle endlich heim zum Himmelvater und zu seiner Mutter, denn er wisse nun schon seit einiger Zeit, wer seine Mutter sei, nämlich die Lehner Josefa. Kurz vor ihrem Tod habe sie ihn aufgesucht und es ihm gesagt, weil sie Abbitte bei ihm leisten wollte, und weil sie mit dieser Schuld auf dem Gewissen nicht vor ihren Herrgott treten könne. Auch habe ihm die Mutter gesagt, wer sein Vater sei, aber er habe ihr auf ihre Bitte hin versprochen, Stillschweigen darüber zu wahren und niemandem etwas zu erzählen, weil, wie die Mutter meinte, es nicht gut sei, alte Wunden aufzureißen. Was geschehen war, war geschehen, man solle die Vergangenheit ruhen lassen und dem Allmächtigen, der alles hört und sieht und weiß, nicht ins Handwerk pfuschen – zudem wo er es beim Reiter-Bauern eh gar nicht so schlecht getroffen habe.

Er wisse, so schrieb der Sepp weiter, dass er ein Sünder sei und dass es auch eine Sünde sei, sich selbst zu richten. Er bitte aber trotzdem, dass man ihn zu seiner Mutter ins Grab legen möge, weil er dann endlich seinen Frieden finden würde. Es müsse auch kein offizielles Begräbnis sein, wenn der Herr Pfarrer aber ein paar Worte für sein Seelenheil spräche, würde ihn das sehr freuen.

»In meiner Kammer auf dem Reiter-Hof«, so der Sepp weiter, »hinter dem Waschtisch, ist ein eingelassenes Fach, und in dem Fach liegt ein kleiner Beutel mit meinem Ersparten, es ist nicht sehr viel, aber es ist alles, was ich habe, und es ist für den Herrn Pfarrer, für die Unannehmlichkeiten, die er mit mir hat. Wenn noch etwas von dem Geld übrig bleibt, so möchte ich es für das neue Kirchendach spenden.« Unterschrieben war der Brief mit »Euer Sepp«, nichts weiter.

Ein bisschen hatte er sich anfangs schon geziert, der Herr Pfarrer, ein bisschen herumgedruckst, einen Selbstmörder in geweihte Erde legen? Andererseits, wenn man es recht bedachte, hatte der Herr Jesus nicht sogar einer Ehebrecherin vergeben? Wer frei ist von Schuld, der werfe den ersten Stein, Evangelium nach Johannes, Abschnitt 8, Vers 7, oder war es Matthäus, egal! Zudem, wer war er, zu richten? Sprach der Herr nicht auch hier sehr deutliche Worte und zwar nach dem Evangelium nach Matthäus Abschnitt 7, Vers 1. »Richtet nicht, damit ihr nicht gerichtet werdet«, oder war das Johannes, egal. Andererseits hatte natürlich auch die heilige Mutter Kirche sehr deutliche Worte zu sagen. Aber musste man immer alles an die große Glocke hängen?! Was man nicht weiß, macht einen schließlich nicht heiß, nicht wahr?

Merkwürdigerweise war es das gewichtige Wort des Reiter-Bauern, das den Ausschlag gab, dem Wunsch Sepps zu entsprechen, und der vermerkte, dass es dem Sepp, dank seiner Großmut, auf seinem Hof zwar an nichts fehlte, dass er aber trotzdem in gewisser Weise ein armer Teufel war. Einerseits war da sein sehr bescheidenes geistiges Potential gewesen, das die Vermutung nahelege, dass dem Sepp seine Handlungsweise gar nicht in ihrem ganzen Ausmaß bewusst war. Was man also, so betrachtet, als durchaus mildernden Tatbestand anführen könne, insoweit, dass die heilige Mutter Kirche, wie sie es ja schon tausende Male zuvor getan habe, Gnade vor Recht ergehen lasse, umso mehr als sie damit in gewisser Weise auch der Heiligen Schrift Rechnung tragen würde. Denn steht darin nicht geschrieben, »Selig sind die geistig Armen, denn ihnen gehört das Reich Gottes«?

»Evangelium nach Matthäus Abschnitt 5, Vers 3, oder war es Markus?«, sinnierte der Herr Pfarrer, egal.

»Und dann«, fuhr der Reiter-Bauer fort, »bedenkt, der Sepp hat ohne Eltern aufwachsen müssen, ohne mütterliche und väterliche Liebe und Zuwendung, und plötzlich taucht aus dem heiteren Nichts seine Mutter auf, das muss den armen Kerl doch vollends durcheinander gebracht haben, das war vermutlich überhaupt der Auslöser für seine schreckliche Tat, nicht wahr?!«, sagte er und blickte bedeutsam in die Runde.

»Schlagt mich, aber ich finde, wir sind es unserem Ansehen als Christenmenschen schuldig, Mutter und Sohn wenigstens im Grabe wieder zusammenzuführen, sodass die Lehnerin durch die Güte unseres Herrn vielleicht im Jenseits die Möglichkeit hat, an ihrem Sohn Buße zu tun und wieder gut zu machen, was sie im Diesseits so schmählich verabsäumte, das letzte Wort in dieser Sache hat sowieso der Herrgott und ich glaube nicht, dass wir so vermessen sein sollten, ihm da etwas dreinreden zu wollen.«

»Bravo, lieber Leopold, Bravo, Bravo, Bravo zu diesem Plädoyer!«, sagte der Herr Bürgermeister und nickte anerkennend mit dem Kopf. »Ich bin der Ansicht Leopolds. Machen wir kein großes Aufhebens um diese Sache und geben wir der Mutter ihren Sohn zurück, beziehungsweise dem Sohn seine Mutter, Punktum! Zudem, wo doch der Sepp selbst keinen Anspruch auf ein offizielles Begräbnis geäußert hat, stimmt's?«

»Stimmt!«, lenkte auch der Herr Schuldirektor ein, der anfügte, dass es zwar nicht ganz nach Punkt, Komma und Strich sei, was ihn, als glühenden Verfechter der über alles erhabenen Grammatik zwar anfieche, dass man aber, wenn die Umstände danach wären, durchaus auch einmal ein Auge zudrücken könne. Er selbst habe in seiner jahrzehntelangen, höchst erfolgreichen Funktion als Schulleiter und Pädagoge immer wieder feststellen müssen, dass es zwar von Vorteil sei, eine strikte Linie zu fahren, es manchmal aber größeren Nutzen zeitige, nicht an starren Grundsätzen festzuhalten. »Ist es nicht genau das«, dozierte der Herr Schulleiter mit beträchtlichem Pathos in der Stimme, »was uns zu besseren Menschen macht, Nachsicht zu üben an unseren oft fehlgeleiteten Mitmenschen? Drücken wir ein Auge zu und gewähren wir dem Sepp seinen letzten Wunsch.«

»Amen, dann möge es in Gottes Namen so sein!«, sagte der Herr Pfarrer seufzend.

Und so kam es, dass der Leichnam des Sepp im Grab seiner Mutter, ohne viel Federlesens und Tamtam, beigesetzt wurde. Etwaige letzte Zweifel des Herrn Hochwürden wurden durch das Geld, das man tatsächlich in einem Lederbeutel in Sepps Kammer fand, und das der Reiter-Bauer in seiner großzügig, selbstlosen Art ein wenig auffettete, endgültig ausgeräumt.

»Mögest du der unermesslichen Gnade und Güte des Herrn teilhaftig werden, und möge dir derselbe, für den deine unsterbliche Seele wie ein offenes Buch ist, in dem alle deine Fehltritte vermerkt sind, vergeben, auf dass du eingehest in seine ewige Herrlichkeit. In nomine Patris et Filii et Spiritus Sancti, Amen.«

Außer dem Herrn Pfarrer waren nur vier weitere Gäste auf dem Friedhof anwesend, der Reiter-Bauer, zwei Totengräber, die während der Zeremonie ein wenig abseits rauchend an ihren Schaufelstielen lehnten, und der kleine, knapp vierzehnjährige Kern. Der allerdings inoffiziell, versteckt hinter einer Gruppe von drei mächtigen Birken, von wo aus er das seltsame Treiben aufmerksam beobachtete.

Komisch, dachte der kleine Kern, es sieht fast aus, als glitzere im Auge des Großbauern Reiter eine Träne. Hundertprozentig sicher war er sich allerdings nicht, davon abgesehen, wenn es so war, war es vermutlich von der steifen Brise, die vom Westen her wehte und die keinen Zweifel daran offenließ, in welcher Jahreszeit man sich bereits befand.

Ein Schwall gelber Birkenblätter wirbelte durch die Luft, das eine oder andere taumelte vergnügt in das offene Grab des Sepp und seiner Mutter. Eine Weile verweilte Kern noch in Gedanken beim Knecht des Reiter-Bauern, erinnerte sich daran, wie er von ihm des Öfteren fluchend und schreiend mit der Mistgabel verfolgt wurde, dann trat er vorsichtig rückwärtsrobbend, ganz so wie er es aus seinen Indianerbüchern gelernt hatte, den Rückzug an.

Er wollte noch rauf zum Krahberg, er hatte da auf einem seiner Streifzüge einen geradezu magischen Platz entdeckt, sein nunmehr geheimes Refugium, bewachsen mit einer riesigen Eiche, von deren Geäst aus man einen herrlichen Blick übers Tal und die langsam immer bunter werdenden Wälder hatte. Es war ein perfekter Platz um Nachzudenken und ein wenig die Gedanken schweifen zu lassen, zudem brauchte er ein wenig Abstand von Petra, die ziemlich bestimmend und besitzergreifend war und ihm ganz schön auf die Pelle rückte. Er würde vermutlich nicht drumherum kommen, demnächst einmal ein ernstes Wort mit ihr zu reden.

Diese Luft, dachte Kern und atmete tief durch. Aber, was am wichtigsten war, er war gut ausgerüstet, er hatte sich eine Leberkäsesemmel mitgebracht, eine große Himbeerlimo, außerdem zwei filterlose »Tschick«, 3A, die er seinem Großvater aus der Kommode geklaut hatte, und, ja, ein neues Buch, das er kürzlich von seinem Vater geschenkt bekommen und schon wieder zu einem Drittel verschlungen hatte. »Tecumseh, Häuptling der Indianer.« Kern war fasziniert von diesem großen, tapferen Indianerhäuptling aus dem Stamme der Shawnee, dessen Name »Der zum Sprung sich duckende Berglöwe« bedeutete und der den weißen Eindringlingen die Stirn geboten hatte und ihnen empfindliche Niederlagen bereitete. Lebhaft konnte er sich diesen großen Krieger vorstellen, wie er rastlos durch die endlosen Wälder Kanadas streifte, um sämtliche Indianerstämme Nordamerikas zu verbünden, weil er der Ansicht war, dass nur eine große Allianz aller Indianer den weißen Landräubern Einhalt gebieten konnte. »Nicht rasten werden meine Füße, bis alle roten Stämme vereint sind und einen Willen haben; nicht ruhen werden meine Hände am Ruder meines Kanus, bis alle roten Stämme meine Stimme vernommen. Kein Mann von weißer Haut soll je einen Fuß in das Land der roten Völker setzen.

Darum lasst uns einen Leib bilden, ein Herz, und bis zum letzten Krieger unser Land verteidigen, unsere Heimat, unserer Freiheit und die Gräber unserer Ahnen!«, deklamierte dieser große Häuptling an unzähligen Ratsfeuern seines Volkes.

Leider scheiterte die Vision Tecumsehs an der Uneinsichtigkeit vieler Stammeshäuptlinge, die nicht mitziehen wollten, und die nicht begriffen, dass sie, wie von Tecumseh postuliert, in erster Linie Indianer und nicht Angehörige eines bestimmten Stammes waren. Das daher das Kollektiv vor das Individuum zu stellen sei, und dass man nur gemeinsam stark genug sei, der stetig wachsenden Gier der Weißen nach immer noch mehr Land der Kinder Manitus entgegenzutreten und die eigenen Ansprüche durchzusetzen – wenn nötig mit Waffengewalt.

Tecumseh starb am 5. Oktober 1813 in der Schlacht am Thames River, nachdem er von den verbündeten Engländern unter der Führung General Henry Procters schmählich im Stich gelassen wurde, durch eine Gewehrkugel und mit ihm die Hoffnung seines Volkes.

Kern hatte sich im Geäst der Eiche eingerichtet. Der Bequemlichkeit halber hatte er kürzlich sogar ein paar Bretter angeschleppt und in luftiger Höhe auf zwei starken Ästen mittels Schnüren eine kleine Plattform errichtet. Auf der thronte er jetzt gegen den Stamm des Baumes gelehnt, an einem Glimmstängel saugend und blickte versonnen ins Land. Die Buntheit der Wälder hatte es ihm angetan, die fallenden Blätter, das Rascheln des Laubes, wenn man durch es hindurchschritt, der mystische Nebel, wenn er sich wie Zuckerwatte über das Land legte. Irgendwann, träumte er vor sich hin, fahre ich nach Amerika und sehe mir den Indiansummer an.

Ein Traum, der erstmals etwa fünfzehn Jahre später seine Erfüllung finden sollte. Ein Geburtstagsgeschenk seiner Frau Andrea zu seinem Dreißiger. Für drei Wochen hatten sie in Brattleboro im Bundesstaat Vermont, dem Herzen des Indiansummers, ein kleines gemütliches Cottage angemietet. Von hier aus unternahmen sie ausgedehnte Wanderungen in die Green Mountains oder machten Bootsfahrten auf dem Connecticut River, mit 655 km der längste Fluss Neuenglands. Die Abende verbrachten sie meist behaglich mit einer Flasche Wein vor dem offenen Kamin, oder sie gingen in die eine oder andere Kneipe in Brattleboro, wo sie Kontakt mit den Einheimischen suchten, um ihr eingerostetes Englisch aufzupolieren. Mehrmals besuchten sie auch das 1938 erbaute Latchis Theater, eines der wenigen in ganz Vermont, wo sie sich verschiedene Aufführungen ansahen.

Ihr erstes Kind, Thomas, so versicherte Andrea ihrem Mann später, wurde in Brattleboro gezeugt.

Viermal sollten sie Vermont noch besuchen, die nächsten beiden Male bereits mit den Kindern, als sie noch nicht im schulpflichtigen Alter waren, später dann wieder zu zweit, als der Nachwuchs schon so groß war, dass er bereits andere Interessen verfolgte, als mit den Eltern in Urlaub zu fahren.

In dem Jahr, als Kerns Frau Andrea und ihre Mutter tödlich verunglückten, hatten sie ursprünglich vorgehabt, den Oktober wieder im »Green Mountain State« zu verbringen, allerdings wurde Kern kurzfristig mit einem spektakulären Fall von Inzest betraut, der es ihm unmöglich machte, sich loszueisen, sodass sie beschlossen, die Reise auf das nächste Jahr zu verschieben.

Wie oft Kern damals mit seinem Schicksal gehadert hatte, konnte er nicht zählen, wie oft er den lieben Gott verflucht hatte, an den er sich so bemühte zu glauben, auch nicht.

Wie wenige Faktoren doch manchmal genügen, ein Leben in seinen Grundfesten zu erschüttern. Im Falle Kerns – für diese Zeit eher ungewöhnlich – eine vereiste Kurve, in der das Auto seiner Frau ins Schleudern kam und auf die Gegenfahrbahn geriet, und just in dem Moment ein entgegenkommender Schwertransporter, in den dasselbe hineinkrachte. Vier, fünf Sekunden und nichts war mehr so, wie es einmal war. Fünf Sekunden früher, die Gegenfahrbahn wäre frei gewesen und Andrea wäre ins freie Feld hinausgeschlittert, fünf Sekunden später dasselbe. Nach welchen Kriterien verteilt der liebe Gott seine Karten? Passiert war der Unfall im Herbst, der Lieblingsjahreszeit von Kern, am 14. Oktober. Um diese Zeit treibt der Indiansummer in Vermont seinem Höhepunkt entgegen, die Wälder stehen in purpurnen Flammen, der Waldboden ist weich wie eine Daunendecke, in den Gräsern glitzern Abermillionen von Perlen. Wenn es der Winter eilig hat, kann aber auch schon Schnee fallen und gelegentlich kann man in mondhellen Nächten das elegische Heulen der Kojoten hören.

Kapitel 9

Die bisherigen Untersuchungsergebnisse offenbarten Kern leider keine bahnbrechenden Erkenntnisse oder Einsichten, sie bestätigten im Großen und Ganzen nur seine Mutmaßungen.

Das Opfer war mit einer Waffe unbekannten Typs, Kaliber 9 mm, dreimal abgefeuert aus nächster Nähe in den Hinterkopf, erschossen worden. Zwei Projektile hatten den Schädel Wiesauers glatt durchschlagen und konnten in der Hütte sichergestellt werden, dass dritte hatte den Austritt nicht ganz geschafft und war in der Orbita, im Augenhöhlenknochen, zwischen Sieb- und Tränenbein stecken geblieben. Zog man alle Komponenten, wie Temperatur des Fundortes, Feuchtigkeit, Größe und Gewicht des Opfers, in Betracht, so ließ sich der Todeszeitpunkt mit ziemlicher Wahrscheinlichkeit zwischen 20 und 20 Uhr 30 festlegen.

Die Hütte, das Grundstück und für das Verbrechen relevante Teile des Grünbergs wurden auf etwaige Spuren abgesucht, was allerdings außer weggeworfenen Zigarettenstummeln, Plastiktrinkflaschen, sowie Plastikverpackungen von Müslienergieriegeln und etlichen Präservativen nichts zu Tage brachte. Die Trinkflaschen und Müsliriegelverpackungen betreffend, schienen manche Menschen Flora und Fauna schlichtweg als Sportgerät zu betrachten, nicht als etwas Ästhetisches, von der Schöpfung Gegebenes, das Mensch und Tier ganz allgemein guttut, und das es zu erhalten und zu schützen gilt.

Der Jeep Wiesauers war offiziell auf dem öffentlichen Parkplatz nach der »Grünbergbäuerin« geparkt. Wie es aussah, hatte er von da aus den ungefähr fünfzehnminütigen Aufstieg zu seiner Hütte in Angriff genommen. Selbstverständlich wurde dieser Trampelpfad Tausender einer besonders genauen Inspektion unterzogen – nichts! Auch das Handy, das Wiesauer laut Auskunft seiner Frau bei sich hatte, blieb weiterhin verschwunden, was den Verdacht erhärtete, dass es vom Täter konfisziert worden war, aus welchen Gründen auch immer.

Eins war auf jeden Fall sicher, überlegte Kern: Der Mörder musste über ein beträchtliches Maß an Kaltblütigkeit verfügen. Den Hausberg der Gmundner stürmen tagtäglich hunderte von Menschen. Nicht einmal des Abends, in der Dunkelheit gönnen diese penetranten »Naturliebhaber« Berg und Tier eine Ruhe und bewältigen, meist in Grüppchen, ausgerüstet mit Stirn- oder Taschenlampen, schwatzend, lachend, mitunter grölend die Strecke bis zum Grünbergwirt. Die Gefahr, von jemandem aus dieser Faschingsgesellschaft bemerkt zu werden, war also nicht ganz von der Hand zu weisen. Andererseits war nach Rückfrage bei der Wetterwarte in Linz das Wetter am Tag der Tat schlecht: Nebel, gelegentlich leichter Nieselregen und windig. Der Herbst schickt seine Boten voraus, nichts Ungewöhnliches für diese Jahreszeit. Naturgemäß ist aber bei solchen Bedingungen kaum jemand unterwegs, nicht einmal am Grünberg, schon gar nicht am Abend.

Wieder ein Steinchen im Mosaik, das darauf schließen lässt, dass es sich bei der Tat um einen vorsätzlichen Mord handelt, grübelte der Herr Inspektor. Genau solche Witterungsverhältnisse wird der Täter abgewartet haben, um zuzuschlagen. Und der Mörder musste gewusst haben, dass Wiesauer die Donnerstage in seiner Hütte verbrachte, er brauchte nur den richtigen Zeitpunkt abzuwarten, sich auf die Lauer legen, sich vergewissern, dass Wiesauer tatsächlich da war. Die Sache war geplant, von vorn bis hinten, da war nichts dem Zufall überlassen, dessen war sich Kern gewiss, umso mehr er darüber nachdachte.

Die Worte eines populären, alten Kriminalpsychologen und Profilers, bekannt für seine Vorliebe für klassische Zitate, dessen Seminare er mehrfach belegt hatte, kamen ihm in den Sinn. »Analyse, meine Herren! Analyse, Analyse, Analyse. Zerlegen Sie die Tat in ihre Bestandteile, nehmen Sie sie auseinander, sezieren Sie sie, Punkt für Punkt. Visualisieren Sie sie. Gehen Sie sie immer wieder Schritt für Schritt im Kopf durch, so können sich Zusammenhänge ergeben, Sachverhalte, Verbindungen, Möglichkeiten. Spinnen Sie Ihr Netz, bis der Täter sich darin verfängt. Sie wissen doch, was Schiller gesagt hat: ›Willst du dich selbst verstehen, so beobachte andere Menschen, willst du andere Menschen verstehen, so blick in dein eigenes Herz.‹ Mit anderen Worten, versuchen Sie sich in die Psyche des Täters zu versetzen. Und, meine Herren, vergessen Sie in diesem Zusammenhang natürlich den hochverehrten, guten, alten Geheimrat Johann Wolfgang von Goethe nicht, der da sagte: ›Ich habe noch nie von einem Verbrechen gehört, das ich nicht selbst hätte begehen können.‹ Fragen Sie sich also immer, wie hätte ich gehandelt, wenn ich der Täter gewesen wäre, wie wäre ich vorgegangen? Versuchen Sie also, in die Haut des Täters zu schlüpfen, denn man kennt einen Menschen erst dann, wenn man ein wenig darin herumgewandelt ist. Und, seien Sie mutig, stellen Sie ruhig Annahmen auf, Hypothesen, Konstruktionen, wie absurd sie Ihnen auch erscheinen mögen. Bedenken Sie, kein Gewässer ist so tief wie die menschlichen Abgründe, und die Motive und Beweggründe, die zu einem Verbrechen führen können, können vielfältig sein. Die Regel gilt: Hat man ein Motiv, so hat man in den meisten Fällen auch den Täter, denn kaum jemand tötet grundlos, achten Sie also bei ihren

Einvernahmen und Verhören genau auf Ihr Gegenüber, beobachten Sie es, durchleuchten Sie akribisch dessen Vita und die Beziehung, in der es zum Opfer stand. Zu einem großen Prozentsatz kommt der Täter aus der näheren und nächsten Umgebung des Opfers, und nicht zuletzt lebt er im eigenen Haus.«

Nicht zuletzt lebt er im eigenen Haus, hallte es hinter Kerns Stirn wider. Ja, wie ihn die Erfahrung lehrte, stimmte das. Mit einem Anflug von Wehmut dachte er an die vielen Tragödien, die vielen zerrütteten Familien, die ihm tagtäglich als Polizist unterkamen, hütete sich aber davor, diesen Gedanken Raum zu geben.

»Wenn ihr Polizisten werden wollt, braucht ihr einen breiten Rücken«, erinnerte er sich an einen weiteren Ausbilder. »Ihr werdet viel sehen, was euch nicht gefällt. Dinge, die euch ernsthaft an Menschen zweifeln lassen, Verhaltensweisen, die euch den Glauben an die Menschen nehmen können. Ihr dürft euch von diesen Dingen um euer selbst willen nicht vereinnahmen lassen, ihr müsst auf Distanz gehen, Abstand halten, sie nicht an euch heranlassen. Mitleid ist eine noble Sache, aber sie nützt niemandem! In schlimmen Fällen kann sie sogar zur Paralyse und Handlungsunfähigkeit führen. Versucht also, unter allen Umständen einen kühlen Kopf zu bewahren und keinesfalls die Kontrolle aus der Hand zu geben.«

Der Täter im eigenen Haus, das kam tatsächlich oft vor, statistisch gesehen in sieben von zehn Gewaltdelikten. Konnte der Täter Wiesauers im eigenen Haus sitzen? Gedanken zulassen, Hypothesen anstellen, auch wenn sie noch so absurd erscheinen, kamen Kern die Worte des Psychologen wieder in den Sinn.

Konnte jemand innerhalb der Familie einen so schwerwiegenden Grund gehabt haben, den Vater beziehungsweise den eigenen Mann zu töten? Da war Wiesauers Frau Brigitte, seine Kinder Jakob, Tobias und die Tochter Magdalena. Sie waren alle einvernommen worden. Bedachte man den Todeszeitpunkt Wiesauers, so waren die Gattin Brigitte und Tobias, der jüngere Sohn und Chef des Hauses, schon mal aus dem Schneider. Brigitte stand bis nach 22 Uhr in der Küche und Tobias bis zur Sperrstunde um 24 Uhr im Lokal, das konnten dutzende Gäste bezeugen.

Magdalena, mit vierundzwanzig Jahren das Küken in der Familie, lebte nicht mehr im Haus. Sie war ebenfalls in die Fußstapfen ihrer Eltern getreten und betrieb seit zwei Jahren gemeinsam mit ihrem Freund in Wien, in der Josefstadt im 8. Bezirk, ein kleines Café. Auch bei ihr war es äußerst unwahrscheinlich, dass sie mit dem Tod ihres Vaters etwas zu tun hatte.

Einzig der ältere Sohn Jakob fiel aus dem Rahmen, in jeder Hinsicht. Nicht nur, dass er seine Brötchen nicht im Gastgewerbe verdiente. Er hatte etwas – Kern fand nicht gleich den passenden Ausdruck –, etwas Haltloses an sich, irgendetwas schien an ihm zu nagen, irgendetwas schien er mit sich herumzuschleppen, als hege er gegen jemanden einen unversöhnlichen Groll. Filzige, lange Haare, Kinn- und Schnauzbart, an einem goldenen Kettchen ein goldenes Kruzifix im Ohrläppchen, Tätowierungen an den Unterarmen – die ganze Palette – und eine Baseballkappe, die er auch während der Einvernahme nicht abnahm, insgesamt wirkte er nachlässig gepflegt und etwas heruntergekommen.

»Es stört Sie doch nicht, wenn ich rauche?«, hatte er während der Vernehmung mit rauer Stimme gefragt und sich eine Selbstgedrehte angezündet, ohne eine Antwort abzuwarten.

»Das Verhältnis zu meinem Vater … Sie wollen wissen, wie das Verhältnis zu meinem Vater war?«, lächelte er bitter und tat einen tiefen Zug an seiner Selbstgedrehten. »Schauen Sie mich an. Was denken Sie? Sieht so jemand aus, der zu seinem

Vater ein gutes Verhältnis hat, oder auf den sein Vater stolz sein kann?«

Kern fixierte den Mann, der bei oberflächlichem Hinsehen wesentlich älter wirkte als er eigentlich war. Erst wenn man genauer schaute, bemerkte man die noch jugendlichen, beinahe kindhaften Züge, die verletzbaren Augen, die momentan unruhig in ihren Höhlen umherirrten. Zwischen all den Haaren und dem harten-Mann-Gehabe schien Jakob ein sehr weiches, verletzbares Wesen verbergen zu wollen.

»Haben Sie Ihrem Vater denn Grund gegeben, stolz auf Sie zu sein?«

Jakob erwiderte den Blick Kerns und ließ dabei den Rauch seiner Zigarette aus der Nase strömen.

»Ich schätze, ich habe es versucht«, entgegnete er. »Aber es war nicht leicht«, wieder tat er einen tiefen Zug. »Schließlich gibt man auf, man stumpft ab, es wird einem egal. Mein Vater war ein ziemlich selbstherrlicher Mann, da blieb wenig Raum für andere.«

»Haben Sie deswegen dem Gastgewerbe den Rücken gekehrt, weil Sie Probleme mit Ihrem Vater hatten?«

»Schon möglich«, sagte Jakob und zuckte mit den Schultern.

»Und was ist mit Ihrem Bruder?«

»Was soll mit ihm sein?«

»Hatte er auch Probleme mit Ihrem Vater?«

»Die Frage ist, wer hatte keine Probleme mit Vater? Aber Tobias ist ein Dulder, ein Märtyrer, er schluckt und schluckt und schluckt und schluckt, keine Ahnung, wie er das alles verdaut.«

»Nun, immerhin ist er der Chef vom Wiesauerhof geworden.«

»Tja, manchmal werden Träume wahr.«

»Und Sie? Hatten Sie nie derlei Ambitionen?«

Jakob schien Kern abzuschätzen, bevor er antwortete.

»Sie wundern sich, dass Tobias und nicht ich, als der Ältere, das Wirtshaus bekommen hat?«

»Gestehe«, entgegnete Kern.

»Nein … nein, da war nie ein ernsthaftes Interesse, das war nie mein Ding. Ich stehe lieber vor dem Tresen als dahinter, wenn Sie verstehen, was ich meine.«

»Und wie gingen Sie und Ihr Vater miteinander um ?«

Jakob zuckte mit den Schultern.

»Distanz, wir versuchten, Distanz zu halten, um keinen Krieg vom Zaun zu brechen, so vernünftig waren wir immerhin, oder sind es vielmehr im Laufe der Zeit geworden. Gelegentlich half ich aus, wenn Not am Mann war, und wenn ich Bock drauf hatte. Zapfte ein paar Bierchen hinter der Schank. Aber oft gab's dann auch wieder Zores. Meine Aufmachung war meinem Herrn Papa ein Dorn im Auge. Er meinte, in diesem Aufzug könnte ich zweifelhafte Subjekte anziehen und dem guten Ruf des Wiesauerhofes schaden. Darum verfrachtete er mich ja auch hinter die Schank, da war ich seiner Ansicht nach noch von geringerem Übel, als wenn ich an den Tischen bedient hätte.«

»Aber trotz der Differenzen halfen Sie weiterhin aus?«

Jakob senkte den Blick und atmete durch. »Wie gesagt, nur gelegentlich, in Notfällen – meinem Bruder zuliebe.«

»Halfen Sie auch an jenem Donnerstag aus, an dem Ihr Vater …«

Wieder musterte Jakob den Kriminalinspektor mit wachsamem Blick. »Sie wollen wissen, ob ich für die Tatzeit ein Alibi habe? Nein, hab ich nicht. Ich war zu Hause und hab mir ein paar Pornos reingezogen.«

Fast hätte Kern aufgelacht. Der Wiesauer-Spross schien ein Typ zu sein, der umgehend zurückschoss. Kein Wunder, dass es zwischen ihm und seinem Vater gekracht hatte, denn das, was bis jetzt über Senior ans Licht gekommen war, war wenig schmeichelhaft und stellte ihm nicht gerade ein Attest in Sachen Verständnis und Menschenliebe aus. Selbst bei den Einvernahmen von Tobias und Magdalena war herauszuhören, dass es sich um einen sehr bestimmenden, egozentrischen Menschen handelte, der es liebte, im Mittelpunkt zu stehen und es gar nicht gerne sah, wenn jemand anderer ihm die Show stahl. Freilich, man musste vorsichtig sein mit Vorverurteilungen, zumal sich der Beschuldigte nicht mehr verteidigen konnte. Dennoch fiel auf, dass sich die Ansichten über Wiesauers Wesen weitgehend deckten. Laut der Einvernahmen der Mitarbeiter, die von Kerns Kollegen Klement durchgeführt wurden, gab es vor allem und zuallererst Wiesauer, dann lange nichts und dann wieder Wiesauer.

Alle waren sich einig, dass es schlimm war, was mit ihrem Chef geschehen war, und konnten sich nicht vorstellen, wer so etwas getan haben könnte – noch dazu in einer Kleinstadt wie Gmunden. Andererseits wurde im Verlauf der Einvernahmen schnell klar, dass es mit dem Betriebsklima im Wiesauerhof nicht gerade zum Besten stand. Von Seiten des Alten gab es kaum jemals Wertschätzung den Angestellten gegenüber, keine Begegnung auf Augenhöhe. »Man soll Toten ja nichts Böses nachsagen«, murmelte ein Mitarbeiter betreten, »aber im Grunde hat er immer auf uns herabgeschaut, da gab es nie ein Wort des Lobes, oder der Anerkennung, man hatte den Eindruck, nichts weiter als ein notwendiges Übel zu sein.«

Besonders hantig sollte Wiesauer gegenüber Angestellten gewesen sein, die ein gewisses Selbstbewusstsein an den Tag legten, wie zum Beispiel dieser Markus, von dessen Charme auch sein Schwiegervater erzählt hatte. Markus war bei weitem nicht der Einzige, der wegen dem Senior das Handtuch geworfen hatte. Manche behaupteten, er bekäme nur deswegen noch

Leute, weil er überraschenderweise sehr gut bezahlte, wesentlich besser als die meisten Betriebe. Ich zahle, also bist du mein, gewissermaßen, nichts Neues unter der Sonne.

»Haben Sie eigentlich Markus gekannt?«

»Markus?! Brunner Markus?!«

»Gab es noch jemand anderen mit diesem Vornamen?«

»Fällt mir ad hoc keiner ein. Schon gar keiner, der einen vergleichbaren Eindruck hinterlassen hätte.«

Kern schaute auf, die plötzliche Bewegung in der Stimme Jakobs machte ihn neugierig. »Alles spricht von diesem Markus, was war denn so Besonderes an diesem Wunderknaben?«

Jakob dachte nach. »Er war ein herrliches Schlitzohr, konnte die Leute um den Finger wickeln wie nichts, brachte Stimmung in die triste Bude, außerdem war kein Rock sicher vor ihm. Im Laufe der Zeit wurde er allerdings immer stiller und verbitterter, nach einem Jahr erkannte man ihn kaum wieder, war nur noch ein Schatten seiner selbst, Frohsinn ade! Mein Vater hatte wieder einmal ganze Arbeit geleistet, war stets hinter ihm her, suchte stets einen Vorwand, um ihm eins auszuwischen. Schließlich kam es zu einem Eklat, mein Alter beschuldigte Markus, Geld aus der Brieftasche genommen zu haben. Daraufhin kündigte er fristlos, aber nicht ohne dem Senior eine hollywoodreife Szene hinzulegen – absolut oscarverdächtig!«

Gespannt forderte Kern Jakob auf fortzufahren.

»Sonntag, Mittag, Frühschoppen, die Bude voll bis unters Dach. Senior sitzt am Stammtisch, alle sind sie da, die ganze Partie, der Heidegger, der Wimmer Peter, der Aichinger, die Obermayer Lies, die ganze Bande, Senior erzählt gerade seine Witze, da steht plötzlich Markus da und fängt an, ihn auf das Gröbste zu beschimpfen, nennt ihn einen hinterlistigen, scheinheiligen Tyrannen, der vor den Gästen den Ehrenmann spiele, seine Angestellten aber wie Dreck behandle.

Plötzlich war es mucksmäuschenstill, die Leute waren wie elektrisiert, sogar unserem nonstop plappernden Lokalreporter, dem Stummer Dieter, hatte es die Sprache verschlagen. Mein Alter war puterrot angelaufen, die Augen schienen aus den Höhlen zu fallen, er brabbelte zusammenhangloses Zeug, alle gafften ihn und Markus an. Ich dachte schon, er bekommt einen Schlaganfall. Dann trat Markus ganz nah an ihn heran, packte ihn am Revers seiner Jacke und sagte, wenn er nicht so ein alter Wichser wäre, würde er ihm die Visage polieren, dass nicht einmal seine eigene Mutter ihn wieder erkennen würde, dann nahm er noch sein Bierglas und leerte es in seinen Schoß – es war fantastisch!«

»Und Sie haben zugesehen ohne Ihrem Vater zu Hilfe zu eilen?«, fragte Kern.

»Machen Sie Witze? Markus war mit jedem Wort im Recht! Endlich war mal einer da, der den Mumm aufbrachte, dem Alten ordentlich die Meinung zu geigen!«

»Und, hatte sich nach diesem Zwischenfall etwas verändert?«

»Naja, eine Weile wirkte der Oberzampano etwas betreten und er ließ sich eine Zeit lang weniger im Geschäft blicken. Dieser Vorfall war, glaube ich, auch Auslöser dafür, dass das Geschäft etwas früher übergeben wurde als ursprünglich geplant. Tobias meinte, dass ihm sonst das ganze Personal davonrennt, wenn es so weitergeht. Aber nachhaltig verändert hatte ihn diese Geschichte nicht. Vater war bald wieder der Alte, auch die Übergabe änderte nichts daran, dass er sich ständig einmischte und seinen Senf dazugab. Er postulierte zwar ständig vor den Gästen, dass er jetzt nur noch ein einfacher Angestellter wäre, wie die anderen auch, quasi Kollege, aber das war natürlich kompletter Nonsens. Nach wie vor ließ er die anderen spüren, wer die Fäden zog. In gewisser Weise war er sogar noch schlimmer als vorher, denn nun glaubte er, sich ständig vor Tobias behaupten zu müssen. Anstatt sich zurückzuziehen, versuchte er permanent auf ihn Einfluss zu nehmen, ihn zu manipulieren, ihm zu suggerieren, wie tough er war und ihn gegen die anderen aufzubringen. Er war wie der bösartige Sämann, der seinen verfluchten Samen in die Erde streut, und wer weiß«, Jakob machte eine Pause, starrte ins Leere bevor er fortfuhr, »vielleicht hat er jetzt nur die Ernte eingefahren.«

»Was wollen Sie damit sagen?«, sagte Kern.

»Ist doch so, nicht wahr? Der Krug geht so lange zum Brunnen, bis er bricht.«

Kapitel 10

Liebe ist, einem Menschen vollkommen zu vertrauen, ganz und gar, sie ist Gleichklang und Verschmelzung zweier Seelen zu einer, sie ist der Schlüssel und das Passwort zum Leben. Sie ist der strahlende Kern, der Sphärenklang – sie ist … Gott.

Die ersten Wochen kamen wir nicht aus dem Bett. Das heißt, wir trieben es eigentlich überall, auf dem obligaten Küchentisch, unter der Dusche, im Auto, im Wald, einmal sogar auf der Toilette des Pausenraums im Wiesauerhof, die Vorstellung, der Alte hätte uns dabei ertappen können, ließ mir einen wohligen Schauer den Rücken runterlaufen. Die Leidenschaft, die Hitze des Verlangens konnte mich von einer Sekunde auf die andere in Flammen versetzen und ich fiel über Jasmin her wie ein ausgemergelter Wolf. Und sie war eine willige Beute. Nie stieß sie mich zurück, oder vögelte nur deshalb mit mir, um mir einen Gefallen zu tun. Im Gegenteil, nicht selten ging die Initiative von ihr aus. Mann, es schien, als nähme mein Leben endlich Fahrt auf, Pedal durchgedrückt bis zum Anschlag. Endlich sah ich einen Sinn, endlich war es gnädig mit mir und schenkte mir plötzlich so großzügig, was es mir so lange vorenthalten hatte.

Ich konnte mein Glück gar nicht fassen. Wer war nur dieser Kerl, der mir da plötzlich morgens aus dem Spiegel entgegensah, der auf einmal mit einem Lächeln auf den Lippen die Nachbarn grüßte, der gelegentlich sogar »Always look on the bright side of life« vor sich hin trällerte? Plötzlich hatte ich das Gefühl, die Welt aus ihren Angeln heben zu können, nichts schien mir mehr unmöglich. Vorbei waren die grauen Steppenwolftage, vorbei die Zeit, wo mir morgens nach dem Aufwachen vor dem kommenden Tag graute, so sehr, dass ich oft erst gar nicht aufstand und einfach liegen blieb. Wie oft hatte ich an solchen Tagen mit dem Gedanken gespielt, dem Leben einfach Adieu zu sagen.

Aber das war Schnee von gestern, ich war ein anderer geworden – ich wollte leben! Aber wie alle Glücklichen ignorierte ich, dass das Glück Flügel hat, es fliegt bald hierhin, bald dorthin, verweilt ein bisschen, eine Nanosekunde, es lässt sich aber nicht festhalten. Die Konstellation des Glücks trägt an sich schon die Komponente der Katastrophe, des Absturzes in sich, wie ja auch das Leben bereits das Sterben in sich trägt. Nicht nur, dass es gar nicht wenige Menschen gibt, die mit zu viel Glück sogar überfordert sind, wie ihr fahrlässiger, bornierter Umgang damit beweist! Was sollte am Zenit des Glücks noch kommen, welche Steigerung sollte es noch geben? Also folgt zwangsläufig der Absturz und sinnrichtig folgt großem Glück großes Leid, so wie oft jedwedem Höhepunkt der Fall in ein tiefes Loch folgt.

Jasmin bewohnte eine kleine, feine Wohnung im ersten Stockwerk eines Privathauses mit großem, üppig bepflanztem Garten in der Grenevillegasse – eine ruhige Sackgasse, in der einige alteingesessene Traunseestädter ihre noblen Zelte aufgeschlagen hatten. Die Wohnung hatte einen separaten Zugang durch eine Außenstiege, und die Patina und das Fluidum einer Gründerzeitbleibe. Gewölbeähnliche Räume, knarzende Holzböden, Bogenfenster, und weißgetünchte Wände, die nicht immer der Wasserwaage gerecht schienen.

»Wow, coole Bleibe!«, konstatierte ich beeindruckt, als ich ihre »Oase« zum ersten Mal betrat. Ich fühlte mich sofort wohl in der Wohnung. Und ihre Besonderheit, ihre Originalität, das

Flair, das sie atmete, die Geschichte, die diese Mauern erzählten, unterstrichen nur die Besonderheit Jasmins.

Einmal mehr fiel mir bei der Betrachtung der Räume auf, wie systematisch, wie organisiert und zielorientiert Jasmin vorging. Die Aufmachung ihrer Gemächer zeugte von einem Menschen, der ganz genau wusste, was er wollte. Jedes noch so kleine Detail spiegelte auf eindrucksvolle Weise eine unabhängige Individualität wider, atmete ihren Geist. Hier war jemand zu Werk gegangen, der sich wenig um Trends und die Vorgaben von Möbelhausbroschüren scherte, sondern sehr selbstbewusst seine eigenen Vorstellungen verwirklichte. Schon der Vorraum wirkte originell und einladend, weckte das Interesse und die Neugier, mit all den Fotos, Bildern und kleinen Installationen an den Wänden, das meiste von Jasmin selbst gemacht.

»Wenn ich nach Hause komme, dann möchte ich nur von Dingen umgeben sein, die mir am Herzen liegen, die ich mag und die zu mir sprechen, mir in gewisser Weise etwas zu erzählen haben«, erklärte mir Jasmin mit einem Lächeln, während ich staunend eine kleine Plastik aus in sich verschlungenem Draht mit dem Titel »Verwirrung« an einer der Wände betrachtete.

Ich weiß noch, wie mich genau in diesem Moment eine Woge grenzenloser Zuneigung durchflutete, gleichzeitig schien mein Herz in einen tiefen pechschwarzen Schacht zu fallen.

Was wäre, wenn? Was wäre, wenn Jasmin genauso schnell wieder aus meinem Leben verschwindet, wie sie gekommen war? Würde ich das ertragen können?

»Was ist los? Hast du ein Gespenst gesehen?«, riss sie mich aus meiner Paralyse. Sie musterte mich mit diesem, für sie so typischen nachdenklichen und zugleich begreifenden Lächeln. »Du musst dir keine Sorgen machen«, sagte sie und strich mir durchs Haar. Sie schien in mir wie in einem Buch zu lesen.

Kapitel 11

Die Dame mochte wohl so um die fünfzig Plus sein. Ihr naturgelocktes, blondes, von grauen Strähnen durchzogenes Haar hatte sie straff im Nacken zu einem Knoten zusammengebunden, was ihr im Verbund mit dem etwas zu kantigen Gesicht eine gewisse Strenge verlieh. Gelegentlich löste sich eines dieser widerspenstigen Haarringelchen und fiel ihr ins Gesicht, dann strich sie es in einer fahrig-nervösen Bewegung mit der Hand wieder an ihren Platz zurück.

Die Dame, die sich als Ida Baumann vorgestellt hatte, saß Kern auf der Wachstube gegenüber. Schräg daneben, an einen Aktenschrank gelehnt, mit vor der Brust verschränkten Armen, hatte Klement Stellung bezogen. Ida Baumann machte einen ziemlich aufgewühlten Eindruck.

»Ich habe lange mit mir gerungen, ob ich herkommen soll«, eröffnete sie mit belegter, leiser Stimme, die das eben Gesagte untermauerte. »Aber schließlich hat mir mein Gewissen keine Ruhe mehr gelassen und ich habe mich zu diesem Schritt entschlossen, auch wenn ich mir mit meiner Aussage vermutlich Unannehmlichkeiten einhandle.«

Kern musterte die schlanke Frau, die da in einem eleganten grauen Trachtenkostüm und mit akkurat gezupften Augenbrauen vor ihm saß, gespannt. Sie war nicht der erste Zeuge, der hier aufgetaucht war. Der Aufruf des Bürgermeisters an die Bevölkerung, die Fahndung der Polizei nach dem Täter tatkräftig zu unterstützen, hatte seine Wirkung nicht verfehlt und ganz offensichtlich das Verantwortungsbewusstsein der Gmundner an ihre staatsbürgerlichen Pflichten wachgeküsst. Eine ungeahnte Solidarität mit der Familie des Ermordeten, die sich unter anderem darin äußerte, dass man Kerzen, bunte Bildchen und Blumengestecke am Tatort aufgestellt hatte, und eine Art zusammenschweißender Lokalpatriotismus, der einen Mörder in dieser schönen Stadt keinesfalls duldete, hatten Einzug gehalten. Allerdings waren bis jetzt kaum brauchbare Hinweise eingegangen und der Übereifer so mancher Bürger, dem nicht selten genug eher Geltungsbedürfnis als die wirkliche Absicht zu helfen zugrunde liegt, hatten schon zu einigen Stilblüten geführt, die außer nach Zeitverschwendung nach nichts dufteten.

So hatte sich eine einsame Wanderin verfolgt gefühlt. »Ich habe im Wald hinter mir Schritte gehört, Herr Kommissar, ganz deutlich, und immer, wenn ich stehen blieb, waren die Schritte auch weg. Wenn ich wieder weiterging, waren die Schritte wieder da, mir ist es richtig kalt den Rücken runter gelaufen, als Frau alleine im Wald! Das könnte doch der Mörder gewesen sein, nicht wahr, Herr Kommissar? Möglicherweise ein Psychopath, ein Killer, vielleicht gar ein Serienkiller, von denen man jetzt so viel hört, der statt meiner den armen Herrn Wiesauer umgebracht hat. Nicht auszudenken, es hätte mich genauso treffen können!« Lange Rede, kurzer Sinn, letztlich stellte sich heraus, dass besagte Zeugin nicht nur an einem anderen Tag unterwegs war, sondern auch, dass dieses mysteriöse und zweifellos brandgefährliche Erlebnis nicht am Grün-, sondern am Gmundnerberg stattgefunden hatte. Wobei besagte Zeugin nicht so leicht zu beschwichtigen war und meinte, der Unhold könnte ja vorher schon am Gmundnerberg sein Unwesen getrieben haben, zur Übung gewissermaßen.

Einige gaben an, verdächtige Autos gesehen zu haben, unter anderem einen schwarzen Cadillac mit ausländischem Kennzeichen. Andere ebensolche Gestalten – bekleidet mit tief ins Gesicht gezogenem Hut und Trenchcoat! Und eine weitere Zeugin mit wallender Löwenmähne, armreifgroßem Ohrgehänge und entrückten, kajalumrandeten Augen, die sich in die rotgeränderten Kerns bohrten und zweifelsfrei Dinge sahen, die für andere nicht ersichtlich waren, behauptete überhaupt, vorausgesehen zu haben, dass an diesem Tag etwas Schlimmes geschehen werde und bot im selben Atemzug an, sich der Polizei als Hellseherin zur Verfügung zu stellen.

»Nun, Frau Baumann, was können wir für Sie tun?«

Ida Baumann atmete tief durch, bevor sie stoßseufzergleich antwortete.

»Ich hatte ein Verhältnis mit Heinrich Wiesauer.«

Plötzlich ging eine Bewegung durch Kern und Klement, schlagartig waren sie ganz bei der Sache und die anfängliche Skepsis fiel von ihnen ab, wie von einem Sünder das schlechte Gewissen nach der Absolution.

»An dem Tag, an dem Heinrich ermordet wurde, hatten wir eine Verabredung – wie fast jeden Donnerstag auf seiner Hütte. Aber diesmal hatte er abgesagt.«

Kern setzte sich aufrecht und fixierte die Frau, plötzlich schien Leben in die Geschichte zu kommen, ein erster handfester, vielleicht sogar verwertbarer Ansatz, etwas, wo sie einhaken konnten.

»Gab er Gründe an, weshalb Sie sich an diesem Abend nicht treffen konnten?«

»Er schrieb bloß, dass er geschäftlich verhindert sei.«

»Verstehe. Sie sagten schrieb. Haben Sie denn nicht miteinander gesprochen?«

»Nein, er schickte eine SMS, ich kann sie Ihnen zeigen.« Ida Baumann kramte dienstbeflissen in ihrer Handtasche, schließlich fischte sie ein Smartphone hervor, tippte mit flinken Fingern diverse Koordinaten ein und zeigte den Herren die SMS, abgeschickt an besagtem Donnerstag um 19 Uhr 30. Text: »Können uns heute leider nicht treffen, habe noch geschäftlich zu tun, Heinrich«

Kern räusperte sich, lehnte sich in seinen Stuhl zurück. »Frau Baumann, wie lange kannten Herr Wiesauer und Sie sich schon?«

»Schon länger, aber ... also intim wurden wir erst vor etwa einem Jahr.«

»Und kam es öfter vor, dass Herr Wiesauer ... wie soll ich sagen ... dass er Sie so kurzfristig versetzte?«

»Ich kann mich nicht erinnern, darum versuchte ich, ihn auch gleich, nachdem ich die SMS entdeckt hatte, zu erreichen.«

»Und?«

»Er hat nicht abgehoben, also habe ich ihm eine SMS zurückgeschickt, um mein Bedauern über die Absage auszudrücken.«

»Wie spät war es, als Sie versuchten, Herrn Wiesauer zu erreichen?«

»Gleich nachdem ich meine Schicht im Krankenhaus beendet hatte, also kurz nach acht.«

»Und was haben Sie getan, nachdem Ihre Verabredung geplatzt war?«

»Ich bin nach Hause gefahren, das heißt, ich wollte, aber ich hatte einen Platten.«

»Einen Platten?!« Kern und Klement warfen sich einen vielsagenden Blick zu.

»Ja, der rechte Vorderreifen war völlig hinüber. Anscheinend war ich beim Einparken über so eine Art Eisendorn gefahren, zumindest hing der noch im Reifen als ich ausstieg um nachzusehen, was mit meinem Auto nicht stimmt.«

»Und dann?«

»Dann habe ich mir ein Taxi gerufen und fuhr nach Hause.«

»Haben Sie später noch einmal versucht, Herrn Wiesauer zu erreichen?«

»Erst nächsten Morgen und später dann noch einmal, jedes Mal Fehlanzeige! Am Abend hörte ich dann in den Nachrichten, was passiert ist.« Ida Baumann senkte den Blick und biss sich auf die Unterlippe. »Ich habe mich erst jetzt gemeldet, weil ich Angst davor habe, wenn publik werden sollte, dass Heinrich und ich ein Verhältnis hatten.«

»Was meinen Sie mit publik?«

»Nun, ich möchte einfach nicht, dass das mit Heinrich und mir an die große Glocke gehängt wird. Einige, inklusive seiner Frau, wussten davon, oder ahnten es zumindest, aber niemand machte ein größeres Aufheben deswegen, es wurde toleriert, so wie in einer Familie eben vieles toleriert wird, und weil eben Dinge manchmal sind, wie sie sind. Ich bin nicht stolz darauf, mich mit einem verheirateten Mann eingelassen zu haben, aber ich war einsam, die Decke fiel mir auf den Kopf und Heinrich erklärte mir, dass der Kitt, der seine Ehe noch zusammenhalte, nur noch das Geschäft sei. Das Übliche eben, ewig verheiratet, die Ehe stumpft ab, man bleibt zusammen, zuerst wegen der Kinder, dann aus Gewohnheit. Wir hingen unser Verhältnis auch nie an die große Glocke, oder waren dieses entfesselte, leidenschaftliche Liebespaar, das sich irgendwelchen Illusionen hingibt, unsere Basis bildete wohl eher die Zweckdienlichkeit. Wir gingen auch nie gemeinsam aus, oder zu Veranstaltungen – zumindest nicht in Gmunden, weil wir die Klatschmäuler nicht provozieren wollten! Wir waren zufrieden damit, uns einmal die Woche zu treffen. Meistens in Heinrichs Hütte, gelegentlich, bei sehr schlechtem Wetter, in meiner Wohnung. Er sagte immer, dass ich sein Hafen sei, in den er vor Anker gehen könne, in dem er seinen Frieden finde, und dass er bei mir nie das Gefühl habe, etwas beweisen zu müssen, er könne abschalten und ganz einfach nur er selbst sein. Und ich empfand ähnlich, mir genügte es, wie es war, oft empfand ich ihn mehr als Freund, oder Vertrauten und nicht so sehr als Geliebten – wir konnten so gut miteinander reden!

Verstehen Sie, wenn jetzt unser Verhältnis an die Öffentlichkeit gezerrt wird, wenn ich vielleicht gar mit dem Mord in Verbindung gebracht werde, dann rücke ich mehr in den Mittelpunkt der Aufmerksamkeit. Dann werden sich die Leute das Maul zerreißen und alle möglichen Spekulationen über uns anstellen. Sie werden aus einer Mücke einen Elefanten machen und weiß Gott was daherreden.«

Für ein paar Sekunden war es nach diesem Ida Baumann-Monolog still am Bezirkspolizeiposten in Gmunden über dem Trauntor, auf dem seit 1278 erhaben das Stadtwappen prangte und von einer recht respektablen Vergangenheit kündete.

»Zuallererst, Frau Baumann«, brach Kern das Schweigen, »möchten wir Ihnen danken, dass Sie vorbeigekommen sind, um uns über diese Sache zu unterrichten.

Sie können selbstverständlich davon ausgehen, dass wir Ihre Aussage so diskret wie möglich behandeln. Aber Ihnen muss auch klar sein, dass wir in einem Mordfall ermitteln. Das heißt, wir müssen jeder Spur, die zur Aufklärung des Verbrechens beitragen kann, nachgehen. Was, wie ich meine, ja auch in Ihrem Interesse sein muss.«

Ida Baumann senkte betreten das Haupt.

»Frau Baumann«, insistierte Inspektor Klement, der sich einen Sessel herangezogen und seinerseits Platz genommen hatte, weil er befand, dass es nicht weiter nötig war, durch sein Stehen einschüchternd auf die Befragte zu wirken, »Frau Baumann, Sie sind Krankenschwester, nicht wahr?«

»Ja, ich arbeite im Landeskrankenhaus Gmunden.«

»Sie sind alleinstehend?«

»Ja.«

»Kinder?«

»Einen Sohn und eine Tochter, beide erwachsen.«

»Hm … gibt es einen Vater zu den Kindern?«

»Natürlich.«

»Und?«

»Was meinen Sie?«

»Wie ist Ihr Verhältnis zu ihm?«

»Wir leben getrennt, schon seit einigen Jahren.«

»Aber Sie haben noch Kontakt zu ihm?«

»Gelegentlich.«

»Hat Ihr Exmann von Ihrem Verhältnis zu Herrn Wiesauer gewusst?«

»Schon möglich. Aber wenn Sie damit andeuten wollen, dass da etwa Eifersucht im Spiel war und er etwas mit dem Mord zu tun haben könnte, dann irren Sie sich ganz sicher. Wir haben uns damals in beiderseitigem Einverständnis getrennt, es war das Beste für alle Beteiligten. Außerdem lebt er schon seit längerem wieder in einer Beziehung.«

»Verstehe.«

»Frau Baumann, als Sie das letzte Mal mit Herrn Wiesauer zusammen waren, ist Ihnen da irgendetwas komisch an ihm vorgekommen? Hat er sich anders verhalten als sonst? Kam er Ihnen nervös vor, fahrig, unruhig? Hat er vielleicht irgendetwas gesagt oder getan, was Ihnen ungewöhnlich erschien? Denken Sie genau nach.«

»Soweit ich mich erinnere, war er bei unserem letzten Treffen ungewohnt melancholisch, eine Seite, die mir neu war an ihm. Er sprach eingehend über einen Stammgast und guten Bekannten, der in seinem Alter war und kürzlich verstorben war – das schien ihn schwer zu beschäftigen. Er sagte wörtlich, dass er diesen Gast, Hermann, für unsterblich gehalten habe, ein Lebemann, Frauenheld und Charmeur. Und dann ein Arztbesuch wegen Unwohlsein, eine Diagnose, und vier Wochen später war er tot, als hätte es ihn nie gegeben, als wäre er nie dagewesen. Was soll das alles für einen Sinn haben, Ida, sagte er zu mir.«

»Aber er äußerte sich nicht dahingehend, dass er sich von irgendjemandem bedroht oder verfolgt fühlte?«

»Nein, gar nicht, zumindest nicht mir gegenüber.«

»Frau Baumann, war Ihnen die prekäre, oder wie soll ich sagen, die aufgeladene Situation im Wiesauerhof bekannt?«

»Sie meinen die Schwierigkeiten, die Heinrich mit dem Personal hatte?«

Kern nickte.

»Nun, ich wusste von meiner Zeit im Wiesauerhof – als ich dort noch als Gast verkehrte –, dass es einen ziemlichen Personalverschleiß gab, und ich habe Heinrich sogar einmal darauf angesprochen. Aber er sagte bloß, dass das im Gastgewerbe normal sei.«

»Kannten Sie Markus Brunner?«

»Das war dieser gutaussehende Kellner. Ja … ist zwar schon eine Weile her, aber ich erinnere mich an ihn, sogar sehr gut. Glauben Sie denn, dass er etwas mit dem Mord zu tun haben könnte?«

»Dazu lässt sich beim jetzigen Stand der Ermittlungen nichts sagen.

Wie war Ihr Eindruck von Herrn Brunner?«

»Nun, wie gesagt, er sah sehr gut aus, er hatte Charme und man hatte immer das Gefühl, dass er sich freute, einen zu sehen, was auf die Gäste überschwappte, man freute sich ihn zu sehen. Er wirkte immer so souverän, immer Herr der Lage, hatte immer so ein Blitzen in den Augen, das einem das Gefühl gab, die wichtigste Person für ihn zu sein. Und er wusste immer ganz genau, wie weit er gehen durfte und war nie plump. Die Damen fraßen ihm aus der Hand.«

»Wussten Sie von diesem Eklat zwischen Herrn Wiesauer und Markus?«

»Jeder wusste davon, es war Stadtgespräch. Sogar bei der alljährlichen Narrensitzung im Stadttheater, im Februar, wurde der Vorfall aufgegriffen und ein Sketch darüber aufgeführt, was Heinrich gar nicht recht war und ihn ziemlich geärgert hat. Markus hatte ihn beschimpft und ihm das Bier in den Schoß geleert und daraufhin den Wiesauerhof noch auf die Minute verlassen.«

Kern rieb sich das stachelige Kinn. Analyse, Analyse, Analyse! In manchen Fällen ist das Opfer im weiteren Sinne auch der Täter, gewissermaßen. Der Kriminalpsychologe trieb schon wieder sein Unwesen in Kerns Kopf. Will heißen, das Opfer fordert durch sein Verhalten quasi die Tat heraus, provoziert es – eine groteske Gleichung: Opfer ist gleich Täter, Täter ist gleich Opfer.

»Wenn Sie Herrn Wiesauer charakterisieren müssten, wie würden Sie ihn beschreiben, was war er für ein Mensch?«

Ida Baumann dachte lange nach.

»Vor allem war er ein einsamer Mensch, und trotz der vielen Bekanntschaften vom Wirtshaus her sehr alleine, gewissermaßen sich selbst ausgeliefert. Ich denke, dass er sich seiner Grenzen sehr bewusst war, dass er sie aber einfach nicht akzeptieren konnte, und dass er sich schwer tat, andere Menschen zu akzeptieren, sie anzunehmen, wie sie waren, oder auch sich selbst anzunehmen. Ich glaube, dass genau daraus die Probleme, die er mit vielen seiner Angestellten hatte, resultierten.«

Zwei verschiedene Menschen, ein ähnlicher Gedanke, ging es Kern durch den Kopf. »Mein Vater war ein sehr selbstherrlicher Mann«, hatte dessen Sohn Jakob gesagt.

»Aber Sie sind anscheinend gut mit Herrn Wiesauer ausgekommen?«, kommentierte Klement, der Ida Baumann nicht aus den Augen gelassen hatte.

»Ja«, lächelte Ida wehmütig. »Wahrscheinlich habe ich das kleine, nach Aufmerksamkeit heischende Kind in ihm gesehen und akzeptieren können.«

»Wie es aussieht, hat Wiesauers Geschäftspartner eine SMS an Ida Baumann geschickt«, konstatierte Kern, nachdem sie dieselbe verabschiedet hatten.

»Sieht so aus, und dann das Handy vermutlich in den Untiefen des Traunsees versenkt. Und, um ganz sicher zu gehen, dass sie bei ihren geschäftlichen Transaktionen nicht gestört werden, hat er ihr noch einen kapitalen Platten verabreicht.«

Kern sah auf. »Verabreicht?! Klingt irgendwie komisch. Eine Medizin wird verabreicht, aber doch kein Platten!«

»Na, dann halt beschert.«

»Beschert? Das klingt ja noch seltsamer! Beschert wird zu Weihnachten, Weihnachtsbescherung, nicht wahr, das hast du doch schon gehört?«

»Mann, sei doch nicht so pingelig. Wie würdest du denn sagen?«

»Naja, weiß auch nicht recht, einen Platten gestochen eventuell.«

Klement verdrehte die Augen. »Aber einen Platten kann man doch nicht stechen, weil der Platten ja eigentlich schon das Resultat des Stechens ist. Einen Reifen kann man stechen, dann wird der Reifen zum Platten, aber den Platten kann man nicht mehr stechen, verstehst du?«

Kern rieb sich wieder das Kinn. »Du hast Recht, das hat was für sich. Aber ist ja auch egal! Was hältst du von unserem Täter, Herr Inspektor?«

»Tja, meiner Ansicht nach deutet alles darauf hin, dass die Sache von langer Hand geplant war. Der Mörder, oder die Mörderin – es könnte ja auch eine Frau gewesen sein –, hat nichts dem Zufall überlassen, er wusste genau über die Gewohnheiten Wiesauers Bescheid. Entweder er hat ihn observiert, oder ihn gut gekannt, oder beides.«

»Drei Schüsse in den Kopf. Was für ein Motiv fällt dir dazu ganz spontan ein?«

»Rache.«

»Wann übt jemand Rache?«

»Dann, wenn jemandem so viel Schaden oder Leid zugefügt wurde, dass er den dafür Verantwortlichen dafür bezahlen lassen möchte.«

»Da haben wir sie wieder, die Gleichung.«

»Was meinst du?«

»Die Täter-Opfer-Gleichung, oder umgekehrt.«

Klement sah seinen Chef verständnislos an.

»Naja, während meiner Ausbildung hatten wir einen Psychologen, der behauptete, dass in manchen Fällen das Opfer eine gewisse Mitschuld trägt.«

»Eine Mitschuld?«

»Ja, weil es durch sein Verhalten die Tat sozusagen provoziert.«

»Leuchtet irgendwie ein, und du willst damit also sagen, Wiesauer hat jemandem so lange zugesetzt, bis der- oder diejenige beschlossen hat, ihm das Licht auszublasen?«

»Wäre das so abwegig?«

»Naja ... Von allem, was man so hört, hatte er es in erster Linie auf das Personal abgesehen«, sagte Klement nachdenklich, »bei den Gästen schien er nicht unbeliebt gewesen zu sein.«

»Heißt, wir sollten unser Hauptaugenmerk also zunächst einmal auf das Personal richten.«

»Und da im Besonderen auf das Servierpersonal.«

»Das ständig wechselt.«

»Richtig, bis auf zwei. Michael Burger, mit einer kurzen Unterbrechung, in der er sich als Fitnesstrainer versuchte, seit zwanzig Jahren in der Firma beschäftigt. Und Gerhard Lieb, seit fünfzehn Jahren daselbst.«

»Das ist eine lange Zeit. Die beiden müssten eine Menge mitgekriegt haben, und viel zu erzählen haben. Haben wir sie noch nicht einvernommen?«

»Doch. Allerdings schienen sie ziemlich befangen und waren dementsprechend wortkarg. Machten den Eindruck, als hätten sie die ganze Geschichte noch nicht so recht verdaut.«

»Hmm.«

»Jedenfalls ist nach Baumanns Aussage klar, weshalb die Wiesauer so heftig reagierte.«

»Stimmt, da hast du Pfeffer in die Wunde gestreut. Wird nicht leicht für sie gewesen sein – zu wissen, dass ihr Mann fremdgeht.«

»Ja, und damit ist sie im Augenblick die Einzige, von der wir wissen, dass sie ein handfestes Motiv hatte, ihren Mann um die Ecke zu bringen. Allerdings hat sie ein wasserdichtes Alibi. Wäre zu einfach gewesen.«

»Und wenn sie jemanden angeheuert hat?«, meinte Klement.

»Klingt ziemlich weit hergeholt.«

»Was wissen wir?«, resümierte Klement und gab sich gleich selbst die Antwort. »Wir wissen, dass es zwischen Wiesauer und seinem Sohn Jakob Differenzen gab und dass er seine Frau betrogen hat und sie damit ein Motiv hatte. Und wir wissen, dass es innerhalb der Firma viele gab, die Wiesauer – sagen wir es einmal so – nicht gerade wohlgesonnen waren.«

Kern nickte. »Ist nicht viel«, sagte er nachdenklich. »Du bittest den Chef des Hauses um eine Liste aller Arbeitnehmer, die in den, sagen wir letzten drei Jahren hier Dienst taten. Dann nimmst du dir die beiden Altgedienten, Burger und Lieb, vor. Und ich werde mich um diesen Wunderknaben Brunner kümmern, mal sehen …«

»Geht klar, Chef! Übrigens, interessante Arbeitsteilung.«

Kern grinste. »Wenn du einmal groß bist, …«

Kapitel 12

Ich habe Bilder im Kopf.

Das allererste, wie sie in der Gaststube vor Wiesauer steht, im rosaroten Dirndl, das blonde Haar streng nach hinten gekämmt und zu einem dicken, schweren Zopf geflochten. Den Oberkörper leicht vorgereckt, der Inhalt ihres Ausschnittes nicht weniger als das Paradies verheißend, die ganze Haltung einer subtilen Herausforderung gleichkommend und sich ihrer Wirkung vollkommen bewusst – ein Siegertyp und doch zum Scheitern verurteilt.

Ich habe Bilder im Kopf.

Zum Beispiel wie sie aus dem Wasser des Traunsees steigt. Sie steht am Ufer, im Gegenlicht der Sonne, wringt ihr Haar aus, lächelt mir zu, auf ihrer gebräunten Haut bilden sich abertausende von Wassertropfen, glitzernd, schillernd wie ein Mosaik, wie ein Kaleidoskop. Und plötzlich begreife ich die Impressionisten und ihre Faszination für Licht und Schatten und weshalb sie ihre ganze Meisterschaft darauf verwandten, dieses flüchtige, ständig changierende Spiel des Lichts festzuhalten. Das fantastische Bild »Stehende von vorn«, von Georges Seurat, kommt mir in den Sinn, ein Werk, das nur aus Punkten, aus hingeworfenen Tupfen und Strichen besteht. Das ganze Bild scheint zu flimmern, zu vibrieren, zu pulsieren wie Geysire, wie Plasma. Alles ist in Aufruhr, in Bewegung, in Entstehung, als dränge dieses Wesen im Bild mit aller Kraft danach, seine endgültige Form zu erreichen.

Jasmin kommt zu mir auf die Decke, fährt mit ihrer Hand durch mein Haar. »Glaubst du, dass der Mensch aus dem Wasser kommt?«, fragte sie.

»Was meinst du?«, entgegnete ich.

»Wissenschaftler behaupten das. Sie sagen, der Mensch kommt ursprünglich aus dem Meer. Vor Millionen von Jahren waren wir angeblich nur ganz primitive, ringförmige Wesen, die im Urmeer dahindümpelten und mit nichts weiter beschäftigt waren, als mit Nahrungsaufnahme und deren Ausscheidung durch nur eine Öffnung, den sogenannten Urmund.«

»Aha?«

»Genau. Aber aus diesem ringförmigen Etwas entwickelte sich letztlich der Mensch in seiner ganzen Pracht. Sie sagen, dass die Entwicklung eines Babys im Mutterleib, die Entwicklung dieser ringförmigen Wesen zum Menschen, quasi im Zeitraffer neun Monaten entspreche und damit ihre These untermauere.«

»Unglaublich.«

»Jaaa, uuund«, schloss sie triumphierend, mit erhobenem Zeigefinger wie ein Dozent, und so als wäre das der letzte unumstößliche Beweis für ihre These, »der Salzgehalt im Fruchtwasser einer Frau beträgt 0,9 %, derselbe Wert, den Meerwasser aufweist.«

»Unfassbar! Was die Wissenschaft alles feststellt.«

Sie musterte mich misstrauisch, legte den Kopf schräg und sah mir scharf in die Augen, wie sie es immer tat, wenn sie sich nicht sicher war.

»Du-u? Verarschst du mich gerade?!«

»Würde ich nie wagen!«, schüttelte ich grinsend den Kopf.

»Du Schuft«, kreischte sie lachend und warf sich mit gespreizten Beinen über mich. Augenblicklich reagierte mein Körper, wie immer.

Einmal besuchte ich mit Jasmin ein entzückendes Heidi-Dorf im nördlichen Teil der Steiermark, man erreicht den Ort, wenn man über den Pötschenpass fährt und dann ein paar Kilometer weiter links abbiegt. Eine Verflossene hatte mich vor einiger Zeit auf diesen magischen Ort aufmerksam gemacht und ich hatte ihn immer wieder einmal aufgesucht, wenn ich meine Ruhe haben wollte, wenn ich das Gefühl hatte, flüchten zu wollen.

Das Dorf zählt knapp hundertfünfzig Einwohner, man muss sein Auto auf dem außerhalb des Ortes angrenzenden Parkplatz abstellen. Es gibt eine Kirche, zwei Wirtshäuser – in einem davon hatten wir wunderbar gegessen, ich Käsespätzle mit so viel gerösteten Zwiebelringen, dass man es bis Graz riechen konnte, Jasmin einen Salat mit Fisch –, einen herrlichen Kramladen und auf einem Hügel steht eine Kapelle, die Johanneskapelle, die wegen ihrer romanischen Fresken aus dem 12. Jahrhundert ziemlich berühmt sein soll.

Nach der Besichtigung breitete ich eine Decke auf der Blumenwiese vor der Kapelle aus und wir ließen uns darauf nieder. Weit unter uns lag das Ennstal, eine Schnellstraße führte hindurch. Jasmin saß mit angezogenen runden Knien inmitten der Blumenwiese, der Wind strich durch ihr Seidenhaar, eine Locke fiel ihr ins Gesicht, ein Zitronenfalter hatte sich auf ihrer Schulter niedergelassen. Die kleine Herz-Jesu-Kapelle wachte im Hintergrund, ihr Dach war schwer vermoost, von ihren Mauern bröckelte der Putz, die Blumen vor ihren mürben Mauern waren verwelkt. Versinnbildlichung des Niedergangs einer Epoche, die Götter von heute tragen blank polierte Markennamen. Jasmins Blick war auf die Schnellstraße im fernen Tal gerichtet, auf der die Autos in aberwitzigem Tempo vorbeibrausten. Eine Allegorie, der zumindest vorläufige Sieg der Mobilität über die Spiritualität.

Ich streckte mich auf der Decke aus, Jasmin nahm ein Buch aus dem mitgebrachten Rucksack, bettete ihren Kopf auf meinen Bauch und begann zu lesen, ihren geliebten und dennoch gelegentlich kritisierten Hermann Hesse, »Narziss und Goldmund«, zufällig eines meiner Lieblingsbücher von ihm.

Plötzlich fiel ein Schatten auf meine Seele. Als ich seinerzeit dieses Buch gelesen hatte, hatte ich diesen Goldmund immer beneidet, ich hatte mir gewünscht, so zu sein wie er. Ein Jüngling, ein Mann voll von Liebe, so voll davon, dass es viel zu viel war, um sie nur auf einen Menschen zu beschränken. Und er wurde wiedergeliebt, vor allem von den Frauen, denn sie waren fähig, das Kind in ihm zu sehen, das Kind im Mann, das sie rührte, das sie, gelenkt vom Mutterinstinkt, behüten, beschützen, das sie lieben wollten, weil in jeder Frau eine Mutter steckt.

Männer können nicht wie Frauen lieben, sie sind nicht derart beschaffen. Sie wollen besitzen, wollen, dass man aufschaut zu ihnen, wollen bewundert werden, wollen um ihrer Tatkraft willen geliebt werden.

Ich begriff in diesem Moment klarer denn je, dass meine Wesensart viel eher der von Narziss entsprach, dem Grübler, dem ichbezogenen Denker, dem es so schwerfällt, sich hinzugeben, die Kontrolle abzugeben. Was, wenn Jasmin diesen Narziss in mir entdeckte, würde sie mich dennoch weiterhin lieben, oder würde sie sich angeekelt von mir abwenden?

Plötzlich rappelte sie sich auf und kuschelte sich an mich.

»Schön ist es, mit dir hier zu sein«, flüsterte sie mir ins Ohr.

In diesem Moment wünschte ich mir nichts mehr, als dass wir erstarren könnten, mitten in der Bewegung, um diesen Augenblick, diese Woge des Glücks, das mich durchbrandete, bis in alle Ewigkeit festzuhalten.

Ich habe Bilder im Kopf, Impressionen, Momentaufnahmen, Flüchtigkeiten. Die Art, wie sie jemanden ansehen konnte, die völlige Konzentriertheit und Selbstvergessenheit, mit der sie in einem Buch las, als wäre sie alleine auf der Welt. Wie sie grollend die Hände in die Hüften stemmte und ihre Augen blitzten, wenn sie sich über ein Unrecht empörte, wie sie die Stirne kraus zog, wenn ihr etwas nicht in den Kopf wollte.

Ich habe oft ihr schlafendes Gesicht betrachtet und mich gefragt, wo sie jetzt genau in diesem Moment sein mochte, auf welcher wundersamen Reise und auf welchem Stern, ob es ein Geheimnis hinter dieser Stirn gab, das sich mir nicht offenbarte und wenn es so war, ob mir überhaupt daran gelegen war, es zu wissen. Wohl eher nicht, überlegte ich, denn besser, wie es jetzt war, konnte es nicht werden.

So oft sehe ich dieses friedlich schlafende Antlitz vor mir, das mir manchmal wie nicht von dieser Welt erschien, ihr strahlendes Lächeln unmittelbar nach dem Erwachen, als blicke sie aus nächster Nähe in eine Kamera, und das herausfordernde Blitzen in ihren Augen, verbunden mit der Forderung nach Sex. Sie setzt sich auf mich, lässt mich langsam in sich hinein, ein leises Stöhnen dringt aus ihrer Brust und plötzlich kommt dieses eine Bild, das mit den übrigen Bildern von ihr unmöglich in Einklang zu bringen ist, und das sich wie eine giftige, tintenschwarze Wolke auf mich herabsenkt, mir den Atem nimmt. Tausend Granaten explodieren in meinem Kopf, in meinem ganzen Körper. Ein gigantischer Blitz entzweit das Himmelsgewölbe und der Himmel stürzt auf mich herab.

Kapitel 13

Smarter Bursche, war der erste Gedanke, der Kern durch den Kopf ging, als er Markus Brunner im »Franz Josef«, einem Innenstadtlokal in Bad Ischl, auf einem schon ziemlich durchgesessenen, barocken, mit rotem Plüsch bezogenen Stuhl gegenübersaß.

Kastanienbraunes, halblang gescheiteltes, dichtes Haar, makelloses, wie mit der Laubsäge geschnittenes Profil, die Bewegungen geschmeidig, katzenartig, schlank, gut über Mittelgröße. Es brauchte nicht viel Fantasie, um sich vorzustellen, wie Markus Brunner auf die Damenwelt wirkte.

»Kaffee?«

»Ein Espresso könnte nicht schaden«, entgegnete Kern nach kurzem Abwägen seiner bereits getätigten Koffeinzufuhr.

Während Brunner an der filigranen Kaffeemaschine herumhantierte, ließ Kern den Blick durch das Lokal wandern.

Teils nussvertäfelte Decke, runde Kaffeehaustischchen mit Marmorplatte und Gusseisengestell, Stühle mit rotem Samt bezogen und ziemlich durchgesessen. Schummrige Nischen, barock geschwungene Kleiderständer, an den Wänden Bilder, die Kaffeehausszenen aus dem ausklingenden 19. bzw. anklingenden 20. Jahrhundert zum Inhalt hatten, und in einem verschnörkelten Holzgoldrahmen, beinahe lebensgroß, der Namensgeber des Lokals: Kaiser Franz in untadeliger Ausgehuniform, himmelblaue Hose, weißer Rock, behangen mit Säbel, Schärpe und Ordensspange.

Außer Kern und Brunner war niemand im Lokal, was daran lag, dass Montag war – Ruhetag.

»Was kann ich für Sie tun?«, fragte Brunner, nachdem er behände den Espresso auf einem Silbertablett mit einem Gläschen Wasser und einem Stückchen Schokolade vor Kern auf den Tisch gestellt hatte.

»Ich würde gerne mit Ihnen über Heinrich Wiesauer sprechen.« Brunner schnaubte durch die Nase, schlug die Augen nieder und schüttelte den Kopf.

»Es ist zwei Jahre her, dass ich für ihn gearbeitet habe.«

»Ich weiß, dennoch würde ich gerne wissen, wie Sie Wiesauer einschätzten.«

»Wie ich ihn einschätzte?« Brunner blickte Kern zweifelnd an, bevor er einigermaßen aufgebracht antwortete: »Ich sage Ihnen was. Wiesauer war ein mieser kleiner aufgeblasener Sadist, der seine Komplexe zu kompensieren versuchte, indem er andere schikanierte, wo es nur ging. Und umso tiefer seine Opfer auf der sogenannten sozialen Leiter standen, und umso wehrloser sie waren, desto mehr. Menschen wie ich waren in seinen Augen minderwertig, so ganz ohne Titel und Karriere.« Brunner hielt inne, atmete tief durch. »Entschuldigung«, sagte er dann, und fuhr etwas ruhiger fort: »Toten soll man ja nichts Schlechtes nachsagen.«

»Sie hatten einen ziemlich denkwürdigen Auftritt bei ihm?«

»Das kann man so sagen, ja.«

Kern fixierte sein Gegenüber.

»Was wollen Sie hören? Dass es mir leid tut? Tut es nicht, nicht im geringsten. Wiesauer war ein übler Mensch, glauben Sie mir. Ich habe so ziemlich alles versucht, um es ihm recht zu machen, so lange bis ich begriffen habe, dass das unmöglich ist, also habe ich angefangen zurückzuschießen. Man muss mit den Menschen die Sprache sprechen, die sie verstehen!«

»Und?«

»Was?«

»Hat er sie verstanden? Die Sprache?«

Brunner schüttelte den Kopf. »Nein. Zumindest änderte er deswegen sein Verhalten nicht, wenn Sie das meinen. Aber trotzdem war es wichtig, für meine Selbstachtung! Ich war es leid, den Schwanz einzuziehen, ich hatte ihm den Krieg erklärt und ließ mir nichts mehr gefallen. Aber mit der Zeit, wenn man bemerkt, dass der Feind nicht nachlässt, zermürbt man, man laugt aus, die Kraft geht aus.

Wenn man mit einem Menschen zusammenarbeiten soll und man merkt, dass er nichts als Ablehnung für Sie empfindet, und ihm nichts größere Freude bereitet, als ein Haar in der Suppe zu finden, dann schmeißen Sie irgendwann das Handtuch.«

»Sie waren ungefähr ein Jahr lang bei Wiesauer beschäftigt?«

»Ungefähr, ja.«

»Wieso haben Sie nicht schon früher gekündigt?«

»Weiß auch nicht, irgendwie hoffte ich immer noch, dass sich das Klima verbessern würde, hat es aber nicht und schließlich kam der Punkt, an dem ich mir keine Illusionen mehr machte. Ich hatte begriffen, dass Wiesauer sich nicht ändern würde, keinen Millimeter.«

»Was war mit den Kollegen?«

»Sie meinen wahrscheinlich Michael und Gerhard, die zwei Urgesteine, die Dinosaurier, die Überlebenden? Die beiden waren so abgestumpft wie ein ungespitzter Bleistift. Außerdem haben beide Familie, Kinder, das macht es nicht leichter. Sie sind auf ihren Job angewiesen, und eines muss man Wiesauer lassen, er zahlt gut.«

Kern nickte. »Herr Brunner«, sagte er langsam, »wo waren Sie am Donnerstagabend, den 8. September?«

Brunners Augen blitzten erneut.

»Sie verdächtigen mich?!«, fragte er ungläubig und mit bitterem Lächeln. »Hallo, das ist doch absurd! Ich habe vor zwei Jahren dort gekündigt und seitdem nie wieder einen Fuß in dieses Haus gesetzt. Glauben Sie wirklich, ich hatte die letzten zwei Jahre nichts Besseres zu tun, als Rachepläne zu schmieden und meinem Ex-Chef den Schädel weg zu pusten?

Aber wenn Sie es wirklich wissen wollen. Ich war hier im Lokal, wie jeden Abend, und das können eine Menge Leute bezeugen.«

»Also«, hielt Klement Rapport, »da wäre mal Gerhard Lieb. Zweiundfünfzig Jahre alt, verheiratet, drei Kinder, zehn, vierzehn und sechzehn Jahre alt. Seit fünfzehn Jahren als Kellner im Wiesauerhof beschäftigt, wohnhaft in Kirchham, eine Nachbargemeinde von Gmunden, seine Frau Marianne arbeitet als Teilzeitkraft bei Hofer an der Kasse.

Der Kerl machte bei der Befragung einen ziemlich nervösen, zappeligen Eindruck, ich hatte die ganze Zeit das Gefühl, dass er irgendetwas verbirgt. Am Abend des 8. Septembers hatte er übrigens dienstfrei, allerdings hat er ein Alibi. Er und seine Familie haben ihn vor dem Fernseher, beziehungsweise mit Computerspielen verbracht. Als ich ihn auf das Betriebsklima im Wiesauerhof ansprach, meinte er, dass es nicht so schlecht war, wie manche behaupten. Das Personal sei immer gut verköstigt worden, der Lohn immer pünktlich auf das Konto überwiesen, das sei im Gastgewerbe keine Selbstverständlichkeit. Den Seniorchef hätte man halt so nehmen müssen, wie er war, er hätte eben auch nicht aus seiner Haut gekonnt. Früher, so Liebs Worte, habe er auch öfter gehadert, und daran gedacht, sich einen anderen Arbeitsplatz zu suchen, aber mittlerweile wäre ihm das, was der Seniorchef sagte, bei einem Ohr rein und beim nächsten wieder raus gegangen.

Ich habe Lieb auch über das Verhältnis Wiesauers zu den Gästen befragt, ob ihm irgendetwas aufgefallen sei, Spannungen, Auffälligkeiten, Streitigkeiten. Und, siehe da, vor etwa einem Jahr war er Zeuge einer heftigen Auseinandersetzung geworden, die Wiesauer mit einem gewissen Strasser im Foyer des Hauses gehabt haben soll. Zumindest glaubt Lieb, dass es sich um besagten Strasser handelte, er hat ihn nämlich nicht gesehen, nur gehört. Er ist sich allerdings ziemlich sicher, ihn an der Stimme erkannt zu haben. Lieb konnte nicht alles verstehen, weil Wiesauer im Laufe des Streits die Gastzimmertür geschlossen hat. Soviel hat er aber mitgekriegt, dass es um eine Frau gegangen ist – exakt, um Strassers Frau! Und dass Strasser lautstark gedroht hat. ›Wiesauer‹, ich zitiere Lieb, ›wie eine Sau abzustechen‹, wenn er sich noch einmal in ihre Nähe begebe.«

»Sieh an, sieh an«, sagte Kern, »unser Herr Wirt, ein verkappter Don Juan. Wie lange hat die Baumann gesagt, dass sie mit Wiesauer zusammen war?«

»Ein gutes Jahr.«

»Hmhm, fällt also zeitlich zusammen. Anscheinend hat die Drohung gewirkt und Wiesauer hat sich in sicherere Gewässer begeben.«

»Sieht ganz danach aus.«

»Auf jeden Fall werden wir diesem Strasser gleich einmal einen Besuch abstatten.«

»Da wäre noch etwas, Lieb betreffend. Ich hab mich ein bisschen schlau gemacht, du weißt schon, wegen meinem Bauchgefühl, und so lieb, wie sein Name verspricht, ist er gar nicht. Ist zwar schon ein Weilchen her, aber der gute Mann ist in der Vergangenheit als Langfinger in Erscheinung getreten. Hat mehrmals in die Registrierkassen seiner Chefs gelangt. Vielleicht war er deswegen bei der Befragung so nervös.«

»Na hallo! Und hast du Lieb damit konfrontiert?«

»Noch nicht.«

»Ob Wiesauer wohl davon wusste?« Klement zuckte mit den Schultern.

»Ist doch interessant. Soweit ich mich erinnere, kam es zwischen Wiesauer und Brunner zum endgültigen Eklat, weil der ihm vorwarf, in die Kasse gegriffen zu haben. Und jetzt erzählst du mir von Liebs Vergangenheit als Dieb. Vielleicht ist er rückfällig geworden. Vielleicht haben wir es mit einer netten kleinen Erpressung zu tun.«

»Du meinst, Wiesauer kommt, wie auch immer, dahinter, dass Lieb und nicht Brunner das Geld gestohlen hat, wirft ihn zwar nicht raus, aber droht ihm und setzt ihn damit unter Druck und Lieb, dem es schließlich zu bunt wird, erschießt ihn schließlich?«

»Brunner hat Wiesauer als aufgeblasenen Sadisten bezeichnet, dem nichts mehr Freude bereitete, als seine Untergebenen zu quälen, möglich wär's.«

»Ja, aber die Sache hat einen Schönheitsfehler.«

»Ich weiß, Lieb hat ein Alibi.«

»Genau.«

»Wasserdicht?«

»Er hat sogar das Fernsehprogramm aufsagen können.«

Kern nickte nachdenklich. »Trotzdem, bohr nochmal nach, klär diese Geschichte mit Lieb ab. Vielleicht steckt mehr dahinter. Setz ihn ein bisschen unter Druck, vielleicht spuckt er noch was aus. Was haben wir noch?«

»Den zweiten Langgedienten, Burger, einundvierzig Jahre, ebenfalls verheiratet, zwei Kinder. Hat mit achtzehn das Gymnasium abgebrochen und dann im Wiesauerhof eine Lehre als Koch und Kellner absolviert. Ist mit einer kurzen Unterbrechung, in der er sich als Fitnesslehrer versuchte, seit über zwanzig Jahren im Wiesauerhof beschäftigt. Im Gegensatz zu

Lieb ist seine Loyalität allerdings verebbt. Er dachte schon seit einiger Zeit über einen Jobwechsel nach und wartete eigentlich nur noch darauf, dass das Richtige daherkommt.«

»Und welche Gründe gab er für einen Firmenwechsel an?«

»In der Hauptsache denselben, den wir auch von Brunner kennen, dass es auf Dauer nicht möglich ist, oder besser gesagt war, mit dem alten Wiesauer zusammenzuarbeiten.«

»Wie es aussieht, hat er lange gebraucht, um zu dieser Einsicht zu kommen.«

»Stimmt, aber Burger behauptet, dass Wiesauer nicht immer so war, zumindest nicht so schlimm. Erst die letzten sechs, sieben Jahre hat er angefangen, das Arschloch so richtig raushängen zu lassen.«

»Und wird Burger jetzt, nach dem Abgang Wiesauers, in der Firma bleiben?«

»Das habe ich ihn auch gefragt und er hat gesagt, er würde jetzt einmal abwarten, wohin sich die ganze Geschichte entwickle.«

»Hm«, murmelte Kern vor sich hin, »ich frage mich, wo der wunde Punkt ist, die Achillesferse? Wer entwickelt so viel Hass, um einen Mord zu begehen?«

Die bis jetzt zu Tage getretenen Motive schienen ihm nicht ausreichend für eine derartige Tat. Er war der Ansicht, dass der Stachel tiefer saß. Irgendetwas musste passiert sein, etwas Gravierendes, dass sich noch dem Licht ihrer Erkenntnis entzog. Nichts ist sicher, aber dennoch konnte er die gebetsmühlenartig schnarrende Stimme eines seiner Ausbilder in seinem Kopf nicht abstellen: Wie uns die Statistik lehrt, meine Herren, ist in den allermeisten Fällen der Täter im nahen Umfeld des Opfers zu finden, führen Sie sich das bei Ihren Ausführungen immer vor Augen. – Im nahen Umfeld des Opfers zu finden, im nahen Umfeld …

»Und dein Eindruck, wie ist dein Eindruck von Burger, was ist er für ein Typ?«

»Unauffällig. Unauffällige Frisur, unauffälliges Gesicht, unauffällige Kleidung, unauffälliges Benehmen.«

»Anscheinend der geborene Unterhalter und Pausenclown.«

»So in etwa. Aber abgesehen von seinen Entertainerqualitäten, nett und entgegenkommend. Sieht einem in die Augen, wenn man mit ihm spricht, kann sich allerdings auch niemanden vorstellen, der diese Tat begehen hätte können.«

»Und dennoch ist sie passiert.«

»Das Böse unter der Sonne.«

»Ganz schön melodramatisch.«

»Auf jeden Fall ist Burger aus dem Schneider, er hatte an diesem Abend Dienst.«

»Ja, wie es scheint, haben alle ein Alibi. Dennoch habe ich das Gefühl, dass der Täter innerhalb der Firma zu finden ist, vielleicht müssen wir den Hebel weiter hinten ansetzen.«

Als wäre das das Stichwort gewesen, zog Klement mehrere zusammengefaltete A4-Blätter aus der Innentasche seines Sakkos und überreichte sie Kern. »Eine Liste aller Angestellten der letzten drei Jahre, wie von dir bestellt. Die mit einem Sternchen hinter dem Namen waren Servicemitarbeiter.«

Kern ging die Liste durch und pfiff durch die Zähne. »Da ging's ja zu wie im Taubenschlag.« Klement nickte. »Ja, ein permanenter Wechsel, bis auf die zwei Fixsterne Burger und Lieb.«

»Hm … die Liste ist ziemlich männerdominiert, gerade mal fünf Damen, gegenüber vierzehn Herren, die hier die letzten drei Jahre im Service Dienst taten. Ob Wiesauer die Ladys genauso behandelt hat wie die Herren?«

»Tja, wir werden sie wohl fragen müssen«, entgegnete Klement und runzelte dabei die Stirn.

Kern betrachtete noch einmal die Namen der Frauen auf der Liste, die alle mit Telefonnummer und Adresse angegeben waren: Hannelore Veith, Barbara Wiesinger, Vera Sturm, Doris Birkner, Jasmin Scherer.

Kapitel 14

Wie schön der Tag war! Das Himmelsgewölbe hatte sich in seinem makellosesten Blau herausgeputzt. Der Traunstein schien so nah, dass man glaubte, ihn greifen zu können. Und der See, aus dem man kürzlich die in einen großen Koffer fein säuberlich verpackten Leichenteile einer Frau geborgen hatte, bildete kleine Türmchen im milden Wind.

Menschen flanierten die Esplanade auf und ab, schleckten an ihrem Eis, das sie an einem der Ausschänke zu unverschämt überteuerten Preisen erstanden hatten, lungerten auf den grüngestrichenen Bänken herum, oder stierten mit erwartungsvoll blödsinnigem Gesichtsausdruck auf ihre Smartphones, als hätten sie vom lieben Gott persönlich eine Nachricht erhalten. Als gäbe der Tag nicht schon genug an Sehenswertem her!

Niemand schien mehr zu arbeiten, außer den Kellnern, die in den flottgemachten Gastgärten aufgedreht wie die Wiesel zwischen den Tischen herumflitzten, und einem vergammelten Straßenmusikanten, der auf seiner Wandergitarre das übliche Programm von »Blowing in the wind« bis »Let it be« herunterschrummbelte. Aus Aufgekratztheit hatte ich ihm eine Zwei-Euro-Münze in seinen Gitarrenkoffer geworfen, obwohl es tatsächlich besser gewesen wäre, er hätte sein unmotiviertes Gesülze sein lassen. Als ich einen bescheuerten Peace-Aufkleber auf seiner Gitarre entdeckte, hätte ich die Münze am liebsten gleich wieder herausgenommen. Ist doch wahr, diese verlausten Hippie-Affen faseln von Liebe und Frieden und vernachlässigen, beseelt von der »großen Erleuchtung«, ihre Familien. Ich verstehe, wenn Leute alle möglichen Vorwände vorbringen, um herumzuvögeln, aber man sollte nicht moralisieren, wenn man im Glashaus sitzt.

Egal, ich hatte nicht vor, mir den Tag versauen zu lassen, schon gar nicht von so einem Pseudo, dazu lief es zurzeit einfach zu gut!

Jasmin war die nächsten drei Tage nicht da, sie hatte einiges an der Uni zu erledigen und übernachtete bei Paula, einer Studienkollegin und Freundin in Linz. Zeit für mich, durchzuatmen! Tobias hatte mir den Nachmittag überraschend freigegeben und den darauffolgenden Tag hatte ich ebenfalls frei. Das Wetter ließ keine Wünsche offen und eben hatte ich eine SMS von Jasmin erhalten, dass sie mich jetzt schon vermisse. Ich schrieb ihr zurück, dass es mir genauso gehe.

Der Musikant spielte gerade »Knocking on heavens door« von Dylan, gar nicht so schlecht! Ich summte leise mit, über der Silhouette des Traunsteins stieg das Antlitz Jasmins auf, ich war unschlüssig, was ich mit dem Rest des Tages anfangen sollte. Ich konnte nach Salzburg fahren, zum Beispiel, die Getreidegasse rauf und runter flanieren. Oder sehen, was es auf dem Domplatz Neues gab, vielleicht lief mir ja Placido Domingo über den Weg. Andererseits, bei dem schönen Wetter seine Zeit im Auto vergeuden? Ich stand auf, warf dem Musikanten, der eben bei »Heart of Gold« und Neil Young angekommen war, noch einmal zwei Euro in den Gitarrenkoffer, worauf dieser sich tief verbeugte. Dann ging ich die Esplanade rauf Richtung Rathausplatz und bog in die Kirchengasse ein. An der Stadtpfarrkirche blieb ich stehen. Ich sah auf die Uhr. Ich hatte Zeit, also ging ich rein, bekreuzigte mich, setzte mich in eine der vorderen Bänke. Ich saß einfach nur da, bemühte mich, Gott in mich einzulassen, etwas von dieser Erhabenheit zu spüren, die die Märtyrer rings um mich ausstrahlten. Doch ich kam nicht recht zur Ruhe, war zu aufgedreht, zu fahrig, zu glücklich. Gott gehört den Trauernden, den Leidenden, den Glücklichen zeigt er die kalte Schulter. Immerhin, ich wusste jetzt, was ich mit dem Rest des Tages anfangen wollte. Ich stand auf, drückte mich aus der Bank, machte eine formvollendete Kniebeuge und bekreuzigte mich. Am Weihbrunnkessel bekreuzigte ich mich noch einmal, dann trat ich in das grelle Sonnenlicht. Ich würde auf den Grünberg gehen, ein bisschen Farbe schinden, mich aufladen lassen von der Sonne, wie ein Akku. Auf der Grünbergalm eine Kleinigkeit essen, ein, zwei Bierchen zwitschern und mir zur Feier des Tages eine Zigarillo einverleiben, und einen Schnaps, einen Sliwowitz.

An einer Hausmauer gegenüber der Kirche waren Schaukästen angebracht, in denen Partezettel ausgehängt waren. Ich blieb stehen und studierte sie. Eine Dame war im 95. Lebensjahr friedlich im Kreise ihrer Familie entschlafen. Eine andere wurde im Alter von zweiundneunzig Jahren, vorbereitet durch ein christliches Leben und die heiligen Sakramente der Kirche, von Gott heimgerufen. Eine weitere zählte gerade einmal schlappe achtundneunzig Jahre, und eine war gar im 100. Lebensjahr. Der Schaukasten wies nur einen Mann auf und der war im vergleichsweise zarten Alter von achtundachtzig Jahren von der Lebensbühne abgetreten. Kein Wunder, dass die Pharmaindustrie Milliarden scheffelt, dachte ich und ging über die Habertstraße zu meinem Auto, das ich hinter der HAK geparkt hatte.

Zu Hause nahm ich den kleinen Rucksack, packte ein Handtuch, ein zweites Leibchen und einen Pullover ein und machte mich auf den Weg zum »Mülibankerl.« Dort stellte ich meinen Toyota ab und machte mich an den Aufstieg. Wie nicht anders zu erwarten, begegneten mir etliche Gleichgesinnte, die ebenfalls das schöne Wetter für eine kleine Wanderung nutzten. Vor nicht allzu langer Zeit wäre das ein Grund für mich gewesen, Reißaus zu nehmen und sofort umzukehren, oder vielmehr wäre ich gar nicht erst auf die Idee gekommen, an einem Tag wie diesen auf den Grünberg zu gehen. Doch das war in einem anderen Leben. Es hatte keinen Sinn, gegen den Strom zu schwimmen, man muss die Dinge nehmen, wie sie nun einmal waren, und die Menschen, wie sie sind.

Eine Weile schloss ich mich sogar einem Bekannten aus dem Wiesauerhof an. Wie ich an seiner Aufmachung und seinem Schritt schnell erkennen konnte, eher ein Exemplar der ehrgeizigen Art. Wir gingen ein Stück des Wegs gemeinsam und tauschten ein paar Nettigkeiten aus. Nach dessen mehrmaligen verstohlenen Blicken auf das Monstrum von Uhr, oder was auch immer er da auf seinem Handgelenk trug, mit dem er wahrscheinlich Puls, Herzfrequenz, Geschwindigkeit, Schrittlänge, Anzahl der Atemzüge und Pupse und weiß der Himmel was nicht noch alles maß, schützte ich vor, dass es mit meiner Kondition nicht zum Besten bestellt sei. Ich ließ mich etwas zurückfallen und schlug dann einen kleinen Umweg ein, der mich an der Hütte vom Wiesauer vorbeiführte.

Als ich die offenen Fensterläden der Hütte bemerkte, wurde mir bewusst, dass Donnerstag war. Der alte Sack war also schon da. Sein jagdgrüner Suzuki mit dem für ihn so typischen Wunschkennzeichen »Wirt 1« war mir gar nicht aufgefallen, was aber wohl daran lag, dass er sein Auto auf dem letzten Parkplatz nach der Grünbergbäuerin abgestellt hatte. Auch das war typisch für diesen Kloß, nur nicht zu weit gehen müssen. Dabei hätte ihm ein bisschen Bewegung sicher nicht geschadet, wie sein stetig wachsender Bauchumfang bestätigte.

Im Wirtshaus tat er ja auch weiß Gott nicht viel, außer am Stammtisch große Reden schwingen, dem Personal den letzten

Nerv ziehen und anzufangen zu sabbern, sobald Jasmin zugegen war. War schon erstaunlich, wie er sie mit Samthandschuhen anfasste, sogar dem übrigen Personal gegenüber war er zahmer, wenn sie die Bühne betrat. Anscheinend wollte er einen guten Eindruck machen, der geile, alte Bock.

Ich hatte Jasmin einmal darauf angesprochen, ob ihr bewusst wäre, welche Veränderung sie bei Wiesauer hervorrief und dass er dadurch mit seinen Gemeinheiten sogar uns gegenüber zurückhaltender sei. Sie hatte mich nur angelächelt und gemeint, dass er gar nicht so schlimm wäre. Man dürfe nur ja nicht den Fehler machen, sich von ihm einschüchtern zu lassen, denn das sei im Grunde seine Masche. Wie alle Menschen mit zu wenig Selbstwertgefühl müsse er sich nämlich ständig beweisen, was für ein Kerl er sei. Und wer käme ihm da wohl gelegener als seine Untergebenen, die sich nicht wehrten und in den meisten Fällen widerspruchslos schluckten, weil sie Angst um ihren Arbeitsplatz hatten?

»Aber man muss keine Angst haben«, hatte sie plötzlich ziemlich heftig reagiert, und dabei mein Gesicht in ihre Hände genommen »vor gar nichts, hörst du, man darf nur nie vergessen, wer man ist. Versprichst du mir, dass du nie vergisst, wer du bist?!«

Ich sah sie erstaunt an, irritiert von der Heftigkeit, mit der sie diese Worte ausgespuckt hatte. So hatte ich sie noch nie erlebt. Aber sie lächelte gleich wieder und zerstreute damit mein Misstrauen, auch wenn ich in ihrem Blick eine gewisse Besorgtheit zu lesen vermeinte. »Ich meine es ernst, Typen wie Wiesauer sind es nicht wert, dass man sich vor ihnen fürchtet!«

Auf der Grünbergalm ging es zu wie in einem Bienenstock. In der Mehrzahl ältere, zumeist übergewichtige Kundschaft, die ihr Vorhandensein auf fast 1000 m Höhe dem fragwürdigen Segen der stabilen Seilbahn verdankte, und sich nun unter fröhlichem Geschnatter mit Kaffee und Schwarzwälderkirsch vollstopfte. Gut, das war zu erwarten gewesen. Ich hielt Ausschau nach einem halbwegs ruhigen Plätzchen und setzte mich, nachdem ich um Erlaubnis gebeten hatte, zu einem fülligen Pärchen, ziemlich weit hinten. Die beiden vertilgten glückstrahlend und mit einem Appetit, als hätten sie gerade eine mehrwöchige Hungerkur hinter sich gebracht, je einen Wurstsalat.

»Was für ein Wetter!«, sprach mich der Mann kauend und mampfend an, wobei er einige Speiserestchen wie kleine Geschoße mit auf die Reise nach draußen schickte.

»Ja, Wahnsinn!«, entgegnete ich und schüttelte ungläubig den Kopf, als wäre es das Unmöglichste von der Welt, im September noch Schönwetter zu haben.

»Und noch so warm«, ergänzte seine Partnerin, schob eine gehäufte Gabel Wurstsalat mit reichlich Zwiebel nach und lächelte mich mit vollem Mund und öligen Lippen an.

Wieder nickte ich und zauberte ein zustimmendes Lächeln in mein Gesicht. Warum auch nicht, die beiden schienen nett zu sein und strahlten eine sorglose Fröhlichkeit aus, eine Eigenschaft, die man dicken Menschen ja gerne nachsagt. Ich fragte mich, ob die beiden oft Sex hatten, und wie sie das anstellten. Ich stellte mir vor, wenn sie sich nackt gegenüberstanden, sich ihre schwabbeligen, vom vielen Essen verformten Körper offenbarten, ob sie sich anziehend fanden. Oder vielleicht war ja Essen so eine Art Sex für sie, vielleicht war ja das die Ursache ihrer Fröhlichkeit?

Als eine Bedienerin endlich bis an unseren Tisch vorgedrungen war und mit einem tapferen, aber gehetzten Lächeln nach meinen Wünschen fragte, bestellte ich ein Bier und einen Sliwowitz. Meine Tischgenossen, die eben mit Akribie die letzten Tropfen Marinade ihres Wurstsalates aufgetunkt hatten, nicht faul, beschlossen, die Gelegenheit ebenfalls beim Schopf zu packen und orderten Kaffee, einen Kaiserschmarrn und eine Sacher mit Schlag.

»Man gönnt sich ja sonst nichts!«, fühlte sich der Dicke lächelnd, und nicht ohne Selbstironie, bemüßigt zu erläutern.

»Stimmt, das Leben ist hart genug«, entgegnete ich, ebenfalls lächelnd.

So seltsam es mir vorkam, aber ich war nicht unfroh über die Gesellschaft der beiden. Natürlich hatte ich ein Buch in meinem Rucksack – wie immer –, und später hatte ich vor, mich ein bisschen in die Wiese zu setzen, an einen Baum zu lehnen, ins Land zu schauen und zu lesen. Aber es war so: Sobald Jasmin nicht da war, fühlte ich mich einsam. Ein merkwürdiges Gefühl von Leere machte mir zu schaffen, eben jene Leere, die von Jasmin vollkommen ausgefüllt wurde. Gleichzeitig bemächtigte sich meiner das Gefühl, als wohnten »zwei Seelen in meiner Brust«. Als würde ein Teil von mir den anderen Teil beobachten, observieren, und die Sinnhaftigkeit dessen Tuns höhnisch in Frage stellen.

Hesses Harry Haller, der Steppenwolf, kam mir wieder in den Sinn, der Wolf, der die Zähne fletscht wider seinem Bruder, sobald Raum da war. War das das wahre Wesen der Einsamkeit, die Leere? Fürchteten deshalb die Menschen das Alleinsein? Deshalb, weil durch die Abwesenheit eines anderen Menschen eine Leere entstand, die stattdessen von allerhand Spukgestalten eingenommen wurde, die durchaus in der Lage dazu waren, einen in den Wahnsinn zu treiben?

Während mir diese Gedanken durch den Kopf gingen, durchflutete mich eine Welle der Liebe zu Jasmin. Ich kramte nach meinem Handy, um ihr eine SMS zu schicken, als mir einfiel, dass ich es ja zu Hause gelassen hatte. Stattdessen begann ich ein Gespräch mit dem dicken Pärchen. Sie erzählten, dass sie aus Bayern kämen und mit einer Reisebusgesellschaft unterwegs wären und wie gut es ihnen hier gefalle, der See, die Berge, die wunderbare Landschaft, das Übliche eben. Am späten Nachmittag trommelte ihr Reiseleiter zum Aufbruch und ich sah den beiden nach, wie sie wie zwei Schlachtschiffe bei schwerem Seegang zur Seilbahnstation wankten.

Der Gastgarten hatte sich geleert, nur vereinzelt saßen noch Gäste an den Tischen. Ich zahlte meine Rechnung und setzte mich etwas abseits unter einen Baum, um die anbrechende Abendstimmung zu genießen. In der Dämmerung machte ich mich auf den Weg ins Tal.

Ich kann mir nicht erklären, welcher Teufel mich ritt, und mich wieder den kleinen Umweg, vorbei an Wiesauers Hütte einschlagen ließ. Und schon gar nicht will in meinen Kopf, weshalb ich mir plötzlich einbildete, kurz bei Wiesauer, den ich doch aus tiefstem Herzen verabscheute, anzuklopfen und ihm einen Guten Abend zu wünschen. Die Tür war nur angelehnt, mein zaghaftes Klopfen wurde ignoriert, dennoch trat ich, plötzlich unruhig geworden, ein.

Wiesauer fickte sie von hinten. Eine Hand hatte er auf ihrer Hüfte liegen, mit der anderen umfasste er ihren dicken blonden Zopf und bog ihren Kopf zurück. Sein fetter, schwabbeliger Bauch hing über ihrem Hinterteil und sein faltiger, schneeweißer kleiner Hintern streckte sich mir höhnisch entgegen, wie eine Erkenntnis.

Kapitel 15

Die Liste in Kerns Händen wog schwer.

»Sie ist abgestürzt … auf dem Traunstein«, hallten die Worte Maria Scherers, der Mutter von Jasmin Scherer, in seinen Ohren wider.

Jasmin war eine der fünf Frauen auf der Liste, die die letzten drei Jahre im Gasthof Wiesauer Dienst taten. Konkret bis vor einem Jahr, bis zu ihrem tödlichen Absturz an einer schwer einsehbaren Stelle auf dem Zierlersteig. Laut ihrer Mutter und den Zeitungsberichten, die Kern später recherchierte, war an einer Engstelle ein Stück des Pfades unter Jasmin weggebrochen. Dem Bericht zufolge hatte sie dadurch das Gleichgewicht verloren und war über hundert Meter in die Tiefe gestürzt. Sie dürfte auf der Stelle tot gewesen sein. Dem Vernehmen nach war Jasmin alleine unterwegs und es gab keine Zeugen des Unfallhergangs, was daran liegen mochte, dass das Wetter nicht gerade berauschend war, diesig, trüb, verhangen. Keiner konnte so recht verstehen, weshalb Jasmin gerade an diesem Tag den Wächter des Salzkammergutes herausfordern musste. Entdeckt wurde Jasmin erst drei Tage später, zufällig, von zwei jungen Bergsteigern, die annähernd dieselbe Route in Angriff genommen hatten wie sie. Schon zwei Tage zuvor hatte Wiesauer Jasmins Mutter kontaktiert und nachgefragt, ob sie wisse, wo ihre Tochter geblieben sei, da sie nicht zum Dienst erschienen war, und auch auf seine wiederholten Anrufe nicht reagiert habe. Er mache sich Sorgen, so Wiesauer zu deren Mutter, weil das bis jetzt noch nie vorgekommen sei. Daraufhin kontaktierte Frau Scherer, soweit bekannt, Freunde und Bekannte von Jasmin, aber keiner schien zu wissen, wo sie steckte.

Kern durchforstete die Archive der diversen Lokalzeitungen, die über diesen Fall berichteten und sich im Wortlaut weitgehend ähnelten, sich auch einig darüber waren, dass es sich um ein großes Unglück handelte, auch wenn der eine oder andere Bericht latent durchklingen ließ, dass dem Unfall eine gewisse Fahrlässigkeit zugrunde lag. »Die junge Studentin der Theaterpädagogik würde sich wohl noch ihres Lebens erfreuen, wenn sie den schicksalsschweren Zeichen des Wetters an diesem Tag Rechnung getragen, und von einer Tour Abstand genommen hätte, zumal einer derart anspruchsvollen wie über den Zierler. Der grimmige Wächter des Salzkammergutes«, so weiter, »kennt keine Gnade und bestraft die kleinste Respektlosigkeit.« Kern suchte mit einem leisen Vorgefühl nach dem Urheber dieses dramatischen, an Pathetik nur schwer zu überbietenden Artikels und fand ihn am rechten unteren Rand. Dieter Stummer. Wer, wenn nicht er? Das war ja wohl klar! Er hatte so etwas geahnt, dieser Möchtegern Hemingway, der sich Klement und ihm im Rathauscafé vorgestellt hatte, mit schon einem leichten Zacken in der Krone. Auch auf dem Revier hatte er bereits mehrmals angerufen und wollte, wie er sich ausdrückte, zum »Hauptkommissar« durchgestellt werden. Der Kerl schien unter einer chronischen Profilierungssucht zu leiden.

Kern setzte seine Suche auf dem Computer fort und stieß auf Fotos von Jasmin. Wenn sie nicht trogen, musste sie bildhübsch gewesen sein. Wie die Mutter, schoss es ihm durch den Kopf. Im selben Moment spürte er einen leichten Druck im Brust-Magen-Bereich, einhergehend mit einer kurzfristigen, aber nicht unbedeutenden Atem- sowie Herzbeschleunigung. Er schüttelte heftig den Kopf, augenscheinlich dazu angetan, unzulässige Gedanken aus demselben zu verscheuchen, dann scrollte er auf dem Schirm weiter nach unten.

Er könne nicht verstehen, wie das passieren habe können, gab der Obmann der Naturfreunde Gmunden einen Kommentar ab. Die Wege und Pfade, gerade im Bereich des Zierlersteiges, seien erst kürzlich von seinen Naturfreundekollegen und ihm akribisch kontrolliert und gewartet worden. Es müsse sich um eine Verkettung höchst unglückseliger Umstände handeln, die zu diesem tragischen Zwischenfall führten. Welche Umstände das gewesen sein sollten, führte der Herr Obmann in seinem Statement nicht weiter aus. Auch dass es sich um Selbstmord gehandelt haben könnte, regte mancher Kommentar an, schließlich sei es nicht das erste Mal, dass jemand den Traunstein als Startrampe in den Himmel benutze. Und einer verstieg sich gar zu der Annahme, dass Jasmin eventuell geschubst worden sein könnte, oder dass der Weg präpariert gewesen war.

Die letzten beiden Theorien fand Kern bemerkenswert. Das und die Tatsache, dass gleich zwei im Wiesauerhof Beschäftigte derart dramatisch ums Leben kamen.

Auch etliche Nachrufe befanden sich unter den Kommentaren. Zum Beispiel:

»Ich bin fassungslos. Nie in meinem Leben war ich trauriger, nie zweifelte ich mehr an der Sinnhaftigkeit unseres Daseins, als in diesen Stunden, da dich mir ein grausames, ignorantes Schicksal genommen hat. Der Gedanke, nie wieder dein ansteckendes Lachen und dein fröhliches Geplapper zu hören, und dir nie wieder nahe sein zu dürfen, ist mir unerträglich! (Michi)«

Oder: »Weißt du noch, unsere nächtelangen, leidenschaftlichen Diskussionen? Immer habe ich dir gesagt, dass es keinen Gott gibt, und ich konnte dich nicht überzeugen! Nun, mit deinem völlig sinnlosen Tod ist der Beweis erbracht, sosehr ich mir auch wünschte, ich hätte Unrecht gehabt! (Alex)«

»Warum du??? Warum!!! So viele Dreckschweine werden 90 Jahre alt, und du musstest jetzt schon abtreten, mit 23! Was ist das für eine Gerechtigkeit?! (Peter)«

Das Papier wog schwer in Kerns Händen. Die Artikel waren emotional, und der Anzahl und dem Wortlaut der Kommentare nach zu schließen, musste es sich bei Jasmin um einen sehr beliebten Menschen gehandelt haben.

»Studentin der Theaterpädagogik, jobbte als Kellnerin … im Wiesauerhof«, murmelte er und betrachtete wieder eines der Fotos, das sie mit strahlendem, unbeschwertem Lächeln präsentierte.

»Kennst du diese junge Frau?«, fragte er seinen Schwiegervater und zeigte ihm das Foto auf seinem Laptop.

Hans Buchegger rückte bedächtig seine Brille zurecht, betrachtete das Bild. »Klar, das ist Jasmin vom Wiesauerhof«, er schüttelte den Kopf. »Tragische Sache. Dieser Unfall. Muss für ihre Eltern ein harter Schlag gewesen sein. Dieses Kind vereinte alle Gaben der Götter in sich. Man konnte sich ihr nicht entziehen, man musste sie einfach gern haben. Du hältst mich wahrscheinlich für einen rührseligen alten Tattergreis, aber es gibt Menschen, von denen geht eine Strahlung aus, sosehr, dass man sie spürt, bevor man sie überhaupt sieht. Jasmin war so ein seltenes Exemplar, in ihrer Nähe konnte man kein schlechter Mensch sein, zumindest war das mein Eindruck, wenn sie uns im Wiesauerhof bediente.«

Hans sah seinem Schwiegersohn aufmerksam in die Augen.

»Ich halte dich keineswegs für rührselig und ich verstehe, was du meinst. Ich war über zwanzig Jahre mit so einem Menschen verheiratet.«

Der Kapitän nickte und ließ den Blick nicht von Kern. »Aber weshalb fragst du? Glaubst du, dass es da irgendeinen Zusammenhang gibt, zwischen Jasmin und dem Mord an Wiesauer?«

»Ich weiß nicht. Es ist nur so ein Gefühl, dass ich nicht loswerde seit ich mit Jasmins Mutter gesprochen habe. Vielleicht resultiert dieses Gefühl aber auch nur aus der Tatsache, dass ich den Tod dieser jungen Frau als so … ich weiß nicht … bewegend empfinde. Außerdem waren da noch mehrere Kommentare im Computer, die mir zu denken gaben. Einige meinten, dass es sich um Selbstmord gehandelt haben könnte, einer sprach gar davon, dass Jasmin geschubst worden sein könnte.«

»Wurde denn damals keine Untersuchung angeordnet?«

»Ehrlich gesagt, weiß ich das nicht. Ich bin eben erst auf diese Artikel gestoßen. Aber ich werde gleich die Kollegen bei der Stadtpolizei anrufen. Wenn es Ermittlungen gegeben hat, dann müssten sie davon wissen.«

»Es gab Befragungen«, berichtete Kern seinem Schwiegervater, nachdem er mit Kollege Schweiger telefoniert hatte. »Allerdings wurden diese aus Mangel an Verdachtsmomenten bald eingestellt. Laut Schweiger, meinem Kollegen von der Stadtpolizei, waren nicht alle glücklich darüber, manche witterten Selbstmord und manche legten nahe, dass es sich um ein Verbrechen handeln könnte. Schweiger selbst hatte so seine Zweifel. Er kannte Jasmin ganz gut und beschrieb sie als durchtrainiert und sportlich. Sie war eine Frohnatur, was für ihn die Selbstmordtheorie außer Frage stellte. Er konnte sich aber auch nicht vorstellen, dass sie jemand gestoßen haben sollte, ein Mädchen wie sie, das jeder mochte. Dennoch versuchte er zu intervenieren, die Sache genauer zu untersuchen, aber bis auf die eine oder andere Befragung passierte nicht viel. Schließlich verlief die Geschichte im Sand.«

Kern hatte eine schlimme Nacht hinter sich, als hätte er sie in der Trommel einer Waschmaschine im Schleudermodus zugebracht – dementsprechend fühlte er sich auch, als er aus dem Bett mehr gekrochen als gestiegen war. Bleischwer die Knochen, die Augenlider kaum offenzuhalten, als wären Gewichte daran befestigt. Dennoch hatte er das erste Licht des neuen Tages mit einer kapitalen Erektion erblickt, was erstaunlich war. Es war lange her, dass ihm Derartiges widerfahren war, genaugenommen seit dem Tod von Andrea, seiner Frau. Mit ihr, so schien ihm, war auch seine Libido zu Grabe getragen worden. Kern war ein attraktiver Mann, schlank, von angenehmer Größe, gut in Schuss, der sich mit Tennis, Laufen und gelegentlichen Bergtouren in Form hielt. Die Offerte, die ihm von Seiten des weiblichen Geschlechts entgegengebracht wurden, waren nicht zu knapp. Dennoch hatte, abgesehen von einem Intermezzo, das allerdings in einem Fiasko mündete, seit anderthalb Jahren keine Frau mehr mit ihm das Bett geteilt. Damals glaubte er, sich unbedingt beweisen zu müssen, dass er noch ein Mann war, und gab den Avancen einer Bekannten aus dem Tennisclub nach, die schon lange ein Auge auf ihn geworfen hatte – mit ernüchterndem Resultat! Trotz der allerbesten Absichten und Bemühungen beider Parteien wollte sich bei dem strammen Kriminalbeamten kein Verlangen einstellen. Daran änderten auch die drei Viagra nichts, die sich Kern zuvor heimlich im Badezimmer einverleibt hatte. Es gibt Schlimmeres, als bei einer Frau zu versagen, versuchte Kern sich damals zu trösten – womit er auch Recht hatte –, dennoch setzten ihm Scham und Selbstzweifel zu. Bis auf weiteres war das Thema Frauen für ihn erledigt. Besser alleine leben, als sich noch einmal einer derartigen Blamage auszusetzen, so seine Devise.

Was aber war plötzlich geschehen, das dazu angetan war, ihm, zumindest so halb und halb, die Hoffnung auf das Wiedererstarken seiner Männlichkeit zurückzugeben? Kern brauchte nicht lange zu überlegen. Er war nicht der Typ, der sich um Wahrheiten herumdrückte, er glaubte auch nicht, dass seine Erektion zufällig war. Er spürte, dass ein Funke übergesprungen war, ganz tief in ihm drin, wo die metaphysische Zentrale all dessen liegt, was für den Menschen von jeher weitestgehend unerklärbar ist. Und er wusste auch, dass dieser Funke einen Namen trug, einen klangvollen, wunderschönen Namen, wie er fand: Maria. Maria Scherer, die Mutter von Jasmin, die so unglücklich zu Tode gekommen war. Maria war die vergangene Nacht immer wieder durch seine wirren Träume gespukt, hatte ihn wie ein Standbild, dem man sich nicht entziehen kann, aus großen blauen Augen fixiert. Schon als sie ihm am Vortag die Haustüre geöffnet hatte, war ihm, als hätte er einen Stromschlag verabreicht bekommen. Als wären 380 Volt durch ihn hindurchgesaust und hätten ihn aus einer Art Koma zurückgeholt ins wabernde, blubbernde, pulsierende Leben. Als hätte jemand einen Regler in ihm umgelegt und auf Betrieb geschaltet. Rums, Frankenstein lässt grüßen!

Und wie von Geisterhand gesteuert, war da wieder die Sehnsucht, das Verlangen nach einem anderen Menschen, vorzugsweise einer Frau! Plötzlich war da wieder das Gefühl, sich zu jemandem hingezogen zu fühlen, sich jemandem anvertrauen zu wollen, mit jemandem reden, diskutieren, lachen zu wollen, mit diesem Jemand bis ans Ende des Regenbogens gehen zu wollen, bis ans Ende des Horizonts. Und plötzlich war da wieder das Verlangen nach einem Körper, nach Sinnlichkeit, nach ausschweifendem Sex, der, so mutmaßte Kern, möglicherweise und letztlich die Manifestation echter Liebe ist, zumindest seiner Ansicht nach. Maria schien einen Mechanismus in ihm in Gang gesetzt zu haben, einen geheimnisvollen Mechanismus, der in der Lage ist, auch die Räder des trägsten Triebwerkes in Nullkommanichts zum Rotieren zu bringen, und den man Zuneigung nennt.

Genauso war es damals mit Andrea gewesen. Vom ersten Augenblick an war er wie elektrisiert von ihr, und war es beinahe fünfundzwanzig Jahre lang. Und jetzt, jetzt hatte er fast ein schlechtes Gewissen, derartige Gefühle, die er glaubte, nach wie vor nur für Andrea reservieren zu müssen, auch für einen anderen Menschen, eine andere Frau zu empfinden. »Idiot!«, tadelte kopfschüttelnd, aber liebevoll eine Stimme in Kern. Er musste nicht nachdenken, um zu wissen, dass es sich um die seiner verstorbenen Frau handelte. »Ich bin tot – zumindest nennt ihr da unten das so – und wie es aussieht, werde ich auch nicht mehr in irdisches Hoheitsgebiet zurückkehren, also, greif zu! Dein Herz hat Platz für zumindest zwei Frauen, und solange ich eine davon bin, habe ich nichts dagegen einzuwenden, und ... und solange du mich darin bewahrst, werde ich immer lebendig sein – in gewisser Weise. Also, fackle nicht herum! Krall sie dir!«

Kern sah dumm drein, oder doch zumindest unbeholfen. Er war nie ein Draufgänger gewesen. Um ehrlich zu sein, hatte er sich das manchmal gewünscht. Gelegentlich hatte er diese Typen, denen dieser Ruf anhaftete, beneidet. Aber er war nie einer der leichtlebigen Art gewesen, die von einer Blüte zur nächsten flatterten. Sex funktionierte bei ihm nur, wenn er wirklich verliebt war, wie ihm das Fiasko mit seiner Tenniskollegin verdeutlicht hatte.

»Es gibt da nur ein kleines Problem«, räusperte er sich. »Maria, ich meine Frau Scherer, ist leider verheiratet!«

»Bist du dir da so sicher?«, vernahm er wieder die Stimme seiner Frau.

»Sicher bin ich mir sicher, sie hat Kinder ... und ... und eine Frau wie sie ...«

»Nana, jetzt übertreib mal nicht, mein Lieber. Schön am Boden bleiben. Hast du denn einen Ehering an ihrem Finger bemerkt?«

»Hmm … hab nicht so genau darauf geachtet … aber selbst wenn sie keinen trägt, heißt das ja noch lange nicht …«

»Du wirst sie doch noch einmal befragen, wegen Jasmin, nicht wahr?«, fiel ihm Andrea ins Wort. »Quetsch sie ordentlich aus, bring die Sprache auf Jasmins Vater, mach dich schlau, du bist doch Kriminalbeamter!«

Kern kratzte sich am Kopf. Er konnte sich beim besten Willen nicht vorstellen, dass Maria Scherer alleinstehend war, das wäre zu schön, um wahr zu sein. Aber klar, befragen würde er sie so oder so noch einmal müssen. Er wollte sich Klarheit über Jasmin verschaffen, wollte mehr über sie erfahren, und da fand sich dann auch sicher eine Möglichkeit, etwas über ihren Vater in Erfahrung zu bringen. Aber er musste auf jeden Fall behutsam vorgehen.

Kern machte ein paar Dehnungsübungen, hörte, wie es im Kreuz knackte, als hätte er sich einer chinesischen Trampelmassage unterzogen. Vom Erdgeschoss herauf schlängelte sich der Duft von frischem Kaffee. Oh ja, das war genau das Richtige! Schnell noch eine heiße Dusche, hinterher ein, zwei Tassen schwarzen Kaffee, dann würden die Lebensgeister wieder in Schwung kommen.

Kapitel 16

James Naismith war ein kanadischer Arzt und Pädagoge. Im Alter von neun Jahren wuchs er als Waise bei Verwandten auf. Als er gerade einmal zehn Jahre zählte, begann er als Holzfäller in den Wäldern Kanadas zu arbeiten, bis zu seinem 19. Lebensjahr, dann holte er seinen Highschool-Abschluss nach.

Luther Gulick war Direktor für Leibeserziehung an der YMCA Training School – zu Deutsch CVJM, Christlicher Verein Junger Menschen – in Springfield, Massachusetts. 1891 wurde Naismith von Luther mit der Aufgabe betraut, eine neue Hallensportart für die Studenten zu entwickeln. Das war die Geburtsstunde von Basketball. Der Legende nach schrieb Naismith irgendwann im Dezember 1891, eine Stunde vor Beginn der Sportstunde, dreizehn Regeln für den Ablauf der neuen Sportart nieder. Im Laufe der Zeit wurde an diesen Regeln ein wenig herumgedoktert, aber das Fundament besteht bis zum heutigen Tag. Glaubt man im Weiteren der Historie, dann war Naismith von der Aufgabe, eine neue Sportart zu erfinden, nicht besonders angetan. Erstaunlich, wenn man diese Leidenschaftslosigkeit bedenkt, mit der Naismith an die Sache heranging. Dass Basketball sich dennoch zu einer Massensportart entwickelte – den Seinen gab's der Herr also anscheinend wirklich im Schlaf! 450 Millionen Menschen betreiben diese Sportart aktiv und weiß der Himmel, wie viele Anhänger und Fans sie insgesamt hat. Für Naismith jedenfalls ebnete sie den Weg in die Geschichtsbücher. 1961 erschien eine Briefmarke zu seinem Gedenken. 1968 wurde in Springfield die Naismith Memorial Basketball Hall of Fame eröffnet, die prestigeträchtigste Ruhmeshalle des Basketballs, in die nur die herausragendsten Protagonisten und Repräsentanten dieser Sportart aufgenommen werden, und in die Naismith als Gründungsmitglied posthum aufgenommen wurde. Seit 1969 wird eine Auszeichnung mit dem Titel: »Naismith Player of the year« an den besten College-Spieler der USA vergeben. 2006 und 2007 wurde er posthum in die jeweils neu gegründete National Collegiate Basketball Hall of Fame und die Fiba Hall of Fame aufgenommen. Beachtlicher Werdegang für einen Burschen, dessen Start ins Leben nicht gerade in der Poleposition begann.

Ich habe mir Bilder von Naismith angesehen. Er war Schnauzbartträger und auf seiner Nase saß eine runde Brille. Das glatte, wie angeklebt wirkende Haar war streng in der Mitte gescheitelt, wie bei Theo Lingen. Auf allen Bildern war er korrekt gekleidet mit Spencer, Jacke und Schlips. Insgesamt wirkte er zugknöpft und vierschrötig, ein Mann, der mit dem Lachen eher sparsam hauszuhalten schien. Ein Foto zeigt ihn stehend neben einigen seiner Schüler, die ihn etwa um halbe Haupteslänge überragen. Wenn man bedenkt, dass die Menschen vor etlichen mehr als hundert Jahren im Durchschnitt wesentlich kleiner waren als heutzutage, wundert man sich, dass man die Basketballkörbe auf 3,05 m Höhe aufhängte.

In der Schülermannschaft spielte ich auf der Position des Point Guard. Ich war flink und wendig wie ein Wiesel, verfügte über viel Übersicht und Spielverständnis und war gut darin, die Löcher in der gegnerischen Mannschaft zu erkennen und die Bälle dahingehend zu verteilen. Frank, unser Trainer, hatte oft behauptet, ich wäre der geborene Regisseur, vergleichbar mit dem Libero auf dem Fußballfeld. Im Abschluss hatte ich allerdings Defizite, ich war nur ein mittelmäßiger Scorer, aber ich war damals fest entschlossen, dieses Defizit auszumerzen. Hinter dem Haus hatte mir mein Vater einen Korb an die Wand gehängt, stundenlang stand ich draußen und warf Körbe aus allen Lagen und Positionen. Doch im Laufe der Zeit, als ich erkennen musste, dass ich in körperlicher Hinsicht mit meinen Kameraden nicht mithalten konnte, verebbten diese Bemühungen. Welchen Sinn hätte es auch gehabt, einem Traum nachzulaufen, der doch nie Wahrheit wird? Einem Traum, in dem mir das Leben zwar die Leidenschaft schenkte, die körperlichen Voraussetzungen aber verweigerte?

Jasmin hab ich nie zum Basketball mitgenommen. Überhaupt habe ich in der Zeit, in der wir zusammen waren, wenige Spiele besucht, und immer ohne sie. Irgendwie hatte ich wohl Angst, mit diesen großen, selbstbewussten Kerlen verglichen zu werden und wohl auch davor, Jasmins Mitleid oder ihrer Geringschätzung hervorzurufen. Wie wenig Vertrauen ich doch zu ihr hatte. Aber Menschen von geringer Größe, vor allem Männer, leiden unter einem Minderwertigkeitskomplex, sie haben kein Selbstbewusstsein. Wie auch, wenn sie immer aufsehen müssen zu anderen? Ich habe es immer gehasst, neben großen Menschen zu stehen. Ich kam mir dann noch kleiner und unbedeutender vor, als ich mich ohnehin schon fühlte.

Wenn man zehn Zentimeter auf dem Maßstab betrachtet, oder die Spanne zwischen Daumen und Zeigefinger misst, die in ungefähr auf dasselbe herauskommt, erscheint das wenig. Und doch kommt es einem viel mehr vor, wenn man knapp unter 1,70 m ist und man steht neben jemandem mit 1,80 m. Mickrige zehn Zentimeter, die einen vermaledeiten Unterschied ausmachen.

Einmal habe ich mit Jasmin über mein Problem mit meiner Größe gesprochen. Ich setzte dabei eine Leichenbittermiene auf, insgeheim wohl in der Hoffnung auf ihr Mitleid und ihre

Beteuerung, dass sie mich trotz dieses Makels liebe. Ich tat so, als wäre ich selbst dafür verantwortlich, nicht größer geworden zu sein. »Ach, Liebling«, antwortete sie kopfschüttelnd, »glaubst du denn, du bist weniger wert, nur weil du etwas kleiner bist als andere? Deine Körpergröße ist doch völlig bedeutungslos! Du musst lernen, dich so anzunehmen, wie du nun mal bist. Und vor allem, du musst lernen, dich selbst zu lieben, dich dafür zu lieben, was du repräsentierst, deine Liebe zu Büchern, zur Musik, zur Natur. Wie kannst du andere lieben, wenn du dich nicht selbst liebst? Wie kannst du mich lieben?!«

Ich wurde aus dieser Frau nicht schlau, sie haute mich immer wieder aufs Neue um. Wieso wusste sie das alles? Wie war es ihr möglich, so kompromisslos ihren Weg zu gehen, so unbeeindruckt von dem Geschwafel anderer? Nie habe ich erlebt, dass sie ohne nachzudenken einfach nachplapperte, was andere ihr vorkauten. Dabei spielte es keine Rolle, ob es sich um irgendwelche Autoritäten handelte, immer machte sie sich ihre eigenen Gedanken.

Nie habe ich einen freieren Menschen gekannt als Jasmin. Durch sie wurde mir bewusst, in welch winzigem Mikrokosmos ich doch gefangen war, wie kleingeistig, geknebelt und von Ängsten geplagt ich durchs Leben lief!

Von 2005 bis 2007 waren die Basket Swans in Serie österreichischer Meister, das war die Zeit, in der ich selbst der Schülermannschaft angehörte. Die Erfolge der Kampfmannschaft beflügelte die Sinne von uns Jungen, wir waren motiviert bis unter die Kopfhaut und wild entschlossen, irgendwann in deren Fußstapfen zu treten, mehr noch, wir träumten davon, dem Basketballsport in Österreich zu dem Status zu verhelfen, den er in Amerika genoss. Wir ahmten unsere amerikanischen Vorbilder nach, gingen wie sie, kleideten uns wie sie, klebten uns ihre Konterfeis auf unsere Schultaschen, hingen uns Poster von

Michael Jordan und Karl Malone ins Zimmer. Überhaupt war ganz Gmunden in dieser Zeit enthusiasmiert, eine neue Ära war angebrochen. Das Sportzentrum, die Volksbank Arena, wo die Spiele der Swans stattfanden, wurde ausgebaut, das Wäldchen davor ohne viel Federlesens plattgemacht, um Parkplätze zu schaffen für die nun plötzlich einsetzende Blechlawine. Basketball schien aus seinem Dornröschenschlaf wachgeküsst worden zu sein.

Ich weiß nicht, ob Jasmin etwas für Basketball übrig hatte. Über so vieles haben wir gesprochen, darüber seltsamerweise nie. Mit ihr an meiner Seite schien ich dieses Thema auszublenden. Allerdings, sie war sehr begeisterungsfähig, sie konnte fast allem etwas Gutes abgewinnen und versuchte, die positive Seite einer Sache zu sehen. Meiner Einschätzung nach hätte sie das Zeug zum Fan gehabt. Aber wäre es ihr auch wirklich ernst gewesen? Hätte ich ihr das wirklich abnehmen können? Leider kann ich sie nicht mehr fragen.

Kapitel 17

Erste Ergebnisse des Kriminaltechnischen Labors aus der Landeshauptstadt lagen vor.

Bei den eingetrockneten, vorerst nicht verifizierbaren Flecken auf dem Holzboden in Wiesauers Hütte handelte es sich eindeutig um etwa ein Jahr alte Spermaflüssigkeit, die eindeutig dem ermordeten Wiesauer zuzuordnen war. Auch kleine Mengen Scheidensekret einer bislang unbekannten Frau wurden sichergestellt. Weiters wurden etliche Papiertaschentücher der Marke Tempo in den Abfallkörben gefunden, deren Benutzung wesentlich jüngeren Datums war, und deren Inhalt nur zum Teil von Wiesauer stammte. Außerdem ließen sich neben den Fingerabdrücken von Wiesauer einige andere sicherstellen, die allerdings in keiner Datenbank aufzufinden waren und somit nicht verwertbar waren.

Die Ausbeute schien recht mager, wären da nicht verschiedene Haare gewesen. Die meisten, selbstredend, wieder von Wiesauer. Aber neben einigen dunklen, die möglicherweise von Ida Baumann, seiner Geliebten, stammten, fand sich auch ein Büschel langer blonder Haare, die Kern einen heftigen Stich in die Magengrube versetzten und in seinem Kopf die Gedanken zum Rotieren brachten wie ein Rudel Flöhe in einem Hundefell.

War das möglich? Konnte es sich bei diesen Haaren wirklich um die von Jasmin Scherer handeln? Und wenn ja, was um alles in der Welt hatte sie in dieser Hütte zu suchen?

»Ruhig Blut«, ermahnte sich Kern, »erstens, die Haare könnten genauso gut von jemand anderem sein, und zweitens, selbst wenn sie tatsächlich von Jasmin stammten, musste das noch lange nichts bedeuten. Es könnten ganz simple Gründe für deren Vorhandensein vorliegen. Zum Beispiel … zum Beispiel … naja, Jasmin konnte zufällig vorbeigekommen sein, sie hielt sich doch bekanntermaßen gern in den Bergen auf, da war es doch naheliegend, dass sie an einem Donnerstag kurz einmal bei Wiesauer, ihrem Chef vorbeischaute, um Hallo zu sagen. Oder vielleicht gab es eine Betriebsfeier. Menschen verlieren eben Haare, ständig, ob jung oder alt, immer und überall!«

Allerdings, sein Bauchgefühl wollte eine derart belanglose Erklärung nicht akzeptieren. Sperma von Wiesauer, vermischt mit dem vaginalen Ausfluss einer unbekannten Frau, ungefähr ein Jahr war dieser Cocktail alt. Jasmin starb vor etwa einem Jahr, Wiesauer und Baumann waren seit ungefähr einem Jahr zusammen, aller Wahrscheinlichkeit nach war es ihre Duftmarke. Hatten sie es mitten in der Stube, im Stehen getrieben? Nun, es würde vermutlich kein größeres Problem darstellen, das herauszufinden, Ida Baumann musste nur einer Speichelprobe zustimmen, einem Abstrich.

Jedenfalls, alles schien vor einem Jahr seinen Anfang genommen zu haben, wie ein Auftakt auf das Schreckliche, das dann noch kommen sollte.

Und, halt, da war doch noch etwas. Richtig, Klement hatte ihm doch von diesem Gast berichtet, wie hieß der doch gleich? Strasser! Genau! Dieser Strasser, der Wiesauer massiv gedroht hatte ihn abzustechen, wenn er die Finger nicht von seiner Frau ließ. Sollte sich das Scheidensekret auf dem Boden von Wiesauers Hütte als das von Ida Baumann erweisen, so würde das die Brisanz der Umstände entschärfen. Wenn nicht … wenn besagter Ausfluss nicht von ihr stammte, sondern angenommen von der Frau dieses Strassers, dann würde das ganz neue Perspektiven eröffnen. Zum Beispiel hätten sie damit einen dringend Tatverdächtigen.

Dann waren da noch diese Haare, diese blonden langen Haare. Plötzlich sah Kern dieses unbeschwert lachende, einnehmende Gesicht Jasmins vor sich, mit blitzenden in Reih und Glied stehenden Zähnen, wie Zinnsoldaten, und dieser unglaublichen Strahlkraft in den Augen. Sein Magen zog sich zusammen.

»Tu mir das nicht an«, flüsterte er, »tu mir das nicht an.«

Einer plötzlichen Eingebung folgend nahm er sein Handy zur Hand und rief die Nummer von Rudolf Kuntner ab, dem Mann, der den Einsatz der Spurensicherung im Fall Wiesauer geleitet hatte. Nach viermaligem Piepton meldete sich die Mailbox von Kuntners Handy.

»Das ist die Mailbox von Rudolf Kuntner. Hinterlassen Sie Ihren Namen, ich rufe zurück.«

Typisch Kuntner, kurz und schmerzlos, kein Wort zu viel, ganz wie es seinem zurückhaltenden, sich auf das Wesentliche beschränkende Wesen entsprach. Kern drückte das Telefonat weg, ohne die Mailbox besprochen zu haben. Kuntner hatte seine Telefonnummer gespeichert, er würde umgehend zurückrufen, sobald er ihrer ansichtig würde. Kern trommelte unschlüssig mit den Fingern auf die Tischplatte. Gerade als er Maria Scherer anrufen wollte, klingelte sein Telefon.

»Hallo Rudolf. Ich bin gerade bei der Durchsicht der sichergestellten Beweise aus Wiesauers Hütte. Vor mir habe ich ein Büschel langer, blonder Haare liegen, kannst du mir sagen, wo genau die gefunden wurden?«

»Hmhm«, räusperte sich Kuntner, dann hörte Kern das Klappern einer Tastatur. »Gleich im ersten Raum, beim Küchentisch. Die Haare hatten sich in den Ritzen und Spalten des Holzbodens verfangen. Alles?«

»Ja, da…, oder warte mal! Auf dem Fußboden wurde doch Sperma von Wiesauer gefunden?«

»Ja?«

»Und Scheidensekret, Person unbekannt?«

»Richtig.«

»Glaubst du, dass das Sekret und die blonden Haare von ein und derselben Person stammen?«

»Glauben? Sagen wir mal so, nachdem wir fast ausschließlich diese blonden Haare im Umkreis dieser Flecken gefunden haben, ist davon auszugehen. Aber soweit ich weiß, ist das Labor gerade dabei, das abzugleichen. In ein, zwei Tagen bekommst du die Ergebnisse. Sonst noch was?«

»Danke Rudi, das war's schon wieder, war nett, mit dir zu plaudern, Servus.«

War das möglich? Konnte ein Mädchen wie Jasmin sich wirklich mit einem Typen wie Wiesauer eingelassen haben? Und wenn ja, war das von irgendeiner Relevanz, konnte es im Zusammenhang mit diesem Fall stehen? Kern überlegte. Wenn sich herausstellen sollte, dass Flecken und Haare von ein und derselben Person stammten – wovon auszugehen war –, dann konnten sie schon mal Ida Baumann ausschließen, denn die war dunkelhaarig. Blieb noch diese Strasser, von deren Haarfarbe und -länge Kern noch keine Ahnung hatte. Jasmin, oder eine gänzlich unbekannte Person. Strasser war kein Problem, im Zweifelsfall ein Abstrich. Aber Jasmin, die lag seit einem Jahr unter der Erde. Dass dem Untersuchungsrichter die Indizien dafür, dass sie mit Wiesauer Geschlechtsverkehr hatte, ausreichten, um einer Exhumierung zuzustimmen, weil er einen möglichen Zusammenhang an dem Mord an Wiesauer witterte, war mehr als unwahrscheinlich. Weshalb auch, was wäre mit einem DNA-Abgleich bewiesen? Nichts weiter, als das Jasmin vor einem Jahr mit Wiesauer Geschlechtsverkehr hatte.

Dennoch wurde Kern den Verdacht einfach nicht los, dass Jasmin irgendwie in den Mord an Wiesauer verwickelt war.

Aus heiterem Himmel kam dem Herrn Kommissar plötzlich seine Tochter Magda in den Sinn. Als sie klein war, hatte Andrea alle ihre herausgefallenen Milchzähne aufgehoben und in einem kleinen lackierten Holzkistchen, einer Laubsägearbeit ihres Vaters, aufbewahrt. Außerdem hatte sie ihr ein paar Haarlocken abgeschnitten, die sie liebevoll mit einer blassroten Schleife zusammenband und ebenso in dieses Kistchen legte. Mütter machen so etwas. Vielleicht hatte Maria Scherer das bei ihrer Tochter auch getan. Wenn er an diese Haare rankäme, dann könnten sie sie mit den Haaren aus der Hütte vergleichen. Es würde vorerst nichts weiter beweisen, als dass Jasmin dort war und, wie sich eventuell noch herausstellen würde, mit Wiesauer intim.

Kern schien dies eine Spur zu sein, der man auf jeden Fall nachgehen musste, zumal sie ihm zurzeit die einzig heiße zu sein schien. Er schnappte sich sein Handy, legte es noch einmal auf die Tischplatte zurück, als hätte er ein glühendes Brikett angefasst, betrachtete es eine Weile und rief schließlich die Nummer von Maria Scherer ab. »Krall sie dir«, echote die Stimme Andreas in seinem Kopf, als sich Maria am anderen Ende der Leitung meldete.

»Ob ich Haare von meiner Tochter aufbewahrt habe?!«, wiederholte Maria Scherer verständnislos die mit allem gebotenen Feingefühl vorgetragene Frage Kerns.

Der Herr Kommissar blickte standhaft in die blauen Augen Marias, er konnte sich gut vorstellen, was diese Frau durchgemacht haben musste, und in Momenten wie diesen wurde ihm zum wiederholten Male bewusst, was der Beruf eines Polizeibeamten imstande war, einem Menschen abzuverlangen.

»Wir haben in Wiesauers Hütte lange blonde Haare gefunden und Grund zu der Annahme, dass es sich bei den Haaren um die Ihrer Tochter handelt«, erklärte Kern ruhig, ohne Maria dabei aus den Augen zu lassen.

»Verstehe«, erwiderte Maria nach einer langen Pause, in der sie Kern ihrerseits nicht aus den Augen ließ. »Sie brauchen einen Vergleich. Sie wollen wissen, ob die Haare in der Hütte tatsächlich von meiner Tochter stammen. Mir ist nur nicht klar, wozu das gut sein soll. Jasmin ist seit einem Jahr tot. Selbst wenn die Haare von ihr sind?« Maria zuckte mit den Schultern und sah ihn fragend an.

»Frau Scherer«, sagte Kern langsam. »Wissen Sie, ob Jasmin ein Verhältnis mit Wiesauer hatte?«

Gleich frisst sie mich auf, dachte Kern, hielt aber dem vernichtenden Blick Marias stand.

»Sie meinen, nur weil sie Haare von Jasmin gefunden haben, dass sie deswegen gleich ein Verhältnis mit Wiesauer haben musste? Der Mann war fast vierzig Jahre älter als sie!«

»Man hat nicht nur Haare gefunden, sondern … auf dem Fußboden der Hütte zweierlei Körperflüssigkeiten, die keinen Zweifel daran offen lassen, dass das betreffende Paar intim miteinander war.«

Maria seufzte und senkte nach einer gefüllten Ewigkeit resigniert den Blick. »Sie war immer ein Freigeist«, flüsterte sie. »Unbändig, ein eigener Kopf, der sich nichts vorschreiben lässt. Immer hinein ins Leben, war ihre Devise, mit Volldampf voraus. Immer wollte sie den Dingen auf den Grund gehen, alles ausprobieren, sich ein eigenes Bild machen, wollte Zusammenhänge verstehen.« In Marias Augen glitzerten Tränen. Am liebsten hätte Kern sie jetzt in den Arm genommen, sie einfach nur gehalten, ihr irgendetwas Tröstliches gesagt, aber was soll man einem Menschen sagen, der ein Kind verloren hat?

»Entschuldigen Sie«, sagte Maria.

Kern schüttelte bedauernd den Kopf. »Sie müssen entschuldigen! Es tut mir leid, Sie mit diesen Dingen quälen zu müssen. Es ist eine der Schattenseiten meines Berufs.« Während er dies sagte, trabte gemächlich ein großer, rot getigerter Kater ins Zimmer, schnupperte kurz am Hosenbein Kerns, drehte, nachdem dieser ihn kurz hinter dem Ohr gekrault hatte, desinteressiert wieder ab und machte es sich auf der Bank beim grüngeflammten Kachelofen bequem.

»Das ist Gipsy, gewissermaßen der Chef des Hauses«, stellte Maria die Katze vor. »Vor ein paar Jahren stand er mit vorwurfsvollem Blick vor unserer Terrassentür, gemeinsam mit unseren anderen Katzen Lilly und Lucky. Als Jasmin ihn hereinließ, stürmte er gleich zum Fressnapf, als hätte er schon immer da gelebt, seitdem ist er bei uns.«

»Prachtvoller Bursche, und wie es aussieht ein bisschen ein Patriarch.«

»Ja«, lächelte Maria, »er scheint eine angeborene Autorität zu besitzen. Lilly und Lucky akzeptieren ihn ganz selbstverständlich als den Boss.«

Marias und Kerns Blicke trafen sich und blieben ein, zwei Sekunden aneinander hängen. Ein, zwei Sekunden, in der die Welt den Atem anzuhalten schien. Ein, zwei Sekunden, in denen keiner von beiden etwas redete und doch alles gesagt war.

Maria räusperte sich betreten. »Als Jasmin noch klein war, hab ich ihr ein paar Locken abgeschnitten, ich verwahre sie mit anderen Dingen, die mich an sie erinnern, in einem kleinen Kästchen.«

Kern lächelte. »Meine Frau war genauso, sie hat sogar die Milchzähne unserer Kinder gesammelt und sie wie einen Schatz gehütet.«

»Genau wie ich«, entgegnete Maria.

Eine Weile schwiegen sie, jeder schien darauf zu warten, dass der andere etwas sagte.

»Sie werden so schnell erwachsen«, unterbrach Maria schließlich das Schweigen. »Erst hadert man über die vielen schlaflosen Nächte, später sorgt man sich darum, wie sie in der Schule und mit dem Leben da draußen zurechtkommen, und wie sie von ihrer Umwelt angenommen werden. Man fragt sich, ob man alles richtig gemacht hat, ob man es hätte besser machen können. Aber plötzlich, von heute auf morgen, sind sie flügge, sind eigenständige, erwachsene Menschen, gehen ihre eigenen Wege, gründen ihre eigene Familie. Man überlegt, wo die Zeit geblieben ist, und es wird einem bewusst, dass nur die Erinnerung bleibt, und dass man wieder ziemlich alleine ist.«

»Sie haben Ihren Mann … und Ihren Sohn«, wandte Kern sanft ein.

Er witterte seine Chance, mehr über die familiären Umstände Marias zu erfahren. Auch seine beiden Kinder, Magdalena und Thomas, waren in alle Winde verstreut. Magda hatte es der Liebe wegen in die steirische Hauptstadt Graz verschlagen, wo sie als Lehrerin an einer Hauptschule unterrichtete, und Thomas, der Künstler und leidenschaftliche Musiker, betrieb mit Verve und Hingabe, zusammen mit einem Freund, einen Musikalienladen, mit integriertem Café in Wien. Sein Sohnemann, ein liebenswerter Bohemien, Luftikus und Charmeur mit offenem Gesicht, der den Mädchen die Augen verdrehte. Kern hatte Bedenken gehabt, ob er fähig wäre, die nötige Ernsthaftigkeit aufzubringen, um ein eigenes Geschäft zu führen. Der Erfolg sprach allerdings für sich, der Laden schien prächtig zu laufen, hatte sich zu einem regelrechten Treffpunkt für Musiker, Künstler und Kunstinteressierte gemausert, stets fanden in den Räumlichkeiten Konzerte statt, oder es wurde spontan gejamt! Das Konzept von Thomas und seinem Freund Martin, dem

Praktiker, kühlen Kopf und Rechner des Gespanns, dem mitunter auch die undankbare Rolle zukam, den Phantasmagorien Thomas (z. B. hatte Sohni Mick Jagger einen Brief geschrieben, in dem er anfragte, ob er daran interessiert sei, unplugged und gemeinsam mit Keith Richards bei ihnen aufzutreten!) Zügeln anzulegen, und der den Part des Cafetiers übernommen hatte, war voll aufgegangen.

»Mein Mann und ich haben uns vor fünf Jahren getrennt«, holte Maria ihn wieder in die Gegenwart zurück.

Kern schaffte es, einen betroffenen Ausdruck in sein Gesicht zu zaubern. »Das tut mir leid«, presste er hervor, obwohl sich in seinem Inneren ein Chor formierte, um ein Hosianna anzustimmen. »Was ist geschehen?«

Maria zog die Achseln an.

»Das, was vermutlich meistens geschieht. Wir, oder zumindest mein Mann, waren der Meinung, uns auseinandergelebt zu haben. Was es nicht ganz genau traf. Vielmehr waren wir nicht mehr interessant füreinander. Eine langjährige Ehe lüftet jedes Geheimnis und beleidigt den doch eher männlichen Entdeckerdrang, oder vielmehr Eroberungsdrang. Lange Zeit lebten wir dahin und versuchten die Leere zu ignorieren, letztlich aber entwickelte sie sich zum Killer unserer Beziehung.

Er gab vor, nicht mehr das in mir sehen zu können, das er so viele Jahre in mir gesehen hatte, und weshalb er mich geheiratet hatte. Aber das war wohl ein Vorwand. Im Grunde bin ich ihm im Laufe der Jahre langweilig geworden. Nun, ich ließ ihn ohne viel Radau ziehen, die Kinder waren quasi erwachsen. Erst dachte ich, ich sei es uns und unserer Beziehung schuldig, um ihn und unsere Ehe zu kämpfen, bis ich begriff, dass das nicht stimmte. Ich hatte bloß Angst vor dem Alleinsein, und dem Gefühl gescheitert zu sein, weil Scheitern in meiner Lebensplanung nicht vorgesehen war. Mir wurde klar, dass ich mich an etwas klammerte, eine Fassade voller Illusionen, die eigentlich längst abgerissen gehört hätte. Diese Einsicht half mir, ihn gehen zu lassen. Wenn jemand vom Reisefieber gepackt ist, kann man ihn nicht aufhalten. Mittlerweile lebt er wieder in einer Beziehung – und ich habe meine Katzen. Und bei Ihnen?«, fügte sie lächelnd an.

Kern winkte ab. »Ach, da gibt's nicht viel zu erzählen. Ein einsamer, räudiger Wolf. Die Kinder sind erwachsen und aus dem Haus und sonst ...«, er zuckte mit den Schultern.

»Und Frau?«, sandte Maria ihm einen fragenden Blick. Kern räusperte sich.

»Sie ist leider vor drei Jahren gestorben, bei einem Autounfall. Ihr Wagen kam in einer Kurve ins Schleudern und krachte frontal in einen entgegenkommenden Lastzug. Sie und meine Schwiegermutter waren auf der Stelle tot.«

Das Lächeln auf Marias Lippen erstarb. »Das tut mir aufrichtig leid.«

»Schon gut«, entgegnete Kern. »Anfangs hatte ich so meine Probleme damit, und ich habe mich ziemlich gehen lassen. Aber ich glaube, Sie sind der letzte Mensch, dem ich etwas vorheulen darf.«

»Das ist schon in Ordnung«, sagte Maria und stand auf. »Ich hole Ihnen jetzt eine Locke von Jasmin.«

Kapitel 18

Ich hatte es erwartet, möglicherweise sogar erhofft. Jedenfalls klingelte es gestern an meiner Wohnungstür, und es war nicht der Postbote, der dahinter stand. Das war mir sofort klar, als ich das smarte, glatt rasierte Gesicht durch den Spion musterte. Das Gesicht starrte seinerseits direkt in das Guckloch, als wäre es eine Linse, als wäre ihm bewusst, dass es taxiert würde, und die Türe nur nach eingehender Kontrolle aufgetan würde.

Er stellte sich als Inspektor Klement vor, von der Kriminalpolizei, und hielt mir seinen Ausweis unter die Nase.

Waren sie also zu mir vorgedrungen. Gut, das kam nicht ganz überraschend, wie gesagt. Ich war nicht unvorbereitet. Dennoch muss ich zugeben, dass es mich einige Beherrschung kostete, mir meine Anspannung nicht anmerken zu lassen und die Nerven zu bewahren. Der Polizist war freundlich, aber bestimmt. Hinter der netten, zur Schau getragenen Fassade ortete ich etwas Abschätzendes, Lauerndes, das nur darauf wartete, dass ich etwas Verfängliches sagte, oder mich in Widersprüchlichkeiten verwickelte. Ich versuchte, mich so natürlich und kooperativ wie möglich zu geben und hatte mir zurechtgelegt, alle Fragen nach Wiesauer wahrheitsgemäß zu beantworten. Wieso auch nicht? Es gab keinen Grund, irgendetwas zu beschönigen. Der Hüter von Recht und Ordnung konnte ruhig wissen, dass mein Verhältnis zu Wiesauer ein angespanntes war. Schließlich war das ja auch der Grund, weshalb ich kündigte – zumindest der offizielle. Zudem war es sicher weniger verdächtig, wenn er diesen Sachverhalt von mir selbst hörte, als wenn jemand anderer es ihm steckte. Und schließlich hatte doch jeder ein »spezielles Verhältnis« zu dem alten Narren, nicht wahr?

Ob ich gerne lese, fragte mich der Herr Inspektor und deutete dabei auf die rappelvolle Bücherwand in meinem Rücken. Seltsame Frage angesichts des Offensichtlichen, dachte ich.

»Ja, schon«, antwortete ich.

»Und wie ich sehe, gerade einen Hesse, Narziss und Goldmund, gute Wahl!«, fuhr er fort, nachdem er des Buches ansichtig geworden war, das ich blöderweise aufgeschlagen und mit dem Buchrücken nach oben auf dem Wohnzimmertisch liegen gelassen hatte.

»Ich habe dieses Buch in jüngeren Jahren gelesen und es sehr gemocht. Wunderschöne Sprache, sehr dicht erzählt, es entstehen Bilder im Kopf. Spannend, vor allem die Darstellung der beiden Protagonisten, finden Sie nicht? Den Gegensatz meine ich. Da der Denker, der Kopfmensch, der, insgeheim zielgerichtet, doch immer ein wenig versucht, die Menschen zu manipulieren. Und dort der Luftikus, der Draufgänger, der Künstler und Sklave seiner Triebe, der haltlos herumtreibt wie ein Blatt im Wind und mit dem im Zuge dessen eine gewisse Verrohung einhergeht, die ihn nicht einmal vor Mord zurückschrecken lässt.«

Langsam wurde mir der Kerl ein wenig unheimlich. Ahnte er etwas? Wusste er etwas? Spielte er mit mir und ließ mich erst ein bisschen zappeln, um dann die Falle zuschnappen zu lassen?

Mit aller Macht versuchte ich, den Anflug von Panik niederzukämpfen, die drauf und dran war, sich wie ein Krebsgeschwür in mir auszubreiten. Alles bloß Taktik, hämmerte der rationale Teil in meinem Hirn, der Bulle weiß nichts, er will nur ein wenig auf den Busch klopfen, dich unter Druck setzen und sehen, wie du reagierst. Diese zweideutige Anspielung auf Mord ist nur diesem bescheuerten Buch zu verdanken, das du auf dem Tisch hast liegen lassen.

»Entschuldigen Sie. Jetzt bin ich wohl ein wenig ins Schwärmen geraten – die Macht der Nostalgie«, riss er mich aus meinen Gedanken.

»Kein Problem«, entgegnete ich.

»Daran ist Hesse schuld«, sagte er lächelnd.

»Kann ich verstehen.«

»Und, Sie sind immer noch im Gastgewerbe tätig?«

»Nein, nach meinem Gastspiel im Wiesauerhof hatte ich endgültig die Nase voll und bin in die Lebensmittelbranche gewechselt.«

»Interessant. Und was macht man da, als ehemaliger Kellner?«

»Naja, wie der Name schon andeutet, man stellt Lebensmittel her, zum Beispiel Babynahrung, wie in meinem Fall. Allerdings bin ich nicht unmittelbar an der Produktion beteiligt – ich arbeite in der Lagerlogistik.«

»Und, die Arbeitszeiten besser als in der Gastronomie?«

Ich zuckte mit den Schultern. »Was heißt besser? Wir arbeiten in einem Drei-Schichtbetrieb. Aber sie sind zumindest geregelt. Ich weiß, wenn ich Frühschicht habe, und um halb sechs Uhr morgens mit der Arbeit beginne, dass ich um 14 Uhr zu Hause bin, oder Nachmittagsschicht, wenn ich um 13 Uhr 30 beginne, dass ich um 22 Uhr zu Hause bin. Im Gastgewerbe erfährt man oft erst am Vorabend, wann man am nächsten Tag Dienstbeginn hat. Und wann der Dienst endet, weiß man eigentlich nie so genau. Ganz zu schweigen natürlich von den permanenten Wochenenddiensten, Feiertagsdiensten, Weihnachten und so weiter.«

»Hm«, entgegnete Klement und starrte mir geradewegs in die Augen. »Wissen Sie noch, welche Schicht Sie am 8. September hatten?«

Na also, jetzt war die Katze aus dem Sack! Der Typ war gerissen, gab sich erst teilnahmsvoll und kumpelhaft und stieß einem dann das Messer in den Rücken, um zu sehen, was geschehen würde, und daraus seine Schlüsse zu ziehen.

»Ich hatte an diesem Tag überhaupt keine Schicht, ich hatte Urlaub, also nicht nur diesen Tag, sondern die ganze Woche«, hörte ich mich mit fester Stimme antworten und erwiderte seinen Blick.

»Und? Fort gewesen, Sonne, Sand und Meer?«

»Nein, nur Relaxing an den Gestaden des Traunsees.«

»An den Gestaden des Traunsees«, widerholte er lächelnd, »man merkt gleich, dass Sie Hesse lesen.«

Ich nickte.

»Um noch einmal auf besagten 8. September zu sprechen zu kommen. Können Sie sich noch erinnern, wo Sie sich an diesem Tag zwischen, sagen wir mal 18 und 21 Uhr aufgehalten haben?«

Klement ließ weiterhin seinen durchdringenden Blick auf mir ruhen. Ich hatte Bammel vor dieser Frage, dem schwächsten Glied in der Kette gehabt, und mich darauf festgelegt zu behaupten, zu Hause gewesen zu sein. Wie wollte er mir das Gegenteil beweisen?

»Nun gut«, sagte Klement, mit einer gewissen Unschlüssigkeit in der Stimme. »Nur noch eine Frage: Erinnern Sie sich an Jasmin, Jasmin Scherer?«

Kapitel 19

Kern zuckelte in seinem BMW im Schritttempo hinter der mit einer Immobilienwerbung versehenen, und, soweit ersichtlich, so gut wie leeren Straßenbahn über die neu adaptierte Traunbrücke. Ihre Neugestaltung sollte laut verschiedenen Lokalzeitungsberichten zufolge nicht unproblematisch gewesen sein. Aber nun, endlich, erstrahlte sie im neuen Glanz und ihre nunmehrige stark verbreiterte Anmutung weckte, zumindest leise, das Gefühl, dass der Architekt bei deren Gestaltung an die berühmte Champs-Elysées in Paris gedacht hatte. Die »Pont-Elysées« von Gmunden gewissermaßen. Vorbei ging es an der bekannten Galerie 24 mit ihrer, von ihrer forschen Betreiberin durchgesetzten, vieldiskutierten Rohrstangenfassade linkerhand, und rechterhand, als charmanter Kontrast dazu, an einem bekannten, alteingesessenen Trachtengeschäft. Am Klosterplatz hüpfte die Ampel gerade auf Rot, und auch hier unübersehbare Zeichen des Aufbruchs und eines hemmungslosen Modernisierungswillens in Form von einem futuristisch anmutenden Wartehäuschen. Wohin man auch schaute, reger Baubetrieb, Gmunden schien alles daran zu setzen, sich ein neues Gesicht zu geben, weg vom obsoleten, charmanten Image der Sommerfrischestadt, hin zu einer Art Trabantenstadt.

»Na sowas«, murmelte Kern lächelnd in sich hinein, als ihm gegenüber bei der ehemaligen Forstverwaltung, in der sich neuerdings ein Bankinstitut mit angeschlossenem Café breitgemacht hatte, eine höchst originelle Gestalt auffiel.

»Der Gustav«, ein stadtbekanntes Original in Gmunden, mit dem Gebaren eines, wenn auch heruntergekommenen, englischen Lords. An ihm gab es quasi kein Vorbeikommen. Stets war er in einem der Cafés oder auf öffentlichen Plätzen in der Stadt anzutreffen, meistens bekleidet mit Hut, verbeulter Hose, einem zerschlissenen Sakko und einer ebensolchen Krawatte und natürlich mit dem obligaten Spazierstock in der knochigen Hand. Früher, zu Lebzeiten Andreas, als Kern noch öfter in der Traunseestadt weilte, war Gustav ihm oft über den Weg gelaufen, speziell im Café Austria, wo er, meist schon im illuminierten Zustand, gelegentlich den dort tagenden Schachclub mit seinem permanenten Dreinreden bis knapp vors Matt trieb. Einmal war er sogar Zeuge, wie ihn der Herr Ober am Schlafittchen packte und vor die Türe setzte.

Die Ampel musste bereits eine Weile auf Grün geschaltet haben, denn hinter Kern begann es ungeduldig zu hupen. »Sorry«, hob er entschuldigend die Hand, ließ seinen Wagen anlaufen und fuhr langsam an Gustav vorbei, dem die Szene offensichtlich nicht entgangen war, denn er war stehen geblieben und warf Kern nun kopfschüttelnd und Unverständliches vor sich hin brabbelnd einen höchst geringschätzigen Blick zu, der keinen Zweifel daran offenließ, was er von dessen Fahrverhalten hielt. Der nickte ihm durch die Windschutzscheibe dennoch lächelnd zu, drückte dann aufs Gas.

Er fuhr weiter die Georgstraße hinauf, und direkt nach der Kuppe fluchend in ein dahinter, mit aller Spitzfindigkeit platziert lauerndes Radar hinein. Schließlich bog er rechterhand in die Engelhofstraße ein. Weiter ging es, dem Straßenverlauf folgend am berühmten »Mülibankerl« vorbei und dann scharf rechts rein, die Straße bergan, Richtung Grünbergbäuerin. Noch etwas höher auf dem Parkplatz, beim Einstieg zum Grünberg, stellte er sein Auto neben einigen anderen ab.

Das Wetter war leicht diesig, über das Tal hatte sich ein leichter Dunstschleier gelegt, die Blätter begannen bereits welk zu werden und vereinzelt abzufallen. Ein Wetter ganz nach dem Geschmack Kerns, der bequeme Kleidung angelegt hatte: Jeans, Jacke mit etlichen Taschen, leichte Trekkingschuhe.

Er wollte noch einmal den Ort des Verbrechens aufsuchen, sich noch einmal umsehen, Tatort und Umgebung in aller Ruhe auf sich wirken lassen. Vielleicht hatte er in der Stille einen Geistesblitz, eine Intuition, eine Idee. Vielleicht neutralisierten sich Blockaden in seinem umnebelten Gehirn, vielleicht drangen Gedanken zu ihm vor. Sichtweisen, die er bis jetzt außer Acht gelassen. Details, die er übersehen hatte.

Allerdings, um ehrlich zu sein, überhöhte Hoffnungen machte er sich nicht. Er hatte das Verbrechen hunderte Male im Kopf rekonstruiert und abgespult, zig Male versucht, sich in die Psyche eines bis dato völlig gesichtslosen Täters zu versetzen, und war immer wieder zur gleichen Schlussfolgerung gekommen: Hier war einer mit hundertprozentigem Vorsatz zu Werke gegangen. Der Täter hatte nichts dem Zufall überlassen, hatte den Mord von A–Z geplant. Das alles war klar, darüber waren Klement und er sich einig.

Aber wo war das Motiv? Wo waren die Verdächtigen? Es gab etliche, die Wiesauer nicht wohlgesonnen waren, aber keinem war so viel Hass zuzutrauen, Wiesauer einfach niederzuknallen, da war Kern sich sicher. Auch diesen Strasser, einen vierschrötigen Typen in moosgrüner Joppe und Gamsbarthut, mit Schweinsäuglein und Hängebacken wie eine Bulldogge, hatten sie einvernommen. Er hatte keinen großen Hehl daraus gemacht, wie er Wiesauer gegenüber eingestellt war, hatte nicht einmal geleugnet, ihn bedroht zu haben. »Wie würden Sie reagieren, wenn jemand Ihre Frau anbrät?«, hatte er Kern patzig gefragt. Wie auch immer, Strasser hatte ein hieb- und stichfestes Alibi – er war bei einer Sitzung des Vogelfängerclubs gewesen, dafür gab es einige Zeugen. Es war zum Haareraufen. Die wenigen Bekannten, die, wenn auch mit Vorbehalt, einen Grund gehabt hatten, den Wirten um die Ecke zu bringen, hatten alle ein wasserdichtes Alibi. So wie dieser Brunner, der von Wiesauer besonders gemobbt wurde, oder eben Strasser und natürlich Wiesauers Frau, die, so viel hatten sie immerhin herausgebracht, um das Verhältnis ihres Mannes mit Ida Baumann wusste.

Den kleinen Kreis der zurzeit relevanten Verdächtigen schloss der ältere Sohn der Wiesauers, Jakob, der als Einziger kein Alibi vorweisen konnte, dem Kern aber eine derartige Tat einfach nicht zutraute. Das harte-Mann-Gehabe war vorgeschoben, im Grunde seines Herzens war Jakob ein butterweicher Typ, der sich nie recht mit der Geringschätzung durch seinen dominanten Vater abfinden hatte können. Ja, es gab Fälle – nicht einmal wenige –, bei denen ein Vater-Sohn-Konflikt zur Eskalation geführt hatte, aber das waren Affekthandlungen, verzweifelte Hilfeschreie labiler, permanent unterdrückter Täter, um endlich die Aufmerksamkeit ihres Vaters zu erringen. Davon war Jakob weit entfernt, dazu war er zu selbstbewusst. Kern hätte sogar weiß Gott was darauf verwettet (nur eine Redensart, Kern wettete nicht!), dass Jakob seinem Vater ziemlich ähnlich war. Beide waren starke Persönlichkeiten, keiner konnte sich dem anderen beugen, so eine Art menschlicher Magnetismus, ungleiche zogen sich an, gleiche Pole aber stoßen sich ab.

Kern war bei der Hütte angekommen, er hatte den kleinen Umweg durch den Wald genommen, der zunächst von der Hütte wegführte und dann, in einem nicht allzu großen Bogen, wieder an sie heran führte.

Er sah sich eine Weile im Wald um und versuchte sich vorzustellen, aus welcher Richtung der Täter gekommen war.

Wahrscheinlich nicht über den offiziellen Trampelpfad, den fast alle benutzten, sondern von der gegenüberliegenden Seite. Auch wenn das Wetter nicht besonders war und nur wenige Leute unterwegs waren, würde er wohl kaum das unnötige Risiko eingegangen sein, gesehen zu werden, was diesbezügliche Nachforschungen bestätigt hatten. Keinem der wenigen Wanderer, die für eine Befragung bereitstanden, war etwas Verdächtiges aufgefallen.

Kern schlüpfte unter dem Absperrband durch und wollte die Türe zur Hütte aufsperren, als er in seinem Rücken eine schneidende Stimme vernahm: »Sie, hallo, was machen Sie denn da?«

Er fuhr herum und betrachtete sein Gegenüber. Ein schmächtiges, drahtiges Männchen, mit wettergegerbtem Gesicht, bekleidet mit Knickerbocker und Hut, vom Alter schwer zu schätzen, aber Kern vermutete so um die siebzig. Der Kerl musste vom Himmel gefallen sein.

»Ich bin Kriminalbeamter«, entgegnete Kern und zeigte dem Mann seinen Ausweis.

»Ah, Sie untersuchen den Mord am Heinrich?«

»An Herrn Wiesauer, genau. Und mit wem habe ich die Ehre?«

»Gschwandtner ist mein Name, Josef. Ich wohne in einem der Häuser unten im Tal. In der Nähe vom Club 23.«

»Aha?«

»Jaja, nur ein paar Häuser weiter.« Herr Gschwandtner machte eine vielsagende Handbewegung, und Kern nickte. Trotz der kryptischen Ausdrucksweise begann ihm langsam zu dämmern, wovon Herr Gschwandtner sprach.

»Für mich ist das ja nix mehr, in meinem Alter, wissen Sie, aber die Jungen.« Herr Gschwandtner schüttelte den Kopf. »Na, mir soll's recht sein, sollen sich die Hörner abstoßen, solang sie keinen Krawall machen. Ich glaub, Tschechinnen und Ungarn haben sie da. Naja.«

»Sagen Sie, gehen Sie oft auf den Grünberg?«, unterbrach Kern den redseligen Herrn.

»Seit der Pension fast jeden Tag, manchmal sogar zweimal.«

»Und, ist Ihnen die letzten Wochen irgendetwas aufgefallen, irgendwelche auffälligen Gestalten, die sich hier herumgetrieben haben?«

Gschwandtner dachte angestrengt nach und schüttelte dann den Kopf. »Tut mir leid, nur die Typen, die sich sonst auch hier herumtreiben.«

»Na, dann.« Kern nickte und tippte zum Gruß an die Schläfe.

»Haben Sie denn schon irgendeinen Verdacht?«, wollte Gschwandtner wissen.

»Tut mir leid, aber darüber kann ich keine Auskunft geben.«

Gschwandtner blickte ihn forschend an. »Hmm, vielleicht hängt es ja irgendwie mit diesem Club zusammen, weil, wissen Sie«, sagte er, blickte sich mehrmals um, als vermute er hinter den Bäumen KGB-Agenten, und senkte die Stimme zu einem Flüstern. »Angeblich war der Heinrich manchmal Gast in diesem Lokal. Und man weiß ja, was für zwielichtige Typen da herumlaufen. Und der Heinrich, wer weiß, vielleicht hat er den Mund zu weit aufgerissen, vielleicht hat er sich mit den falschen Leuten angelegt.«

»Was meinen Sie, mit falschen Leuten?« Kern war jetzt doch ein wenig neugierig geworden.

»Naja, Zuhältermilieu eben. Solche Kerle fackeln nicht lange. Das weiß man doch! Wie hieß denn noch dieser Kerl, dieser Linzer, der eine Prostituierte erschossen haben soll, und jetzt schon jahrelang auf der Flucht ist. Igor … Igor, irgendwas mit Igor …«

»Sie meinen Tibor, Tibor Foco.«

»Ja, genau, richtig, Igor Foco – komischer Name, sicher ein Ungar.« Gschwandtner schüttelte nachdenklich den Kopf. »Ist nie was Gescheites aus diesem Land geworden, wurschteln so dahin, haben sich nie so richtig erholt. Die Sissy, ja, die haben sie gemocht, den Franz ja weniger. Wahrscheinlich weil sie so gut reiten hat können und Ungarisch, angeblich in Wort und Schrift. Und was hat's genützt?! Aber was ich sagen will, wenn Heinrich wirklich in diesem Lokal verkehrt hat … weil, wissen Sie, ich will ja nichts sagen, weil Toten soll man ja nichts Schlechtes hinterherreden, aber manchmal hat er den Mund schon ganz schön weit aufgerissen, der Heinrich. Vielleicht ist ihm das zum Verhängnis geworden, nicht wahr, könnte doch sein? Vielleicht hat er sich geweigert, die Zeche zu bezahlen, den Freierslohn.«

Kern nickte bedächtig. »Nun ja, Herr Gschwandtner, das ist sehr interessant, was Sie mir da erzählen …«

»Gell?!«

»Und wir werden da auf jeden Fall Nachforschungen anstellen.«

»Tun Sie das, Herr Kriminalkommissar, tun Sie das, und wer weiß, ob Sie da nicht in ein Wespennest treten.«

»Wir werden sehen«, entgegnete Kern und verabschiedete sich von Gschwandtner, der keine Anstalten machte zu gehen.

Der Inspektor ging in die Hütte, diffuses Licht empfing ihn, und ein muffiger Geruch lag in der Luft. Dennoch konnte er Nuancen eines scharfen Putzmittels wahrnehmen, mit dem augenscheinlich Bank, Tisch und Boden geschrubbt, und das Blut des Ermordeten entfernt worden war. Nach Sicherstellung der Spuren war die Hütte aufgeräumt und wieder in ihren Normalzustand versetzt worden. Kern zog die Vorhänge zur Seite und sah immer noch Gschwandtner draußen, wie angewachsen, hinter dem Absperrband stehen und mit langem Hals die Hütte beobachten. Der Kerl fing langsam an, ihm auf die Nerven zu gehen. Er öffnete das Fenster.

»Ist noch was, Herr Gschwandtner?«, rief er hinaus.

»Nein, Herr Kriminalkommissar, nichts. Ich bin schon weg. Wenn Sie irgendetwas brauchen …«

»Danke, Herr Gschwandtner, auf Wiedersehen.«

Gschwandtner dürfte wohl die Schärfe in Kerns Stimme nicht entgangen sein, denn er drehte ab und schritt in den Wald hinein, wenn auch widerwillig, wie ihm deutlich anzusehen war. Vermutlich bezieht er jetzt seinen Beobachtungsposten hinter einem Baum, dachte Kern und begann sich umzusehen.

Die Hütte verfügte über einen größeren Wohnraum mit einer kleinen Kochnische, sozusagen das Wohnzimmer, wenn man so wollte, der Raum, in dem die Tat stattgefunden hatte, ein kleines Schlafzimmer, eine zusätzlich eingebaute Schlafstatt im Dachgestühl der Hütte und ein winziges Badezimmer mit Toilette.

Ein paar Bilder hingen an den Wänden, Naturaufnahmen und Jagdszenen. Wiesauer mit geschultertem Gewehr neben einem erlegten Rehbock, gleich daneben eines mit einem toten Feldhasen, den er verschmitzt lächelnd – hab ich dich gekriegt – an den Hinterläufen hochhielt. Auch Bücher gab es in der Hütte, aufgereiht in einem kleinen Regal. Einiges davon Sachbuchgenre, aber auch das eine oder andere belletristische Werk war vertreten. »Der alte Mann und das Meer« von Hemingway, »Die Früchte des Zorns« von Steinbeck, Bölls »Ansichten eines Clowns«, dazwischen ein paar zeitgenössische Autoren wie Grisham und Mankell, dann wieder Klassiker wie »Die Wand« von Haushofer und »Demian«, zufällig das Lieblingsbuch Kerns von Hesse.

Der Herr Inspektor war überrascht, diese infantil-kunstsinnige Seite hatte er Wiesauer nicht zugetraut. Immer wieder erstaunlich, was für ambivalente Wesen Menschen doch sein können. Ein anerkannter Kotzbrocken, der Hemingway und Hesse liest. Menschen können Ungeheuer sein und dabei Gedichte schreiben, oder die schönsten Dinge erschaffen. Was für eine dämonisch anmutende Divergenz. Was hatte noch einmal Ida Baumann, Wiesauers Geliebte, gesagt?

»Wahrscheinlich habe ich das kleine, nach Aufmerksamkeit heischende Kind in ihm gesehen.« Ein Mann, der sich stets beweisen musste.

Kern rückte einen bequemen Stuhl so zurecht, dass er den ganzen Raum im Blickfeld hatte und machte es sich darin bequem. Er konzentrierte sich darauf, alle Verkrampfung abzuwerfen, sich vollkommen zu entspannen, konstruktives Denken vorerst komplett auszublenden, um Assoziation und Imagination ungehindert auf sich einwirken zu lassen. Es ging darum, den strengen Zensor, das Hirn, außer Kraft zu setzen, den Gedanken, waren sie auch noch so absurd, freien Lauf zu lassen.

Kern stellte sich Wiesauer in seinem Stuhl sitzend vor, hinter ihm, die Waffe auf seinen Kopf gerichtet, sein Richter. Überrascht konstatierte er, ohne das jedoch vorerst zu analysieren, um den Gedankenfluss nicht zu stoppen, dass ihm Richter, und nicht Mörder durch den Kopf gegangen war. Er malte sich die Panik Wiesauers aus, stellte sich die Unbarmherzigkeit seines ... Richters ... vor.

Da war es wieder, Richter. Gerichtet und mit dem Tode bedacht werden in der Regel Menschen, die Schlimmstes verbrochen haben. Hatte Wiesauer jemanden getötet? Auge um Auge, Zahn um Zahn. Jasmin spukte plötzlich in seinem Kopf herum. Jasmin unter mysteriösen Umständen abgestürzt, am Traunstein, eine sportliche, durchtrainierte junge Frau. Wiesauer und Jasmin hatten ein intimes Verhältnis, das war seit heute

Morgen Fakt, Haar und Scheidensekret stimmten überein. Hatte Wiesauer Jasmin den Traunstein runtergestoßen? Weshalb? Weshalb hätte er das tun sollen? Hatte Jasmin vielleicht das Verhältnis beendet, war ihr die Absurdität dieses Verhältnisses bewusst geworden? Eine junge, blühende Frau, mit einem Mann an der Schwelle zum Alter. Musste sie deswegen sterben, oder war es doch nur ein Unfall? Wieso überhaupt hatte Jasmin sich mit Wiesauer eingelassen? Es passte einfach nicht, es passte nicht zu dieser jungen Frau, es war widersinnig.

Kerns Handy schlug an. Klement war am anderen Ende.

»Rate mal, wer Jasmin Scherers Miete für die schmucke kleine Wohnung in der Grenevillestraße bezahlt hat?«, säuselte er ins Telefon, ohne sich lange mit einer Begrüßung aufzuhalten.

»Ich wünschte, es wäre nicht der, von dem ich denke, dass er es war«, entgegnete Kern.

»Ist aber dennoch so. Ich habe die Geldflüsse auf Wiesauers Konten zurückverfolgt. Unsere süße Jasmin scheint zwei Gesichter gehabt zu haben.«

Kern seufzte.

Kapitel 20

Das Beste kommt ja wohl immer ganz beiläufig und zum Schluss. Als dieser Klement mich nach Jasmin fragte, wäre ich beinahe gekippt. Mein erster Impuls war, ihn zu schütteln, ihn zu schlagen, ihm ins Gesicht zu brüllen, dass ich sie kannte, ja, dass ich sie verdammt noch mal kannte, und dass ich noch nie einen Menschen so geliebt hatte wie sie. Und dass ich noch nie einen Menschen so gehasst, und so verabscheut habe wie sie. Sie hat das aus mir gemacht, was ich jetzt bin. Ein Wrack, einen Mörder, einen vollkommen zerrissenen, zerfetzten Menschen, einen Steppenwolf und Einzelgänger, knapp am Dreißiger kratzend, der sich jeden Tag nach dem Aufstehen fragt, ob es nicht endgültig an der Zeit wäre, das Visum in den Himmel zu lösen, oder in die Hölle, es war einerlei!

Stattdessen entgegnete ich, dass ich mich sehr gut an Jasmin erinnere, und dass ich sehr betroffen gewesen wäre, nachdem ich von ihrem tödlichen Absturz auf dem Traunstein gehört hatte. Klement nickte ausdruckslos. Wie es aussah, hatte er nichts von dem Sturm in meinem Inneren mitbekommen, Gott sei Dank!

Wie sie denn so als Kollegin und Mensch gewesen wäre, bohrte er weiter.

»Sie war spitze: aufmerksam, hilfsbereit, flink, immer gut aufgelegt, eine Kollegin, wie man sie sich nur wünschen kann. Sogar dem Alten hat sie den Wind aus den Segeln genommen.«

Wieder nickte Klement.

»Und sie war sehr hübsch«, sagte er und musterte mich wieder eindringlich.

»Ja«, entgegnete ich und erwiderte seinen Blick.

»Ich könnte mir gut vorstellen, dass Jasmin für einige Aufregung unter euch Jungs gesorgt hat.«

»Wie meinen Sie das?«, stellte ich mich naiv.

»Naja, bei ihrem Aussehen.«

Jetzt hatte sich der Herr Kommissar ein Eigentor geschossen, mir quasi einen Steilpass vorgelegt, auf den ich nicht gewagt hatte zu hoffen. Nun hatte ich die Chance, mein Verhältnis zu Jasmin zur Sprache zu bringen, und es so darzustellen, wie es mir angemessen erschien.

Von Vorteil war, dass unser Zusammensein von zu kurzer Dauer war, als dass jemandem dessen Existenz in ihrem tatsächlichen Ausmaß zu Bewusstsein hätte kommen können. Wir waren noch nicht in jenem Stadium einer Beziehung, in der man seinen Partner in den Freundeskreis eingliedert, oder ihn gar seinen Eltern vorstellt.

Wie bei vielen Paaren stand in dieser Anfangsphase die Körperlichkeit im Vordergrund, es war wie ein seliger Rausch, wir konnten die Finger nicht voneinander lassen. Wir hatten nur Augen füreinander und waren blind für unsere Umwelt und daher war die Umwelt blind für uns.

Freilich war nicht auszuschließen, dass Jasmin jemandem von mir erzählt hatte, was aber bis jetzt offenbar nicht passiert war, denn sonst hätte mich dieser ehrgeizige Polizist schon längst damit konfrontiert. Natürlich, was nicht ist, kann noch werden, aber jetzt konnte ich eventuellen Verdächtigungen gleich den Wind aus den Segeln nehmen.

»Nun«, entgegnete ich, »meine Kollegen waren verheiratet, hatten Kinder. Aber«, ich machte eine dramatische Pause, »um ehrlich zu sein, ich hatte versucht bei ihr zu landen, war hin und wieder mit ihr auf einen Kaffee. Aber leider war mir kein Erfolg beschieden.« Ich zuckte resigniert mit den Schultern.

»Tja, was soll man machen, aus den Frauen wird man nicht schlau«, sagte Klement langsam und erhob sich endlich, um sich zu verabschieden.

An der Tür wandte er sich noch einmal um: »Übrigens, waren Sie schon mal auf dem Traunstein?«

»Ich bin gebürtiger Gmundner«, antwortete ich mit leicht ironischem Tonfall in der Stimme, als wäre das Erklärung genug.

»Verstehe«, entgegnete Klement, »dann sagt Ihnen wohl auch der Zierlersteig etwas?«

»Schon, aber den bin ich noch nie gegangen.«

»Alles klar«, erwiderte Klement vielsagend mit dem Kopf nickend und suchte endlich das Weite.

Ich wartete eine Weile, bis ich mir sicher war, dass er wirklich gegangen war – diesem Typ war zuzutrauen, dass er noch einmal umkehrte, weil ihm aus heiterem Himmel noch etwas eingefallen war. Womöglich hatte er zu viel Inspektor Columbo geschaut. Ich setzte mich auf den Fußboden und lehnte mich gegen die verschlossene Tür. Plötzlich trat mir der Schweiß aus allen Poren, mein Herz hämmerte, als wollte es aus der Brust springen.

Was hatte ich erwartet? Dass ich kurz einmal Wiesauer um die Ecke brachte, und dann, business as usual? Und von nun an lebte er glücklich und zufrieden, bis an sein seliges Ende. Ich hatte doch in Betracht gezogen, dass die Polizei bei mir auftauchen würde, weshalb setzte mir das jetzt so zu? Vielleicht weil ich es nicht wahrhaben wollte, weil ich nicht begreifen konnte, dass die Polizei mich befragte, obwohl ich schon seit über einem Jahr nicht mehr in der Firma tätig war. Aber dass sie jetzt bei mir aufgetaucht waren, musste einen Grund haben.

War irgendjemandem etwas aufgefallen, war ich in irgendeiner Weise verdächtig geworden? Konnte ihnen jemand einen Wink gegeben haben, mich angeschwärzt haben? Aber sosehr ich mir auch den Kopf zerbrach, konnte ich mir nicht vorstellen, wer. Ich und Jasmin, wir waren beide darauf bedacht gewesen, unser Verhältnis, gerade in der Firma, geheim zu halten, Jasmin noch vehementer als ich. Freilich war mir später klar geworden, weshalb. Und auch warum Wiesauer sich plötzlich von einer bis dahin nicht gekannten Butterseite zeigte.

Oder interpretierte ich zu viel in den Polizeibesuch hinein, begann ich paranoid zu werden?

Tatsache war, dass sie nichts wussten, nichts gegen mich in der Hand hatten, sonst wäre ich nicht mehr hier.

Aber wenn sie nun wieder kamen, mich in die Mangel nahmen, mich ausquetschten wie eine Zitrone? Ich zwang mich zur Ruhe, zwang mich, zehnmal tief aus- und einzuatmen. Du wirst das durchstehen, sagte ich mir immer wieder, du wirst das durchstehen, du wirst den eingeschlagenen Weg zu Ende gehen, ohne Wenn und Aber.

Dennoch wütete der Zweifel in mir. Es hatte den Anschein, als hätte die Befragung Klements eine Türe geöffnet, von deren Existenz ich nichts ahnte, und mir meine Tat ganz tief ins Bewusstsein gerückt, und nun schien ich drauf und dran, in eine gefährliche Gewissenskrise zu schlittern. Zum ersten Mal haderte ich, stellte meine Tat in Frage. Wüst, und um mir Mut zu machen, beschimpfte ich mich als Memme, die beim ersten Windhauch die Nerven verliert.

Ich begriff, dass ich zwar die Tat selbst perfekt geplant und eingefädelt hatte, mich bestens vorbereitet und gewappnet hatte. Aber ich hatte mich fahrlässiger Weise zu wenig auf das Hinterher eingestellt, auf die Konsequenzen, die meine Tat nach sich zog.

Wie naiv ich doch gewesen war. Aber was half jetzt das Gejammer? Mein Blick fiel auf den Wohnzimmertisch, blieb auf dem Buch von Hermann Hesse hängen, »Narziss und Goldmund«. Plötzlich kam mir ein anderes Werk von Hesse in den Sinn: »Demian.«

Ich erinnerte mich, wie mich damals beim Lesen die Stelle faszinierte, in der Max Demian von der Kreuzigungsszene spricht, von den beiden Verbrechern, die rechts und links von Jesus ebenfalls gekreuzigt wurden. Und die Bewunderung, die er jenem Verbrecher entgegenbrachte, der nicht bereit war, Buße zu tun, der Manns genug war, zu seinen Untaten zu stehen, sogar im Angesicht des Todes und der ewigen Verdammnis.

»Das war doch ein ganzer Kerl, findest du nicht, Sinclair?«

Ja, Demian hatte Recht, wie konnte ich das nur vergessen? Wie konnte ich zweifeln, wo ich doch von Anfang an eins mit mir war?

Beide, sowohl Jasmin als auch Wiesauer, hatten bekommen, was sie verdienten, und wer sonst wäre wohl mehr im Recht gewesen, sie ihrer gerechten Strafe zuzuführen, als ich? Und dazu stand ich, was immer auch kommen mochte.

Ruhe breitete sich in mir aus. Der Sperber kämpft sich aus dem Ei, kam mir eine weitere Sequenz aus Demian in meinen von Pathos benebelten Sinn. Nichts kann bleiben, wie es ist, kein Stein auf dem anderen bleiben, in mir war eine neue Welt im Entstehen.

»Dann sagt Ihnen wohl auch der Zierlersteig etwas?«, hörte ich Inspektor Klement fragen.

»Selbstverständlich, Herr Kommissar«, flüsterte ich bitter.

Kapitel 21

Tagebucheintrag, Freitag, 3. August 2017

Es ist etwas passiert, von dem ich noch nicht abschätzen kann, ob ich darüber froh sein soll, oder traurig. Ein manisch wechselhafter Zustand zwischen oben und unten hat von mir Besitz ergriffen. Manchmal ist mir, als könnte ich fliegen, mir ist nach jauchzen und tanzen und singen, und dann wieder, wenn mir die Komplexität meiner Lage zu Bewusstsein kommt, stürzt mein Herz in einen tiefen Abgrund, in einen endlosen Schlund und mir ist, als schlüge es sich auf seinem Grund zu Tode.

Ich habe mich verliebt, richtig verliebt, nicht nur so ein bisschen, nicht lau, wie es früher das Schicksal für mich bereitgehalten hatte, und wo es mit keinerlei Schmerz und Gewissenskonflikten verbunden war. Diesmal scheint es ernst zu sein. In meinem ganzen Leben habe ich keine Gefühle von einer derartigen Intensität erlebt, und mich nie so zu jemandem hingezogen gefühlt wie jetzt. Hätte bis vor kurzem jemand so zu mir geredet, wie ich es jetzt tue, so hätte ich ihn vermutlich als pubertierenden Schwärmer belächelt, schlimmer noch, er wäre mir mit diesem »Gesülze« ziemlich auf die Nerven gegangen.

Um ehrlich zu sein habe ich an das, was man »Liebe« nennt, und das in unzähligen Büchern, Filmen und noch mehr Liedern fast bis zum Erbrechen mehr oder weniger schlecht abgehandelt wird, nie so recht geglaubt. Ich hielt die Reden über Liebe zwischen Mann und Frau immer für das seichte Gesäusel drittklassiger Autoren, was ich im Übrigen immer noch tue, was aber zumeist an der platten, oberflächlichen Darstellung dieser, eben deswegen, drittklassigen Autoren liegt.

Ich glaubte an Körperlichkeit, an Sex, ans Vögeln und ich hatte Spaß daran. Ich machte auch nie eine Staatsaffäre daraus, oder dachte groß darüber nach, mit wem ich ins Bett ging, man bumste eben, wenn sich die Gelegenheit bot, aus Spaß an der Sache, und ohne dabei das Gefühl zu haben, deswegen gleich eine fixe Beziehung oder irgendwelche Verpflichtungen eingehen zu müssen – ich war ein modernes, emanzipiertes, selbstbestimmtes Mädchen, jawohl!

Jetzt ist alles anders. Zum ersten Mal in meinem Leben ist es mir nicht egal, einen Menschen zu hintergehen, zum ersten Mal in meinem Leben wünsche ich mir, nur mit diesem Menschen zusammen zu sein, und ich wünsche mir, diesen Menschen glücklich zu machen, auch weil mein eigenes Glück davon abhängt, dass es ihm so gut wie irgend möglich geht.

Zum ersten Mal ist mir das Glück eines anderen Menschen wichtiger als mein eigenes, und zum ersten Mal ist mir wichtig, so gesehen zu werden, wie es meiner Empfindung entspricht: als junge verliebte Frau!

Er heißt Elias – was für ein Name –, Elias der Prophet! Ich könnte mir keinen passenderen Namen für ihn vorstellen, auch wenn er wenig von einem Propheten an sich hat, dazu ist er zu scheu, zu unsicher, zu sehr in sich gekehrt. Er arbeitet als Kellner im Wiesauerhof, genauso wie ich, und die ersten Wochen, die ich dort Dienst tat, ist er gar nicht so recht in mein Bewusstsein vorgedrungen. Er was so ganz anders als seine Kollegen. Überhaupt anders als die Jungs, mit denen ich es sonst in diesem Gewerbe zu tun hatte. Die meisten Exemplare der Spezies Mann glauben ja immer gleich, sie seien es sich schuldig (oder uns Frauen!), eine Demonstration abzugeben, was für tolle Hengste sie nicht sind. Was mich ehrlich gesagt oft ziemlich amüsierte, wenn ich dann erlebte, wie linkisch, tollpatschig und nervös sie sich anstellten, wenn es wirklich zur Sache ging. Ein paarmal ist mir sogar passiert, dass gar nichts passierte, der Mann und sein nicht eingestandenes Problem mit der Selbstüberschätzung!

Elias ist kein bisschen so, er ist zurückhaltend, introvertiert, fast schüchtern, ein Typ, der sich nie aufdrängt, oder in den Vordergrund stellt. Möglicherweise habe ich ihn deswegen so lange nicht richtig wahrgenommen.

Ach, wenn ich doch wachsamer gewesen wäre, aufmerksamer, nicht so verflucht oberflächlich, habgierig und berechnend, dann wäre mir nicht entgangen, was für ein großes Herz Elias besitzt, und dass er von Anfang an Hals über Kopf in mich verliebt war. Dann wäre ich nicht so leicht einzulullen gewesen von diesen grellen Tönen, von diesem Jahrmarktsgeschrei, dann müsste ich mich jetzt nicht hassen, und müsste mich nicht schämen, wenn ich mich im Spiegel betrachte …

Ich habe eine Affäre mit Wiesauer angefangen! Schon Wochen bevor ich mich in Elias verliebte. Ich weiß nicht, welcher Teufel mich ritt, und es gibt keine Entschuldigung dafür! Der Ekel, den ich jetzt vor mir selbst empfinde, ist Strafe genug.

Von Anfang an ist Wiesauer mir nachgestiegen, hat mich geködert, indem er mir wesentlich mehr bezahlte als er musste, und indem er meine Miete übernahm. Ich dachte, ich hätte es in der Hand, zöge in diesem Spiel die Fäden. Ich dachte, ich lasse den alten Bock ein paarmal ran, staube noch einmal ordentlich ab und dann, tschüs, ab die Post! Aber bevor es so weit war, kam Elias. Plötzlich konnte ich mich ihm nicht entziehen, mir schlug das Herz bis zum Hals, wenn wir gemeinsam Dienst hatten, wollte ihn nur noch halten, ihn an mich drücken, wenn er mich ansah, mit seinen sanften braunen Paul Simon-Augen, mich unsicher anlächelte mit diesem Ausdruck von Freude und zugleich tiefer Melancholie im Blick. Er wirkt wie jemand, der aus der Zeit herausgefallen ist, wie ein Anachronismus, der dem Treiben rings um sich hilflos ausgeliefert gegenübersteht. Zweifellos hat er eine Art Mutterinstinkt in mir geweckt, ein Beschützersyndrom. Ich habe das Gefühl, ihn nicht alleine lassen zu dürfen in dieser kalten, ignoranten Welt. Es ist etwas an ihm, das nur schwer zu deuten ist, aber ich glaube, es hat etwas mit Ergebenheit und Güte zu tun. Er ist wie jemand, der das Leben für sinnlos hält, aber dennoch immer weitermacht. Als wäre etwas am Horizont, das nur er sehen, nur er erahnen kann, und das ihm immer noch einen Funken Hoffnung, einen Funken Glauben schenkt.

Unseren ersten gemeinsamen Abend verbrachten wir in einem kleinen schummrigen Nachtlokal, oben am Marktplatz in Gmunden. Wir hatten gemeinsam Spätdienst gehabt und durch eine glückliche Fügung war relativ früh Sperrstunde. Ich hatte es gar nicht vorgehabt, aber plötzlich platzte es aus mir heraus und ich fragte ihn, ob er noch etwas mit mir trinken gehe. Er schien ziemlich überrascht, sagte aber zu. Anfänglich wirkte er etwas unsicher und befangen, bis die Rede auf Bücher kam, plötzlich war es mir möglich, zu ihm vorzudringen, plötzlich öffnete er sich. Wir lieferten uns eine hitzige Diskussion über Hesses Steppenwolf, dessen Protagonisten und Helden Harry Haller Elias bewunderte, mit dem er sich insgeheim sogar identifizierte.

Ich bin ganz schön über dieses Buch hergezogen, habe Elias erklärt, dass ich diesen Harry Haller für einen ziemlich wehleidigen, sich selbst bedauernden, und dabei doch so privilegierten Typen halte. Er hat mich die ganze Zeit nicht aus den Augen gelassen, ich bemerkte seinen schweren Atem, seine Erregung, es war nicht zu übersehen, was er wollte.

Gegen 3 Uhr morgens verließen wir das Lokal. An der Theke lümmelte noch ein einsamer Gast, der mir bekannt vorkam, den ich aber in der Flüchtigkeit nicht zuordnen konnte.

Tagebucheintrag, Sonntag, 12. August 2017

Elias wohnt auf einem Bauernhof, einem riesigen, herausgeputzten Vierkanter mit bemalten Fensterläden und bunten Geranien vor den Fenstern, nur einen Steinwurf von Gmunden entfernt und inmitten von Grün. Wenn man die schmale, von knorrigen Obstbäumen gesäumte Straße ein Stück weiterfährt, oder besser noch geht, hat man an ihrem Scheitelpunkt einen spektakulären Blick auf den Traunsee, hernach verbreitert sich die Straße und fällt einigermaßen steil ab und man landet direkt am Ufer desselben.

In diesem Idyll bewohnt Elias eine der drei Mietwohnungen. Innerstädtische Wohnsilos mit standardmäßig genormten Wohneinheiten, und Wand an Wand mit den Nachbarn, sind ihm zuwider. Der Verkehr, abgesehen vom gelegentlichen Tuckern des hauseigenen Traktors, fällt quasi unter die Wahrnehmungsgrenze und egal aus welchem Fenster man schaut, man schaut ins Grüne.

Ländliche Ruhe und Stille, das Summen der nimmermüden Bienen, das Sirren des Windes, wenn er über die Wiesen und Felder streicht, das Gezeter der Grillen in der Mittagshitze, eine Welt, die einem die Illusion von Ordnung vorgaukelt, namenlose, unstillbare Sehnsucht drängt sich auf, Kontemplation, eine Welt, ins Erhabene gesteigert. Letztens haben wir uns inmitten einer bunten Blumenwiese, umringt von Margeriten, Klatschmohn und Glockenblumen geliebt, am Himmel rotteten sich währenddessen violette Wolken zusammen, lauwarmer Regen fiel auf unsere nackten Körper und vermengte sich mit unserem Schweiß. Ich hatte das Gefühl mit der Erde zu verschmelzen, ein Teil von ihr zu sein, gemacht aus demselben Material. Aus der Erde gehst du hervor, aus Staub bist du, zu Staub wirst du, zur Erde gehst du zurück. Pralle, satte Tropfen klatschten wie kleine Dum-Dum-Geschoße auf uns hernieder und bildeten kleine Bächlein, die mein Gesicht hinunterliefen, sodass Elias meine Tränen nicht bemerkte.

So schnell der Regen gekommen war, so schnell ging er wieder und zwischen den Wolken brach die Sonne durch. Dunstschwaden stiegen aus der Wiese auf, wir kamen uns vor wie Eroberer, wie Entdecker, wie Konquistadoren, alleine auf der Erde, ausersehen, um sie uns untertan zu machen. Elias schlürfte das lauwarme Regenwasser aus meinem Bauchnabel, küsste die Tropfen von meinen Brüsten. Nie hatte ich einen hingebungsvolleren, leidenschaftlicheren Liebhaber wie ihn – durch ihn weiß ich, dass ich zuvor noch nie geliebt habe. Sein Kopf, seine Zunge wanderte langsam meinen Bauch hinunter zwischen meine Schenkel, mich durchströmte ein ungeheures Glücksgefühl und mit ihm die Erkenntnis, dass es doch ganz einfach war!

Ja, es ist ganz einfach, ich brauche nur im Wiesauerhof zu kündigen, Schluss machen mit dieser unerträglichen Farce, mit Wiesauer, mit meinem Betrug an Elias, niemand weiß von meiner Affäre – noch nicht einmal von Elias weiß jemand, noch gehören wir ganz uns zwei –, niemand ist also zu Schaden gekommen. Ich muss handeln, ich kann es nicht mehr ertragen. Ich darf auf keinen Fall riskieren, dass er Verdacht schöpft, ich kann und will ihn nicht weiter hintergehen – es würde mir das Herz brechen, Elias zu verlieren! Einen neuen Job kann ich ohne weiteres finden.

Gleich bei meinem nächsten Einsatz werde ich Wiesauer über meine Kündigung in Kenntnis setzen, jawohl, und damit zugleich diese unselige Affäre beenden.

Ganz behutsam, nicht drängend, nicht fordernd, bejahend, zustimmend, bar jeglicher Konvention und Hemmung, nur noch Empfindung und Hingabe, drückte ich Elias' Kopf zwischen meine gespreizten Schenkel. Ich wollte, dass er immer weitermacht, nie mehr aufhört, mich zu liebkosen. Genauso sollte Sterben sein, eine Art Schwebezustand, rauschhaft, nebelhaft, eine Art seligmachendes Delirium, ein gnadenhafter Zustand völliger Kontrolllosigkeit und Selbstvergessenheit, dem Fluch der Gedanken und des Denkens enthoben.

Ich glaube an das Geheimnis der Liebe, an die Metaphysik derselben, sicher, man findet plausible Argumente, weshalb man einen Menschen liebt, aber die wahrhafte Ursache der gegenseitigen Anziehungskraft bleibt im Verborgenen. Elias hat eine bisher unbespielte Saite in mir zum Klingen gebracht, deren Vorhandensein mir bis jetzt nicht bewusst war. Mir scheint, eine Art neuer Lebensabschnitt ist angebrochen – ich habe die Liebe entdeckt!

Tagebucheintrag Freitag, 17. August 2017

Er hat uns gefilmt! Dieses abartige Dreckschwein hat mich mit ihm beim Vögeln gefilmt! Ich weiß nicht, wie er das gemacht hat, aber er hat mir das Video auf seinem Smartphone gezeigt, es war einfach nur ekelhaft.

Ich weiß nicht, was ich tun soll! Ich bin heute nach Dienstschluss in Wiesauers Büro gegangen um ihm zu sagen, dass ich sowohl mein Dienstverhältnis als auch meine Affäre mit ihm auflösen möchte. Eine Weile hat er gar nichts gesagt, mich nur angestarrt, mit einem dreckigen, arroganten Lächeln im Gesicht. Dann hat er ganz scheinheilig gefragt, ob es mir nicht mehr gefalle im Wiesauerhof, ob etwas vorgefallen sei, das mich zu dieser Entscheidung dränge, oder ob ich mehr Geld wolle.

»Du weißt doch, dass wir immer ein offenes Ohr haben und stets gesprächsbereit sind, wenn es um die Anliegen unserer Mitarbeiter geht. Und du weißt, wie sehr wir dich alle schätzen, wir, Tobias, die Kollegen, die Gäste, ganz besonders ich.«

Ich sagte ihm, dass ich es ebenfalls zu schätzen wüsste, hier so gut aufgenommen worden zu sein, und dass es mir leid täte, dass ich aber in der nächsten Zeit etwas kürzer treten wolle, vielleicht Urlaub machen, mehr Zeit für mich nehmen, sowas in der Richtung.

Wiesauer nickte. »Und was ist mit Elias«, sagte er dann, »verlässt er uns auch, wenn du gehst?«

Plötzlich hatte ich das Gefühl, als habe Wiesauer mir einen Dolch ins Herz gestoßen, als würde mir der Boden unter den Füßen weggezogen, eine Welt in mir war im Begriff zusammenzubrechen, unsichtbare Hände drückten mir die Luft ab. Nein, nur das nicht, nur das nicht, pochte es in meinem Kopf.

»Wieso Elias?«, stotterte ich in dem hilflosen Versuch, als hätte ich mit ihm absolut nichts zu tun, »was hat das mit Elias zu tun?!« Wiesauer lächelte höhnisch.

»Glaubst du denn, ich weiß über euch beide nicht Bescheid, du undankbare kleine Fotze? Die Spatzen pfeifen es ja schon von den Dächern!« Er schüttelte ungläubig den Kopf. »Unglaublich, ich hätte nicht gedacht, dass dieser kleine Wichser überhaupt einen hochkriegt. Und, besorgt er es dir ordentlich?«

»Ich weiß nicht, was du meinst«, entgegnete ich, mich an den sprichwörtlichen Strohhalm klammernd, dass Wiesauer nur bluffte. »Elias und ich sind nur Kollegen, weiter nichts.«

»Soso«, erwiderte er. »Dann macht es ihm ja sicher nichts aus, wenn ich ihm dieses kleine Filmchen von uns beiden schicke – sozusagen als Gebrauchsanleitung und Inspiration, nicht wahr?« Dabei zeigte er mir den Beweis meines Sündenfalls. »Sind wir nicht ein hübsches Pärchen?«, kommentierte dieses Schwein.

In diesem Moment wurde mir bewusst, dass ich fähig wäre, einen Menschen zu ermorden, Wiesauer vorzugsweise.

»Wenn Elias das erfährt, dann erfährt es auch deine Frau!«, spielte ich meinen einzigen Trumpf aus.

»Willst du mich verarschen? Meine Frau und ich haben seit über zehn Jahren nicht mehr miteinander gevögelt. Wenn du willst, können wir ihr dieses Filmchen auch gleich zeigen, vielleicht kommt sie dann wieder auf den Geschmack.«

»Du bist ein richtiges Schwein.«

»Jetzt hör mal gut zu, junge Dame. Wir beide, du und ich, wir haben eine Vereinbarung. Ich zahle deine Miete und lege auf deinen Lohn immer noch ein bisschen was drauf. Aus meiner privaten Schatulle wohlgemerkt, weil Tobias von dieser Vorzugsbehandlung nichts wissen darf. Im Gegenzug machst du für mich gelegentlich die Beine breit. Das ist der Deal, kapiert? Es ist mir scheißegal, mit wem du sonst noch rumhurst. Apropos, vielleicht ist dein hübscher, kleiner Elias ja an einem Dreier interessiert? Was hältst du davon?«

Ich konnte nichts erwidern, konnte Wiesauer nur sprachlos anstarren und sosehr ich mich auch bemühte ihn zu hassen, so hatte er mir doch klipp und klar einen Teil meines Selbst vor Augen geführt, einen Aspekt meines Wesens, der mich in diese Lage gebracht hatte. Ja, ich hatte die letzten Jahre mit etlichen Jungen und Männern Sex – auch zwei Frauen waren darunter –, aber verdammt noch mal, ich bin jung, ich hatte mir nichts dabei gedacht, ich wollte etwas erleben, wollte Spaß haben, Erfahrungen sammeln, wollte in gewisser Weise zu mir selbst finden, ausloten, wer ich denn eigentlich bin. Es war keine Liebe im Spiel, Sympathie ja, aber keine Liebe, es gab keine Verletzten, man hatte Spaß miteinander, mal mehr, mal weniger, das war's dann – dieser Weg hat mit der Liebe zu Elias sein Ende gefunden. Bekam ich jetzt die Rechnung, die Strafe dafür, weil ich mich ausleben wollte? Aber das ist doch Scheiße, diese Gedanken führen zu nichts. Ich glaube an keinen strafenden, rachsüchtigen Gott, keine ausgleichende Gerechtigkeit, es war einfach blöd gelaufen, Pech gehabt. Ich konnte doch nicht wissen, dass ich mich verlieben würde.

Wichtig war jetzt, Zeit zu gewinnen, Zeit, um mich mit dieser Situation auseinanderzusetzen, Zeit, um nachzudenken, Pläne zu schmieden.

»Na, hat's dir die Sprache verschlagen?«, holte mich die schnarrende Stimme Wiesauers wieder in die brutale Unmittelbarkeit zurück.

»Ich brauche ein bisschen Zeit.«

»Zeit wofür?«

»Ich muss mit dieser Situation ins Klare kommen, muss sie verdauen.«

Wiesauer musterte mich misstrauisch. »An wie viel Zeit haben denn ihre Hoheit gedacht?«

»Zwei Wochen.«

»Zwei Wochen! Eine Woche und keinen Tag länger!«

»Zwei Wochen«, beharrte ich.

Wieder hielt Wiesauer inne, fixierte mich. Mir entging nicht, wie es hinter seiner Stirn arbeitete, schließlich nickte er. Das war ein kleiner Sieg, das Eingeständnis einer kleinen Schwäche, das mir bewies, dass Wiesauer etwas an mir lag, dass er mich nicht verlieren wollte.

Ich bin fix und fertig, ich kann es einfach nicht fassen, die Wut, die Ohnmacht und der Selbsthass kommen in Wellen, ich habe das Gefühl, ich könnte jeden Moment losschreien oder Einrichtungsgegenstände zertrümmern, aber was brächte das? Ich bin das Opfer meiner Vergangenheit. Aber ich muss jetzt die Nerven bewahren, muss mich klar und sachlich mit dieser Angelegenheit auseinandersetzen. Was habe ich für Möglichkeiten? Wiesauer ermorden? Einen Schlägertrupp organisieren, der meine Interessen vertritt und mit Wiesauer Klartext spricht? Wenig realistisch. Sein Smartphone klauen und im Traunsee versenken? Theoretisch und praktisch machbar, oft genug lässt er dieses Teil im Restaurant herumliegen, allerdings, die Wahrscheinlichkeit, dass er dieses Filmchen nur auf seinem Handy abgespeichert hat, ist mehr als fragwürdig. So wie ich ihn einschätze hat er mehrere Kopien davon angefertigt.

Nein, es ist sinnlos, sich etwas vorzumachen. Im Grunde habe ich nur zwei Möglichkeiten. Weitermachen wie bisher, mich also weiterhin jeden Donnerstag von Wiesauer bumsen lassen und damit weiterhin Elias hintergehen und meine Selbstachtung verlieren. Oder aber ich spreche mit ihm, mit Elias, gestehe ihm alles, erkläre ihm alles. Vermutlich würde ich ihn dann verlieren, so oder so. Ich glaube, das könnte er mir niemals verzeihen, er würde es als nicht wiedergutzumachenden Vertrauensbruch sehen, schlimmer noch, als Kollaboration, als ein Paktieren mit dem verhassten Feind! Und wer könnte es ihm verdenken? Es spielt in diesem Fall keine Rolle, dass meine Affäre mit Wiesauer seinen Anfang nahm, bevor ich mich in ihn verliebte. Alleine die Tatsache, dass ich mich mit Wiesauer eingelassen habe, die Beine für ihn breit machte – noch dazu des Geldes wegen –, wäre für Elias nicht verkraftbar, würde seine moralischen Wertvorstellungen sprengen, seine klar definierte Welt der Standpunkte zum Einsturz bringen. Es würde das Bild, das er sich von mir gemacht hat, ad absurdum führen und meine ganze Person, all mein Tun und Handeln in Frage stellen, schlimmer noch, er würde seinen Glauben an die Liebe, die ich für ihn empfinde, als Hohn, als blanken Zynismus empfinden. Und um ehrlich zu sein, ich könnte es verstehen! Meine Affäre mit Wiesauer ist unentschuldbar, sie zeichnet das Bild eines habgierigen Menschen, eines Menschen, der bereit ist, für Geld jegliche Moral fallen zu lassen. Dazu kommt, das Wiesauer nichts Liebenswertes an sich hat, nichts, was jemanden für ihn einnehmen könnte, er ist ein Mensch, den man nur verabscheuen kann und niemand verabscheut ihn mehr als mein feinsinniger, dünnhäutiger Elias, dem die Niedertracht Wiesauers wesentlich weitreichender zusetzt als uns anderen, die wir robuster veranlagt sind als er. Elias spricht oft davon, sich eine andere Stelle zu suchen.

Was soll ich tun?

Wie ich es auch drehe und wende, ich sehe keinen Ausweg. Dieser Canossagang wird mir nicht erspart bleiben. Ich werde mit Elias reden müssen. Ich werde mich vor ihm in den Staub werfen. Ich werde ihm sagen, dass ich ihn liebe, und dass es mir unendlich leid tut. Dennoch werde ich zuvor noch einmal mit Wiesauer sprechen, ich werde an sein Gewissen appellieren, ich werde ihm sein Geld zurückzahlen, aber ich habe wenig Hoffnung.

Zwei Wochen …

Vielleicht geschieht ein Wunder, vielleicht bekommt Wiesauer einen Herzinfarkt, vielleicht überfährt ihn ein Auto …

Ich muss stark sein, ich darf mir nichts anmerken lassen, uns bleiben vielleicht nur noch zwei läppische Wochen – davon möchte ich keinen Tag verschenken –, dann werde ich vor Elias hintreten müssen, Pech und Schwefel über mich.

Tagebucheintrag, Donnerstag, 23. August 2017

Erpressung ist ein Strafrechtsbestand, das weiß jedes Kind! Ich habe im Internet nachgeforscht, der Strafrahmen reicht von sechs Monaten bis zu fünf Jahren Haft. Ich weiß nicht, warum ich nicht gleich darauf gekommen bin, offenbar war ich zu eingeschüchtert, zu perplex und niedergeschlagen, aber nach den Buchstaben des Gesetzes werde ich zweifelsfrei erpresst! Jetzt habe ich etwas in der Hand, womit ich Wiesauer unter Druck setzen kann, ich werde ihm damit drohen, zur Polizei zu gehen, wenn er das Video nicht vernichtet.

Ich habe ihn angerufen und ihm gesagt, dass ich mit ihm sprechen möchte. Als er mich abkanzeln wollte, erklärte ich ihm, dass es um das Video geht, daraufhin hat er eingelenkt und mich gebeten, zur Hütte zu kommen, um die Sache in Ruhe zu besprechen. Ich konnte ihn förmlich vor mir sehen, wie die Räder hinter seiner Stirn arbeiteten. Bevor ich ihm mit der Polizei drohe, werde ich dennoch an seine Vernunft und sein Ehrgefühl appellieren, und ich werde ihm sein Geld zurückgeben. Vielleicht entdeckt er doch sein Gewissen! Wenn nicht, dann habe ich keine andere Wahl, dann muss ich die Sprache mit ihm sprechen, die er versteht – in seiner eigenen, es ist meine einzige Chance!

Dennoch, ich habe ein ungutes Gefühl, Wiesauer kann man nicht trauen, man weiß nie, was er im Schilde führt, aber ich habe keine Alternative. Ich muss, ich muss, ich muss, vielleicht ist noch nicht alles verloren, vielleicht schenkt mir das Schicksal noch eine Chance, vielleicht kann ich das Ruder herumreißen, ich will Elias nicht verlieren. Und wenn diese Sache ausgestanden ist, werden wir beide kündigen.

Tagebucheintrag, Freitag, 24. August 2017

Ich glaube, Wiesauer hat mir KO-Tropfen verabreicht! Er muss sie in meinen Wein gemischt haben, den ich mir blödsinnigerweise habe aufschwatzen lassen. Ich habe einen kompletten Filmriss. Ich weiß nur noch, dass ich mich um etwa 19 Uhr mit ihm in seiner Hütte getroffen habe. Und dann haben wir geredet. Ich bat ihn, Vernunft anzunehmen und das Video zu löschen, da mir andernfalls nichts anderes übrig bliebe, als ihn bei der Polizei wegen Erpressung anzuzeigen. Zuerst machte er ein dummes Gesicht, dann war er plötzlich scheißfreundlich und sagte, dass das gar nicht notwendig wäre, denn er habe noch einmal über die Sache nachgedacht, und sei zu dem Schluss gekommen, dass ich Recht habe, und dass er mich verstehen könne. Dann nahm er sein Handy und löschte in einer großartigen Geste das Video. Das muss gefeiert werden, darauf müssen wir anstoßen, sagte Wiesauer und ich hatte plötzlich den Eindruck, als hörte ich seine Stimme wie von weit her, wie aus dichtem Nebel. Auch sein Gesicht schien plötzlich weiter wegzurücken und war auf einmal fratzenhaft verzerrt. Alles fing an sich zu drehen, der Raum, die ganze Hütte, immer schneller und immer schneller, und ich drehte mich mit, hatte das Gefühl in den Weltraum katapultiert zu werden, zu schweben, ziellos, orientierungslos …

Als ich heute Morgen aufwachte, brauchte ich eine Weile um zu begreifen, dass ich mich in meinem eigenen Bett, in meiner Wohnung befand, ich habe keine Ahnung, wie ich da hingekommen bin. Mein Kopf war wie in Watte gepackt, ich konnte keinen klaren Gedanken fassen, mir war übel und ich wankte mit zittrigen Beinen zur Toilette, um in die Schüssel zu kotzen. KO-Tropfen werden schnell abgebaut und sind daher schwer nachzuweisen. Ich pinkelte in ein Glas, um im Zweifelsfall eine

Urinprobe zu haben, falls es hart auf hart ginge. Dann rief ich Wiesauer an und fragte ihn, was gestern Abend passiert war. Er behauptete, dass ich wohl dem Wein zu sehr zugesprochen habe. Jedenfalls sei ich immer überschwänglicher geworden, plötzlich aber völlig zusammengebrochen, woraufhin er mich nach Hause gefahren habe.

Wiesauer, der edle Ritter, dass ich nicht lache! Ich misstraue diesem Hurensohn, auch wenn er steif und fest behauptete, nichts von KO-Tropfen zu wissen!

Es ist gegen 3 Uhr morgens, ich sitze an meinem weiß gestrichenen Küchentisch und lausche dem steten Ticken der Uhr. Ich bin zu aufgedreht um zu schlafen, ich muss andauernd an Elias denken – Elias mein Prophet. Ob wohl seine Sehnsucht nach mir so groß ist, wie die meine nach ihm? Spielt das eine Rolle? Wohl nicht, auch wenn es natürlich schön wäre.

Es ist jetzt 4 Uhr morgens, ich spüre eine satte, friedvolle Müdigkeit in meinen Körper kriechen. Nie ist die Illusion von einer Ordnung der Welt größer, als zu dieser frühen Morgenstunde. Der kommende Tag schickt sein fahles Licht voraus.

Ich werde jetzt in mein Bett kriechen und noch ein paar Stunden schlafen und dann werde ich meinen Rucksack schultern und auf den Traunstein gehen. Mehr denn je habe ich das Gefühl, meine sorglosen Mädchenjahre abzustreifen und das zu werden, was man wohl »Erwachsen« nennt. Ich begreife, dass damit ein Verantwortung-Übernehmen einhergeht.

Es steht groß und mächtig vor mir, dass ich Elias meine Affäre mit Wiesauer beichten muss, weil ich es ihm und unserer Liebe schuldig bin, und weil diese Angelegenheit sonst immer zwischen uns stehen würde, und ich ihm nie wieder unbefangen in seine sanften Paul Simon-Augen schauen könnte.

Vielleicht verstößt er mich, vielleicht kann er mir vergeben …

*

Jasmins Mutter ließ das Heft mit dem vergilbten blauen Umschlag und den ausgefransten Rändern, auf dessen Deckblatt der Name ihrer Tochter und die Jahreszahl 2017 stand, sinken. In ihren Augen glitzerten Tränen. Sie war beim Durchsehen von Jasmins Sachen gewesen, die sie und ihr Exmann aus deren Wohnung geholt hatten und danach in ihrem ehemaligen Zimmer zu Hause untergestellt hatten. Nach über einem Jahr hatte sie endlich die Kraft für eine Sichtung aufbringen können. Das Heft war ihr zwischen all den Büchern, Notizblöcken, Bildern und Fotografien, die wahllos in einen Karton gepackt waren, in die Hände gefallen, drei Seiten waren noch unbeschrieben.

Maria starrte aus dem Fenster, die Schatten standen im Begriff, länger zu werden und tauchten den vorangeschrittenen Tag in violettes Licht, ganz zart vermeinte sie, das metallische Singen des Windspiels im Garten zu hören.

Elias. Das also war der Name der großen Liebe ihrer Tochter. Jasmin hatte sich damals bedeckt gehalten, hatte geheimnisvoll getan. Sie hatte zwar erzählt, dass sie sich verliebt habe, wollte aber noch nicht verraten in wen. »Wenn die Zeit reif ist, werde ich ihn dir vorstellen, Mama!«, hatte sie gesagt und dabei ihrer Mutter schelmisch und mit strahlenden Augen zugezwinkert. »Na, da bin ich ja mal gespannt!«, hatte Maria lächelnd, aber mit zweifelndem Blick erwidert, jedoch nicht weiter insistiert. Sie kannte ihre Tochter gut genug und wusste um deren Vorliebe für Inszenierung und großen Auftritt.

»Elias der Prophet«, flüsterte sie vor sich hin. »Wieso hast du dich nach Jasmins Tod nicht gemeldet?« Oder war Elias unter den vielen jungen Menschen gewesen, die ihr ihr Beileid bekundet hatten, und hatte sich nur nicht zu erkennen gegeben? Wie auch immer, es kam Maria seltsam vor, dass Elias keinen persönlichen Kontakt zu ihr aufgenommen hatte. War die Liebe Jasmins zu Elias etwa einseitig gewesen? Hatte er womöglich nicht dasselbe für Jasmin empfunden, wie sie für ihn? Latente Andeutungen von einem möglichen Selbstmord Jasmins, die damals in verschiedenen Medien die Runde machten, erschienen ihr nun in einem ganz anderen Licht.

War es möglich, dass ihre Tochter das Opfer einer Kurzschlusshandlung war? Konnte sie tatsächlich gesprungen sein, war es tatsächlich möglich, dass sie aus einer unkontrollierten Laune heraus, unter Einfluss von übermächtigen Schuldgefühlen gesprungen war?

Das Tagebuch sprach allerdings eine ganz andere Sprache, die Niederschrift hatte gegen Ende die Diktion eines geläuterten, plötzlich erwachsen gewordenen Menschen, der sich seiner Unzulänglichkeit und seiner Schuld bewusst geworden ist, der aber an dieser Erkenntnis nicht zerbricht, womit niemandem gedient gewesen wäre, sondern die Größe absorbiert, dazu zu stehen, die Konsequenzen zu tragen und aus dieser Sache menschlich gereift hervorzugehen, auch, oder vor allem, in seiner Ansicht und seinem Empfinden von Schuld und Sühne, von Richtig und Falsch.

Erst die Liebe zu Elias hatte ihr die Schändlichkeit ihres Tuns bewusst gemacht, sich ihr in einem bis dahin unbekannten Licht gezeigt, hatte sie in gewisser Weise erwachsen werden lassen.

Kapitel 22

Manchmal kommen Erinnerungen an meine Kindheit, und dann sehe ich mich als kleinen Rotzlöffel im Garten, mit aufgeschlagenen Knien, zerrissener Hose und hochrotem, brennendem Gesicht mit den Nachbarbuben Körbe werfen. Ich war bei weitem der Geschickteste von allen. Jeder wollte mich in seiner Mannschaft haben, und immer wurde ich bei der Auslosung als Erster gewählt. Darauf war ich sehr stolz damals, und von einer stillen Freude erfüllt.

Ich blieb aber trotzdem zurückhaltend und bescheiden, und meinem Naturell entsprechend ein Einzelgänger und im Grunde alleine mit mir. Bis auf sportive Angelegenheiten wie Fußball, Tennis, allen voran Basketball, deckten sich meine weiteren Interessen kaum mit denen meiner Freunde, oder treffender gesagt Bekannten. Fast ausnahmslos konnten sie sich für Autos, schwere Motorräder und die langsam auf den Markt drängenden Mobiltelefone und Computer begeistern, während mir von klein auf eine besondere Neigung an allem Künstlerischen zu eigen war. Schon in früher Jugend verschlang ich Bücher, versenkte mich in die Betrachtung von Bildern, wurde fast magisch angezogen von Filmen, oder zog mich stundenlang in mein Zimmer zurück, um Musik zu hören, wobei ich den Bogen von Rock and Roll bis zu klassischer Musik spannte. Ich versuchte mich sogar an dem einen oder anderen Gedicht, an der einen oder anderen Kurzgeschichte, ging zwei Jahre lang zum Gitarrenunterricht.

Ich habe mich später – und tue es jetzt noch – oft gefragt, weshalb mir trotz der Affinität zu dieser Welt der Eintritt in sie versagt blieb. Weshalb war aus mir kein Musiker geworden, kein Schriftsteller oder Regisseur? Gehörte ich auch zu jener Vielzahl von sogenannten Halbmenschen, von denen Demian, im gleichnamigen Buch von Hesse, spricht, dass sie halb Mensch, halb Affe sind, oder halb Mensch und halb Esel, kurz zu jenen, die nie ganz bei sich selbst ankommen, die nie ganz ausgären, die zeitlebens immer ungefähr bleiben, ein bisschen jaja, ein bisschen neinnein, wie Paulus anmerkt? War das mein Dilemma, dass Gott, das Leben, das Universum, oder wer oder was auch immer mir die Sehnsucht, die Neigung zu diesen Dingen in die Wiege legte, mir aber die Initialzündung vorenthielt? War ich dazu verflucht, mein Leben unerlöst als Halbmensch, als Halbaffe zu fristen, der von der Freiheit weiß und träumt, sie aber nicht erlangen kann, weil so etwas Profanes wie die Gitterstäbe eines Käfigs ihn darin hindern, oder weil ein Korb, in den man Bälle versenken soll, für seine Körpergröße zu weit oben hängt?

Jasmin hätte alles erreichen können, die Götter liebten sie, die Sterne mussten bei ihrer Geburt in einer besonderen Konstellation gestanden haben, was immer sie auch angriff, wurde in gewisser Weise zu Gold. Ihr Tod hat etwas Irreales, Absurdes an sich, er passt nicht zu ihr. Menschen wie sie einer war sind für das Leben, nicht für den Tod bestimmt.

In schwachen Stunden wünsche ich mir, ich wäre damals nicht in die Hütte gegangen, und hätte weiter in der Illusion gelebt, dass Jasmin mich liebte. Ich habe keine Ahnung, was aus uns geworden wäre. Aber vermutlich hätte sie mir beizeiten den Laufpass gegeben, sobald sie des Spiels mit mir überdrüssig gewesen wäre. Denn mehr als ein Spiel war es ja wohl nicht gewesen, auch wenn mein törichtes, dummes, naives Herz das nicht wahrhaben will – es immer noch bei jedem Gedanken an sie wie wild zu rasen anfängt, und die Gedanken wie ein Vorschlaghammer auf mein Hirn einhämmern, dass sie mich liebte – was für eine Groteske!

Und es vergeht kein Tag, an dem meine Gedanken nicht um sie rotieren. Ich habe sie nicht in der Hand, nicht unter Kontrolle, sie überrollen mich wie ein Tsunami, fallen über mich her, wie die Geier über ein weidwundes Tier, schlagen ihre spitzen Krallen in mein Fleisch, zerhacken mit ihren scharfen Schnäbeln mein Herz – diese elende, vermaledeite Brut! Nächtens schrecke ich oft schweißgebadet aus Träumen auf, aber dermaßen erregt und mit so einem steinharten Schwanz und so einem schmerzhaften Verlangen nach Jasmin, dass ich nicht anders kann als mir einen runterzuholen. Ich explodiere in wenigen Sekunden, und noch während sich für Augenblicke Frieden und Stille in mir ausbreiten, begreife ich meine ungeheure Einsamkeit, begreife ich die abgrundtiefe Einsamkeit eines Menschen, der niemanden hat, der ihn liebt.

Diese unablässigen Gedanken sind wie eine Geisel für mich, ihre Kontinuität ist im Stande, einen in den Wahnsinn zu treiben. Sie sind wie ein Strudel, der einen hinunterzieht und an dessen Ende der Irrsinn steht.

Die Vorstellung, in einer geschlossenen Anstalt zu landen und mit dem Kopf gegen eine Wand zu schlagen, treibt mir den Angstschweiß auf die Stirn. Aber ich muss stark bleiben, ich darf diesen Gedanken keinen Millimeterbreit mehr Raum lassen.

Um gegenzusteuern und meine stets um Jasmin kreisenden Gedanken in andere Bahnen zu zwingen, habe ich angefangen, mich intensiv mit Geographie und Geschichte zu befassen. Ich kenne alle Staaten Amerikas und ihre Hauptstädte, ich weiß Bescheid über ihre Lage, Sehenswürdigkeiten, ihren Ruf, ihre Persönlichkeiten, ihre politische Vormachtstellung und ihre wirtschaftliche Bedeutung. Außerdem habe ich mir einen Sandsack besorgt, auf den ich mit Händen und Füßen so lange eindresche, bis vor meinen Augen bunte Sterne anfangen Polka zu tanzen.

Vielleicht sollte ich auswandern. Als Kellner könnte ich auf der ganzen Welt arbeiten. Ich bin fit genug in Englisch, um mich durchzuschlagen. Amerika. Amerika wäre diesbezüglich eine Option, zumal ich ja jetzt mit allen Staaten vertraut bin, zumindest theoretisch. Ich befände mich da trüben in guter Gesellschaft, wenn man bedenkt, dass ein guter Teil der Auswanderer und Gründerväter über einen kriminellen Hintergrund verfügt. Außerdem liebe ich amerikanische Filme, vor allem die älteren mit Jack Lemmon, Walter Matthau, Tony Curtis, Shirley McLaine – unvergessen ihre Rolle als Irma la Douce im gleichnamigen Film von Billy Wilder an der Seite des großen Jack Lemmon. Und natürlich Basketball! Ich könnte mir die Spiele der NBA-League reinziehen. Basketball in seiner vollendeten, in seiner sublimierten Form. Mein ganzes Leben habe ich davon geträumt, einmal den Zauberern von den Chicago Bulls, den Boston Celtics oder Los Angeles Lakers live bei der Arbeit zuzusehen. Auswandern, alles hinter mir lassen, ein neues Leben beginnen, was hält mich zurück?!

Manchmal stelle ich mir meinen Kopf wie einen Kosmos vor, dessen Mittelpunkt mein Gehirn ist, in dem die Gedanken ihre fixen Bahnen ziehen. Aber um Veränderung herbeizuführen ist es notwendig, diese Gedanken aus ihren festgelegten Bahnen zu katapultieren. Nur so ist eine Veränderung, in welche Richtung auch immer, realistisch möglich.

Und dies gilt für alles Sein und alles Leben unter der Sonne. Alles spricht zurzeit von einer Rettung des Planeten, von Umwelt- und Klimaschutz, die Politik, die Kunst- und Kulturschaffenden, die Gewerbetreibenden, und als größte Farce, sogar die Industrie, dabei sind das alles nichts weiter als Faschingsreden, Worthülsen. Im allerseltensten Fall erahnen die hochprivilegierten Wortspender dieser Phrasen überhaupt, wovon sie sprechen. Sie stellen sich hinter ein Rednerpult, setzen eine bierernste Miene auf, sprechen davon, dass wir unsere Komfortzone zu verlassen hätten, und dann brausen sie in ihren klimatisierten Limousinen mit Chauffeur davon zum Flughafen, um am nächsten Klimagipfel teilzunehmen, oder einen neuen Ozeanriesen für 10.000 Menschen einzuweihen, oder Unternehmen und Tourismusmanager zu belobigen, weil sie sich bemühen, reiselustige Inder nach Europa zu lotsen, ein liebenswertes, idyllisches Völkchen mit gerade einmal lächerlichen 1,5 Milliarden Einwohnern, deren Städte eine höhere Dichte an Smog aufweisen als die Konsistenz einer Kalbseinmachsuppe. Und was bitte ist das für eine Moral, seinen ganzen Ehrgeiz da rein zu legen, die ganze Welt auf Hightech ummodeln zu wollen, den Planeten tonnenweise mit Elektronikabfall und Plastik zuzumüllen und dann von Umwelt- und Klimaschutz zu reden?

Ich glaube nicht, dass der Mensch jemals von der Bildfläche verschwinden wird, das haben wir unter anderem mit den Kakerlaken gemeinsam, wir sind Überlebenskünstler. Denn wäre es nicht so, müssten wir an dem vielen Hässlichen, das wir der Erde angetan haben und weiterhin antun werden, schon längst zugrunde gegangen sein. Man gewöhnt sich eben an alles, auch an Hässlichkeit, darum ist es ja auch in gewisser Weise egal, was die Erde noch ertragen wird müssen. Solange die Geschäftemacher und Profitgeier hofiert werden und man diesen Herrschaften weiterhin die Geschicke der Welt überlässt, man weiterhin mit offenen Händen ihren Judasbeutel annimmt, und man immer noch mit stolz geschwellter Brust von Wirtschaftswachstum spricht, das immer nur auf Kosten unseres Planeten geht, sollte man sich nicht darüber empören, dass diese wunderbare Welt zur Kloake verkommt. Es ist legitim für dieses Geschäftsmodel der schleichenden globalen Vernichtung, in der zig Dinge produziert werden, die weder verwertbar, noch abbaubar, noch verrottbar oder sonst was sind, zu sein – schließlich ist es gesetzlich gedeckt –, aber es ist schäbig, sich darüber zu echauffieren und dann sein Leben in gewohnt bequemer Manier fortzusetzen.

Die Blüten des Jasmins sind von einem strahlenden, leuchtenden Weiß, die Farbe der Unschuld und des Glücks. Der Name der Pflanze wurde im 16. Jahrhundert dem persischen »Yasaman« – die Blume – entlehnt, und bedeutet »Sinnbild der Liebe.« Er steht für Schönheit, Reinheit und Ordnung.

Ich bedauere keine Sekunde, was ich Wiesauer angetan habe. Aber es gibt Tage, da vermisse und sehne ich mich noch immer sosehr nach Jasmin, dass es mir Phantomschmerzen verursacht. Es vergeht kaum ein Tag, an dem ich nicht einen Abgrund entlang wandle. Gelegentlich riskiere ich einen Blick in sein Dunkel, weiche aber immer schnell zurück, aus Angst, verschluckt zu werden.

Jasmin steht oft vor mir, so klar und deutlich, lächelnd, in einer Plastizität, dass ich versucht bin, dieses Trugbild anzufassen. Ich spreche mit ihr, brülle sie an, stelle ihr schreiend immer wieder die gleiche Frage, weshalb sie mir – weshalb sie uns – das angetan hat. Aber sie antwortet nicht, lächelt nur und sieht mich mit einem Ausdruck in den Augen an, wie nur Liebende ihn haben können.

Ich habe mir abgewöhnt, darüber nachzudenken, was mir wohl die Zukunft bringt, ich benötige alle Kraft und Energie, um durch den Tag zu kommen, an die Zukunft zu denken würde mich in gewisser Weise überfordern, weil ich nicht mehr an die Illusion der Kontrolle glaube, oder daran, irgendetwas in der Hand zu haben. Wir folgen unserer Bahn und gewinnen daraus unsere individuelle Sicht auf die Welt. In der Arbeit gibt es Gott sei Dank keine Probleme. Ich liebe sie nicht, aber sie liegt mir, geht mir gut von der Hand, sie kommt meinem Sinn für Ordnung und Systematik entgegen. Ich schätze es, wenn alles seinen Platz hat, alles dort ist, wo es hingehört, es gibt keine Schraube im Lager, bei der ich nicht sofort weiß, wo sie zu finden ist. Meine Kollegen schätzen mich, nicht zuletzt deswegen, weil ich oft für sie einspringe, auch wenn sie mich für einen Einzelgänger und Eigenbrötler halten – womit sie ja auf jeden Fall Recht haben.

Manchmal stelle ich mir vor, mich einfach immaterialisieren zu können, mich einfach aufzulösen, wie die alte weise Schildkröte in Kung Fu Panda 1, Meister Oogway. Die Szene unter dem Pflaumenbaum mit Po dem Panda, wenn Oogway von der Lebensbühne abtritt und eins wird mit dem Universum und den Gestirnen, treibt mir jedes Mal die Tränen in die Augen.

Meister Oogway geht so wie es sein sollte, er geht in dem Bewusstsein, seine Aufgabe, seinen Daseinssinn erfüllt zu haben, es gibt nichts mehr für ihn zu tun, nichts ist liegen geblieben, er geht ohne Grimm und ohne Groll, versöhnt mit dem Leben, mit Frieden im Herzen und im Einklang mit seinem vermeintlichen Tod.

In mir schreit alles nach Jasmin, ich bin in der Hölle.

Kapitel 23

Kern hatte es sich nach dem Mittagessen auf einer Liege im Schatten der üppig wuchernden Himbeerstauden bequem gemacht. Ein gleichmütiger Himmel spannte seine blitzblaue Plane über die Traunseestadt und ließ seine Sonne über Gute und Böse scheinen. Und das Ende September mit gut und gerne 26 Grad Celsius. Gelegentlich schlug ein Pirouetten schlagendes ockerfarbiges Blatt einer der drei die Himbeersträucher flankierenden Birken sachte auf den Rasen auf und erinnerte behutsam daran, dass das letzte Drittel des Jahres bevorstand.

Eine Katze flanierte durch den Garten, schnüffelte hier, schnupperte da, raschelte im goldenen Blattwerk und verlor sich schließlich in der Ligusterhecke. Kerns Gedanken schweiften um Maria Scherer. Er wurde sie nicht mehr los, konnte sie nicht mehr aus seinem Gehirn verbannen. Er rief sich ihre vitale Erscheinung in Erinnerung, ihren schlanken, biegsamen Körper, der die Vermutung nahelegte, dass sie ihn mit Yoga oder Gymnastik und viel frischer Luft derart in Schuss hielt. Eine prickelnde Anspannung erfüllte ihn in Gedanken an sie, und eine zart-bittere Sehnsucht plagte ihn, wenn er sich vorstellte, mit ihr Sex zu haben. War das lächerlich? Ein zweiundfünfzigjähriger Mann und Familienvater, der sich in Fantasien erging wie ein pubertierender Teenager? Wäre er dreißig Jahre jünger gewesen, so wäre seine Antwort ein glattes, bedenken- und herzloses »Ja« gewesen. Aber die Anzahl der Jahre relativiert vieles. In gewisser Weise wird man sogar toleranter, zumindest gegenüber sich selbst, man spürt die eigene Fehlbarkeit, die eigene Unzulänglichkeit, zumindest jene, die die Größe haben, sich diesen Umstand einzugestehen. Man ist nicht mehr so streng gegen sich selbst.

Kerns Kinder waren zu Besuch gekommen und wollten über das Wochenende bleiben. Thomas, der Cafetier, Musiker und Bohemien war aus Wien angereist und Magdalena, die an einer Schule in Graz Deutsch und Geschichte unterrichtete, mit ihrem Verlobten Stefan – ebenfalls Lehrer – im Schlepptau. So viele Menschen hatte das Haus von Kerns Schwiegervater am Brunnenweg 5 schon lange nicht mehr gesehen, sodass die alten Dielen erschrocken knarzten und ächzten unter der Betriebsamkeit so vieler Schritte und Tritte.

Der alte Herr hatte seine stille Freude daran und war hoch beglückt darüber, dass man beschlossen hatte, sich bei ihm zu treffen. Zufrieden das Treiben der Jungen beobachtend saß er in seinem Ohrensessel, paffte seine vorzugsweise mit Landtabak gestopfte Pfeife, und nuckelte an einem Glas kräftigem Blaufränkischen, das Thomas schon das zweite Mal nachgefüllt hatte, und der seinen Großvater mit allerlei Fragen in puncto Pfeifenrauchen löcherte.

Am Vortag waren sie gemeinsam auf dem Friedhof gewesen. Ein wunderbarer Tag, trocken, windstill und ein zarter Nebel hatte seine mystischen, die Sehnsucht beflügelnden Schleier, über das Land gelegt, man konnte ein leichtes Prickeln auf Nase, Mund und Wangen spüren. Sie hatten das Grab von Andrea bzw. der Großmutter besucht. Sie ersetzten die welken Blumen in der abgeblätterten Vase durch einen großen Straus frischer gelber Dahlien und entzündeten Kerzen, die sie beim Friedhofseingang aus dem Automaten gezogen hatten. Danach waren sie stadteinwärts gefahren, stellten das Auto in der Tiefgarage ab und waren, wie alljährlich tausende Touristen, die Esplanade – im Jargon der Einheimischen »Dodelpiste« genannt – runter bis zum Yachtclub marschiert, von dort weiter bis zum Toscanapark, sozusagen dem Central Park der Gmundner, dessen Bäume langsam Farbe annahmen. Kern war früher oft hier gewesen, Frisbee oder Ball spielen mit den Kindern, als sie noch klein waren, ein paar Joggingrunden drehen, wenn er einen klaren Kopf bekommen wollte, oder einfach nur spazieren mit Andrea, nicht selten bewaffnet mit einer kleinen Flasche Prosecco, die sie am Ufer des Traunsees leerten.

Den Nachmittagskaffee nahmen sie nach alter Gewohnheit im Café Brandl am Hauptplatz ein, wo die letzten übrig gebliebenen, mehrheitlich chinesischen Touristen, mit gezückten und schussbereiten Handys, gespannt den Blick nach oben gerichtet, vor dem Rathaus ausharrten, um den melodischen Klängen des berühmten Keramik-Glockenspiels teilhaftig zu werden. Bei der Gespanntheit, mit der die Touristen auf das Läuten der verstimmten Glocken – das, so munkelten manche, in Wahrheit von einem Tonband kam – warteten, hätte man meinen können, die Jungfrau Maria persönlich würde in den ehrwürdigen Rundbögen des Rathauses erscheinen.

Das Rathauscafé war gut zur Hälfte gefüllt und, als laste eine Art dunkler Fluch auf Kern, stolperte er wieder einmal über Dieter Stummer, den zwar nicht rasenden, aber doch von seiner Mission erfüllten Lokalreporter. Wie es aussah, hatte Stummer sein Büro hierher verlegt, denn wann immer Kern auch einkehrte, Stummer war da. Und wie gehabt, schien er auch dieses Mal wieder einen leichten Zacken in der Krone zu haben. Andeutungsweise schwankend, als befände er sich auf einem Segelboot bei mittlerem Seegang, mit leicht rötlicher Tönung im Gesicht, aber ausgesucht höflich, begrüßte er Kern und die Seinen.

»Bitte die Forschheit zu entschuldigen, aber wenn ich den Herrn Kriminalinspektor nur ganz kurz stören …«, und erkundigte sich wie üblich nach dem Stand der Ermittlungen, die Kern wie gewohnt mit den Worten abschmetterte, inoffiziell keine Auskunft über laufende Ermittlungen geben zu dürfen. Gleichzeitig versicherte er Stummer aber, ebenfalls ausgesucht höflich, dass er, Stummer, erste Anlaufstelle sei, sobald sich bevölkerungsrelevante Momente ergäben.

»Bitte, was soll denn bevölkerungsrelevante Momente heißen?«, fragte Magdalena, nachdem Stummer abgetreten war und sie ihre Plätze an einem der Fenstertische eingenommen hatten.

Kern zuckte die Schultern. »Weiß auch nicht so genau, ist mir einfach so eingefallen.«

»Aus dem heiteren Nichts! Den Seinen gab's der Herr im Schlaf. Wirklich, eine beeindruckende Wortschöpfung, Herr Papa«, kommentierte Thomas, »ich wusste gar nicht, dass du jetzt unter die Dichter gegangen bist.«

»Wohl eher unter die Politiker«, meinte Magda.

»Aber wie ihr gesehen habt, es hat gewirkt.«

»Ja, es hat dem Kerl regelrecht die Sprache verschlagen.«

»Na, wen wundert's?«

»Man hat richtig sehen können, wie die Räder hinter seiner Stirn gearbeitet haben.«

»Nun, der Zweck heiligt eben die Mittel.«

»Man könnte auch umgekehrt sagen, die Mittel heiligen den Zweck, quasi eine Umkehrung, klingt anders, bedeutet aber im Grunde dasselbe.«

»Spricht da der Musikant?«

»Natürlich. Du weißt doch, ohne die Musik wäre das Leben ein Irrtum.«

»Hmm, wer sagt denn sowas?«

»Na, wie hieß der noch gleich, der mit der monströsen Rotzbremse?«

»Mit der was?!«

»Na Rotzbremse, Schnauzbart!«

Magdalena verzog das Gesicht. »Du meinst Nietzsche.«

»Richtig, der gute, alte Friedrich. Genau, der Mann wusste Bescheid!«

»Schwachsinn«, entgegnete Magda kopfschüttelnd, »bei dem Musikverständnis mancher Leute, was glaubst du, wie viele Irrtümer da herumlaufen würden?«

»Schlagen Sie nach bei Nietzsche«, entgegnete Thomas augenzwinkernd.

Kern lächelte. Wie unterschiedlich und doch so ähnlich sich seine Kinder waren. Seine Tochter, pragmatisch, zielstrebig, minutiös planend, immer den geraden, direkten Weg wählend, Umwege möglichst vermeidend, sich nicht aufhaltend mit Nebensächlichkeiten. Und als Gegensatz dazu Thomas, der charmante Luftikus, Träumer und Phantast, der sich in der Betrachtung eines Schmetterlings verlieren konnte, der garantiert stehen blieb, wenn er irgendwo auf einen Straßenmusikanten stieß und der sich schon als Junge nie eine andere Laufbahn als die eines Musikers hatte vorstellen können. Gemein war den beiden ihre Beharrlichkeit, das Wissen, was und wohin sie wollten und die Konsequenz, mit der sie ihre Ziele verfolgten. Wollte man die Wege seiner Kinder vergleichen, so hätte man wohl sagen können, Magda war auf einer schnurgeraden Autobahn unterwegs, während Thomas durch eine romantische, verwinkelte Altstadt zuckelte.

Kerns Gedanken kehrten wieder zu Maria zurück. Wie sollte er es angehen? Wie konnte er sie erobern? Er war aufgeregt und ratlos wie ein Schuljunge, dabei wollte er doch so gerne souverän rüberkommen, als ein Mann von Welt, ein Mann, der die Dinge unter Kontrolle hat. Gott, ein bisschen wie James Bond sein, jeder Situation gewachsen, alles fest im Griff.

»Sei nicht so ein Kindskopf«, schimpfte es in seinem Inneren und Kern wusste gleich, dass es Andrea war, die ihm da wieder einmal die Leviten las, »sei einfach, wie du bist, du brauchst nicht den Helden zu spielen, das nimmt dir sowieso keiner ab! Lad die Lady zum Essen ein, geh mit ihr auf einen Kaffee, lass sie spüren, dass du sie aufrichtig magst, bemühe dich um sie, aber überstürze nichts, sei behutsam und lass ihr ein bisschen Zeit. Sie hat viel durchmachen müssen.«

»Ja, das ist wahr«, nickte Kern bekräftigend, als wäre Andrea leibhaftig anwesend. »Sie hat viel durchmachen müssen. Ich würde ihr so gerne etwas Tröstendes sagen, sie in die Arme nehmen.«

»Alles klar, dann mal los«, entgegnete Andrea ruhig, mit einem leicht ironischen Lächeln um den vollen Mund.

»Und was ist mit den Kindern!?«, warf Kern ein.

»Was soll mit den Kindern sein? Sie sind erwachsen. Sie werden es verkraften, dass sich ihr Vater nach drei Jahren Abstinenz, also Fast-Abstinenz, eine andere anlacht!«

»Also wie das klingt – anlacht. Und was soll das heißen, Fast-Abstinenz?«

»Ich sage nur Tennisverein und Lisa.«

»Also … woher weißt du denn das schon wieder!?«

»Tja, mein Lieber, unsere himmlische, und dazu gebührenfreie Telekommunikation funktioniert einwandfrei.« Kern schüttelte den Kopf. »Aber du weißt ja, wie die Sache ausging.«

»Jaja, die rassige Lisa, die ist ein bisschen zu rasant, ein bisschen zu stürmisch für dich.«

»Also weißt du …«

»Schon gut, ich nehm dich nur auf den Arm. Für mich warst du immer der perfekte Liebhaber, ganz ehrlich.«

»Danke schön. Das hast du mir früher nie gesagt!«
»Drum sag ich's dir jetzt.«

Plopp! Kern schreckte auf. War er doch tatsächlich eingenickt! Nicht aufwachen, protestierte er. Der Traum war zu schön gewesen. Er versuchte wieder einzuschlafen und dort anzuschließen, wo er geendet hatte. Aber, keine Chance, zu viele Gedanken purzelten durch seinen Kopf, zu viele, um sie unter Kontrolle zu halten.

Gestern Abend bei der gemeinsamen Jause hatte Magda unter großem Hallo verkündet, dass sie schwanger sei. In die Freude Kerns hatte sich auch eine leichte Wehmut geschlichen. Er hatte sich immer gewünscht, mit Andrea alt zu werden und mit ihr quasi die zweite Elternschaft zu erleben, gemeinsam teilzuhaben am Aufwachsen der dritten Generation. In diesem Augenblick vermisste er sie mehr denn je, und er hatte sich verstohlen auf den Balkon zurückgezogen. Wenig später hatte seine Tochter nach ihm gesehen, hatte sich bei ihm untergehakt und sich neben ihn auf die Bank gesetzt.

»Du vermisst Mama immer noch, nicht wahr?«

»In solchen Momenten ganz besonders«, hatte Kern genickt.

Magda lächelte schüchtern.

»Wir alle vermissen sie. Ich hätte mir so gewünscht, dass sie da ist, wenn einmal ein Baby kommt.«

Kern drückte die Hand seiner Tochter. »Sie wäre eine tolle Großmutter gewesen.«

»Ja, das wäre sie mit Sicherheit gewesen. Sie war auch eine tolle Mutter, die beste, die man sich vorstellen kann.« Magda schwieg eine Weile, bevor sie nachsetzte: »Und du bist der beste Vater, den man sich vorstellen kann!«

»Nana«, winkte Kern ab.

»Nein, wirklich, ihr wart beide tolle Eltern und heute begreife ich, was für ein Glück ich hatte, in so einer Familie aufwachsen zu dürfen. Das ist keine Selbstverständlichkeit. Ich hoffe, Stefan und ich kriegen das auch so hin.«

»Das werdet ihr ganz bestimmt«, antwortete Kern.

Unbeschwertes Lachen und Gemurmel drang von innen an ihr Ohr, das Klirren von zusammenstoßenden Gläsern. Vater und Tochter saßen noch eine Weile in trauter Verbundenheit und betrachteten das Funkeln der Sterne, aber langsam spürten sie das vorangeschrittene Jahr, und wie die Kühle der Nacht mit spitzen Fingern unter ihre Kleider kroch.

»Zeit, wieder rein zu gehen, was meinst du?«

»Hast Recht, langsam wird's ein bisschen frisch.«

Kern richtete sich auf seiner Liege auf, die Sonne war schon ein gutes Stück westwärts gewandert und warf lange Schatten. Als er gestern Abend mit seiner Tochter auf dem Balkon gesessen war, hatte Magda ihn gefragt, ob er noch nie daran gedacht hätte, sich wieder um eine Frau umzusehen. Er hatte vage geantwortet und kurz mit dem Gedanken gespielt, ihr von Maria Scherer zu erzählen.

Dann hatte er es aber doch sein lassen, weil ihm schien, dass die Sache noch viel zu wenig vorangeschritten war. Streng genommen gab es zurzeit noch keinerlei Hinweis darauf, dass Maria Scherer mehr für ihn empfand als Sympathie. Und wie würde er dann dastehen, wenn er Magda von ihr erzählte und dann war nichts. Das Letzte, was er gebrauchen konnte, war Mitleid. »Nein«, sagte er bekräftigend und wie um sich selbst überzeugen zu müssen, »es wäre zu früh gewesen«, als sein Handy läutete. Als er auf das Display sah und realisierte, dass es sich bei dem Anrufer um Maria handelte, gab es ihm einen Stich in die Magengrube. »Kern«, meldete er sich mit einer Stimme, die etwa eine Quinte tiefer als im Normalfall lag und unterlegt war mit einem sachlichen Ernst, ganz so wie die Menschen es sich von einem integren Kriminalinspektor erwarteten, so die Ansicht Kerns.

Maria erzählte etwas von einem Tagebuch, das sie gefunden hatte, und das möglicherweise neues Licht auf den Tod ihrer Tochter, und auch auf den von Wiesauer werfen könnte. Ob sie ihm das Tagebuch zeigen dürfe, fragte Maria.

»Und ob«, entgegnete Kern und war sich nicht sicher, ob die Hoffnung, dass sie in diesem zähen Fall möglicherweise endlich einen Schritt weiter kamen, oder die Freude Maria wieder zu sehen, überwog.

»Ich habe es in einem der Übersiedelungskartons gefunden, in denen wir die Sachen aus Jasmins Wohnung hierher transportierten. Ich hatte bis heute nicht die Kraft, die Kartons durchzusehen.«

Maria blickte zu Kern auf. Eine Bitte schien in ihren Augen zu liegen.

»Urteilen Sie nicht zu streng über meine Tochter«, sagte sie, dann übergab sie Kern ein vergilbtes blaues Schulheft, auf dessen Deckblatt der Name Jasmins und die Jahreszahl 2017 vermerkt waren.

KAPITEL 24

Sie war die Liebe meines Lebens«, flüsterte Elias. »Bevor Jasmin in meinem Leben auftauchte, habe ich nicht daran geglaubt, dass es so etwas wie Liebe gibt, zumindest glaubte ich nicht, dass sie für mich zu erreichen sei.

Als ich sie an jenem Abend mit Wiesauer in seiner Hütte erwischte, brach eine Welt für mich zusammen. Plötzlich war mir klar, dass alles nur eine Farce war, nichts weiter als ein Trugbild, es gab definitiv keine Liebe. Jasmin hatte nur ein bisschen mit mir gespielt, ich war nichts weiter als einer von diesen lächerlichen Idioten, die an ein Ideal glaubten, das es einfach nicht gibt. Ich begriff, dass ich mich nicht geirrt hatte, die Menschen waren genau so, wie ich sie vor Jasmin wahrnahm: falsch, verlogen, hinterhältig, bösartig, oberflächlich.«

»Und darum haben Sie Jasmin den Traunstein hinuntergestoßen, weil sie Sie betrogen hat«, konstatierte Klement.

Elias schüttelte langsam den Kopf.

»Ich habe sie nicht gestoßen. Ich hatte es vor, aber ich habe es nicht getan. Sie hat mir eine SMS geschickt, dass sie auf den Traunstein gehen wollte – über den Zierlersteig, und dass sie dann am Abend zu mir kommt. Ich bin mit der Absicht auf den Berg gestiegen, sie die Felsen hinunter zu stoßen. Habe oben an einer besonders engen, gefährlichen Stelle auf sie gewartet. In dem Moment, als sie mich sah, begriff sie, dass ich Bescheid wusste. Sie war für einen Augenblick abgelenkt, passte nicht auf, stieg ins Leere … verlor das Gleichgewicht … ich hätte sie nicht stoßen können ... niemals ... das wurde mir bewusst, als sie mir gegenüberstand, wir uns ansahen. Viel eher wäre ich selbst gesprungen.«

»Und das sollen wir Ihnen glauben?«, sagte Klement zweifelnd.

»Es spielt keine Rolle, ob sie mir glauben oder nicht, es ist bedeutungslos. Jasmin ist tot. Und ich bin es auch. Ich habe das Beste verloren, das mir jemals im Leben passiert ist. Und, ja, ich bin schuld an ihrem Tod, tausendmal, auch wenn ich sie nicht gestoßen habe. Wenn ich nicht auf den Berg gestiegen wäre, wenn ich gewartet hätte bis zum Abend ... dann würde sie noch leben, dann hätte alles gut werden können.«

Elias senkte verzweifelt das Gesicht in beide Hände.

Kern betrachtete dieses apathische Häufchen Elend, das ihm gegenübersaß. Er hatte Mitleid mit Elias.

Sein Blick fiel auf das ausgefranste, blassblaue Tagebuch, das aufgeschlagen vor ihnen auf dem Wohnzimmertisch lag. Er dachte an die Niederschrift Jasmins, das uneingeschränkte Bekenntnis ihrer Liebe zu Elias – »Elias mein Prophet«, wie sie ihn nannte. Zwei, die sich gefunden zu haben schienen und die ein herzloses, groteskes Schicksal dennoch auf so grausame Weise auseinanderriss, bevor es ihrer Liebe überhaupt eine Chance gab, sich zu beweisen. Was war und was hätte sein können?

Er hätte Elias gerne etwas zum Trost gesagt. Stattdessen langte er über den Tisch, nickte, und drückte kurz seinen Unterarm.

Kapitel 25

Kern hatte eine unruhige Nacht hinter sich. Zuerst konnte er lange nicht einschlafen und dann war er mehrmals aus wirren Träumen aufgewacht. Sein aufgewühlter Geist veranstaltete Bocksprünge und wollte ihn nicht zur Ruhe kommen lassen, was wohl daran lag, dass der Fall Wiesauer in der Hauptsache abgeschlossen war, zumindest für ihn. Jetzt waren der Staatsanwalt und die Richterschaft am Zug.

Elias Fellner hatte gestanden, den Wirten nach einjähriger, sorgfältiger Planung mit drei Schüssen in den Hinterkopf vorsätzlich getötet zu haben. Die Waffe, eine Sig Sauer P 210, Kaliber 9 mm, stammte von seinem Vater, einem passionierten Sportschützen, von ihm hatte Elias auch den Umgang mit Waffen erlernt. Fellner hatte die Pistole seines Vaters entwendet, als dieser sich für mehrere Wochen im Ausland aufhielt und sie dann, nach der Tat, wieder fein säuberlich zurückgelegt.

Allem Anschein nach handelte es sich um ein Eifersuchtsdrama, ausgelöst durch ein Zusammentreffen widriger Umstände. Die Ausführungen in Jasmins Tagebuch, die Bekenntnisse ihrer tiefen Liebe zu Elias, hatten ihn dazu bewogen, die Tat zu gestehen. Die ganze Zeit über, während der Vernehmung, hatte Elias den Blick starr auf den Boden gerichtet, so als habe es da etwas zu sehen gegeben, was nur für ihn wahrnehmbar war. Er war vollkommen apathisch und wie vereinnahmt von einer anderen Welt. Kern waren solche Zustände, die fast immer durch übergroße Schuldgefühle ausgelöst werden, nicht fremd. Er wusste aus Erfahrung, dass Menschen, die derart geplagt werden, nicht selten versuchen, sich das Leben zu nehmen. Daher hatte er dafür gesorgt, Elias unter psychologische Aufsicht zu stellen.

Allerdings mischte sich in diese bewegenden Gedanken immer wieder auch die Erinnerung an die letzte Begegnung mit Maria vor ein paar Tagen, als sie ihm das Tagebuch übergab. Kern war lange geblieben, instinktiv hatte er gespürt, dass es Maria recht war, dass sie jetzt nicht alleine sein wollte. Sie hatten bis spät in die Nacht hinein geredet, über ihre Kindheit und Jugend, über ihre Ehen, ihre Kinder, ihre Träume und Hoffnungen. Und sie hatten über Jasmin geredet.

»Es gibt immer noch Momente, wo ich ganz sicher bin, dass sie zur Tür hereinkommt.«

Maria lächelte bitter, sie sah den Herrn Kommissar aus großen, glänzenden Augen an und in diesem Moment, ohne dass Kern es geplant hätte, ergriff er behutsam ihre Hände und hielt sie, ohne dass sie Anstalten gemacht hätte sie zurückzuziehen.

»Sie fehlt mir so«, sagte Maria leise. »Sie war nicht mehr so viel da – sie hatte ihre eigene Wohnung –, aber wenn sie mich besuchte, dann wurde das Haus irgendwie heller. Ich weiß nicht, ob Sie das verstehen können, aber von ihr ging so ein Strahlen aus, dem konnte man sich nicht entziehen, man konnte in ihrer Nähe nicht traurig sein, sie hat einen einfach mitgerissen.«

Kern sagte nichts, ließ Maria reden, hielt nur ihre Hände und hörte zu. Als sie sich schließlich weit nach Mitternacht verabschiedeten, räusperte er sich verlegen, nahm aber all seinen Mut zusammen und fragte Maria, ob er sie wieder sehen dürfe. Da stellte sich Maria auf die Zehenspitzen und hauchte einen Kuss auf Kerns Wange.

»Ja … ich freue mich darauf … und danke, dass Sie …« Maria hielt inne, »… dass du da warst und mir zugehört hast.«

Daraufhin war Kern zu seinem Auto wie auf Wolken geschwebt, und schaffte es sogar, eine Fehlzündung zu produzieren und seinen alten BMW absaufen zu lassen.

Schließlich hatte er sie, zweifelnd, ob er sich das nicht alles eingebildet habe und hundertprozentig sicher, dass er eine Abfuhr erhalten werde, zwei Tage später mit zittrigen Händen und nervös wie ein Chorknabe angerufen. Jetzt wird sie sich gleich für ihr Benehmen entschuldigen, und sagen, dass sie sich letztens nicht im Griff hatte, dachte er, gleich einmal vorsichtshalber am Boden zerstört.

Nur gut, dass dem Herrn Inspektor solch krasse Fehleinschätzungen bisher in seinem Beruf erspart blieben, denn sonst hätte er seinen weiteren Verbleib in demselben ernsthaft hinterfragen müssen, denn Maria freute sich, das konnte er ihrer bewegten Stimme anhören, und sie hatten vereinbart, sich heute zu treffen. Die Gedanken des Herrn Inspektors flitzten also herum wie ein aufgebundener Sack voller Flöhe, oder besser gesagt wie ein Schwarm Glühwürmchen in einer lauen Augustsommernacht, ohne dass er ihrer Herr geworden wäre.

Um 6 Uhr morgens, nach mehreren erfolglosen Versuchen, Körper und Geist wieder in den Zustand des Schlafs zu transferieren, war Kern schließlich aus dem Bett geklettert. Wie üblich hatte er zuerst das Radio eingeschaltet, um die Morgengespenster der Leere zu vertreiben. Dann, nach einem Stoßseufzer, sein zehnminütiges Dehnungsprogramm absolviert, um die steifen Gelenke und den Rücken in Schuss zu bringen, hernach heiß-kalt geduscht, Kaffee gekocht und während des Frühstücks, bestehend aus je einem großen Marmeladebrot (vorzugsweise Marille) und einem Honigbrot, die Morgenzeitung durchgeblättert, wobei ihm folgende Überschrift seines »speziellen« Freundes Dieter Stummer, Letzteres beinahe wieder hochkommen ließ:

»Bestie vom Traunsee gefasst!«

Misstrauisch begann Kern, den Artikel zu lesen.

»Gmundens friedliebende Bevölkerung kann endlich wieder aufatmen! Der mutmaßliche Mörder, der den allseits beliebten und geschätzten Wirten Heinrich Wiesauer mit einer Unzahl von Schüssen in den Hinterkopf regelrecht hinrichtete, ist gefasst. Wie aus zuverlässigen Kreisen durchgesickert ist, liegt dem grauenhaften Mord ein Eifersuchtsdrama zu Grunde. So soll der gestandene Wirt, der auch Gemeinderatsmitglied, Funktionär und Ehrenmitglied in einigen Vereinen und Organisationen war, angeblich ein Verhältnis mit einer Angestellten gehabt haben, in die der Täter selbst verliebt war. Als der Verdächtige Elias F., der pikanterweise ebenfalls bei Wiesauer als Kellner arbeitete, Wind davon bekam, war das Todesurteil für Heinrich Wiesauer besiegelt.

Ein Jahr lang legte Elias F. seine Rache auf Eis, um den Mord auf das Penibelste zu planen und nichts dem Zufall zu überlassen, bis er am Abend des 8. Septembers dieses Jahres erbarmungslos zuschlug. Der Täter hatte zuvor ausgekundschaftet, dass Wiesauer jeden Donnerstagabend und die Nacht in seiner Hütte verbrachte. Er legte sich auf die Lauer und vollstreckte, getrieben von unstillbarem Rachedurst, das Todesurteil. Hinterher verwüstete er die Hütte, um Verwirrung zu stiften und bei der Polizei den Eindruck zu erwecken, dass es sich um einen Raubmord handele.

Zusätzliche Brisanz erhält der Fall noch dadurch, dass jene junge Frau, derentwegen der bis dahin unauffällige und unbescholtene Elias F. zum vorsätzlichen Mörder wurde, vor einem Jahr auf dem Traunstein tödlich abstürzte. Exakt um jene Zeit also, in der Elias F. Kenntnis von ihrem Verhältnis zu Heinrich Wiesauer erhielt. War das Zufall, oder hat F. schon vor einem Jahr gemordet? Schon damals waren Stimmen laut geworden, die den Verdacht äußerten, Jasmin Scherer, so der Name der Verunglückten könnte gestoßen worden sein, da es vielen als unwahrscheinlich erschien, dass sie aus eigenem Unvermögen abstürzte, zumal es sich bei ihr um eine äußerst sportliche, durchtrainierte Person handelte, die den Traunstein wie ihre Westentasche kannte. Fällt so jemand mir nichts dir nichts einfach vom Traunstein runter? Auch wo doch die Wanderwege erst kurz vor dem schrecklichen Unglück gewartet worden waren, wie uns Hans Kaindl, der Obmann der Gmundner Naturfreunde, versicherte.

Wie auch immer, der knifflige Fall, bei dem die Beamten des LKA lange Zeit auf der Stelle traten, erhielt erst durch das Auftauchen eines geheimnisvollen Tagebuchs eine entscheidende Wendung. Dem Vernehmen nach hatte der brisante Inhalt dieses Tagebuchs Elias F. dazu bewogen, ein umfassendes Geständnis abzulegen. Ob gegen ihn auch in der Causa Scherer ermittelt wird, wird nach Prüfung aller Daten und Fakten wohl der Staatsanwalt entscheiden.«

Kern faltete die Zeitung zusammen und legte sie zur Seite. Der Artikel war, sah man einmal von der sensationsheischenden Überschrift, den üblichen Übertreibungen und einem leichten Hang zur Pathetik ab, weniger drastisch ausgefallen, als er vermutet hätte. Alles in allem hielt Stummer sich an die Fakten, ohne sich allzu sehr in Spekulationen zu ergehen und allzu sehr Stellung zu beziehen. Gut so, das machte ihm diesen stets durstigen, hyperaktiven Schreiberling schon ein bisschen sympathischer.

Er blickte auf die Uhr. Immer noch eine Stunde Zeit, bis er sich mit Maria traf. Er war aufgeregter als er sich erlaubte einzugestehen, voller Erwartung und nervös, wie dieses Treffen verlaufen würde.

Ihm war bewusst, dass die Voraussetzungen für romantische Gefühle und Süßholzraspeln nicht unbedingt die idealsten waren. Das Auffinden von Jasmins Tagebuch, die ungeschönten Bekenntnisse ihrer Tochter im Guten wie im Schlechten, die Einblicke in ihr Intimleben, und jetzt noch der Zeitungsbericht hatten sicher kaum verheilte Wunden wieder aufgerissen. Wie würde Maria damit umgehen können? Er war jedenfalls bereit, ihr zur Seite zu stehen, sie nicht zu drängen, was sowieso nicht seine Art war. Ihr Kuss, den sie beim Abschied auf seine Wange gehaucht hatte und der ihm so voller Zuneigung erschienen war, kam ihm wieder in den Sinn und augenblicklich spürte er eine Hitzewelle in sich aufsteigen, die bis in die Lenden ausstrahlte.

Noch einmal trat er vor den großen Badezimmerspiegel, betrachtete sich akribisch, zupfte da und dort an sich herum, strich da und dort etwas zurecht, schnippelte ein paar vorwitzige Nasenhaare mit der Nagelschere ab und plötzlich, aus dem heiteren Nichts, durchflutete ihn ein Glücksgefühl, wie er es schon lange nicht mehr erlebt hatte. Er setzte sich auf den Badewannenrand und überlegte, ob er das als gutes Omen werten sollte. Als strenger Rationalist war er an sich nicht so der Typ, der an irgendwelche Vorzeichen oder sogenannte Winke des Schicksals glaubte, eher hielt er es mit der Chemie, die durch das zufällige Zusammenwirken verschiedener Kräfte und Säfte in der Lage war, jedwede Gemütszustände auszulösen. Fragte sich nur, wer für den Zufall verantwortlich war.

Kern straffte sich, Krawatte oder nicht, fragte er sein Spiegelbild. Er entschied sich dagegen, er wollte nicht zu zugeknöpft und zu offiziell erscheinen und Maria damit verschrecken. Sie sollte ihn nicht für einen Langweiler oder für einen Spießer halten. Nein, er wollte leger und kumpelhaft rüberkommen. Er wollte, dass sie Vertrauen zu ihm fasste, dass sie unter der beherrschten Fassade des Kriminalbeamten den Menschen sah. Ja, genau das wollte er.

Er schlüpfte in seine rehbraunen, schmissigen Lederschuhe, die ein Hauch von Verwegenheit und Abenteuer umspielte und die, wie er fand, bestens mit seinem Sakko harmonierten, band sie und machte sich auf den Weg zu Maria.

Unterwegs in der Schlagenstraße, an einer besonders engen Stelle, kam ihm ein schon in die Jahre gekommenes älteres Paar in einem sportlichen weißen Mercedes Cabrio entgegen. Beide trugen jugendlich anmutende, weiße Baseballkappen und Sonnenbrillen. Kern fuhr rechts ran und winkte die beiden höflich vorbei.

Der Fahrer des Cabrios tippte mit dem Zeigefinger nonchalant an den Schirm seiner Kappe, dann glitt er vorbei, leise surrend wie ein Silberpfeil. An einem Blumenladen »Am Graben« in der Innenstadt blieb Kern einer plötzlichen Eingebung Folge leistend noch einmal stehen und erstand einen nicht übertrieben großen Strauß Gerbera. Er war sich nicht ganz sicher, ob Blumen in Anbetracht der Situation passend waren, Maria könnte es in Anbetracht der Umstände als geschmacklos und unangemessen empfinden. Andererseits wollte er aber auch nicht mit leeren Händen dastehen, er wollte seinen Gefühlen für sie Ausdruck verleihen, ein subtiles, aber unmissverständliches Zeichen setzen. Die besonderen Umstände verlangten besonderes Fingerspitzengefühl. Kern beschloss, intuitiv zu entscheiden, ob er Maria den Strauß aushändigen wollte oder nicht, wenn er bei ihr angekommen war.

»Sie sind wunderschön«, sagte Maria und gab ihm je einen Kuss auf beide Wangen.

Der Inspektor atmete auf, er hatte bis zum letzten Abdruck gehadert, ob er ihr die Blumen schenken sollte oder nicht. Bei der Begrüßung hatte er verlegen herumgebrabbelt, dass er sich nicht sicher gewesen sei bezüglich der Blumen, ob es passend sei, und sie möge das nicht falsch verstehen, aber er wollte ihr so gerne eine Freude machen usw. usf.

Maria hatte ihn hereingebeten und ihm einen Platz angeboten. Bevor sie sich zu ihm setzte, ordnete sie scheinbar selbstvergessen den bunten Strauß Gerbera in einer Vase an und Kern beobachtete verstohlen die grazilen, geschmeidigen Bewegungen ihres Körpers. Sie trug ausgewaschene, enge Jeans, die sie perfekt ausfüllte, und einen bordeauxroten Rollkragenpullover. Das blonde, füllige Haar war straff nach hinten gekämmt und zu einem Pferdeschwanz gebunden. Kern verschlug es den Atem und er spürte, dass er drauf und dran war, die Oberbefehlsgewalt über seine Beherrschung zu verlieren.

»Es ist passend«, sagte Maria bestimmt, nachdem sie sich zu Kern gesetzt hatte.

»Ich bin traurig, sehr traurig über den Verlust Jasmins«, sagte sie und nahm dabei seine Hand in ihre beiden. »Eine Weile glaubte ich, ohne sie nicht weiterleben zu können, nicht weiterleben zu wollen. Aber ich will weiterleben, ich spüre eine Art Pflicht in mir, weiterzuleben. Und ich glaube trotz allem fest daran, dass diese Pflicht wieder zur Freude werden kann. Nichts und niemand kann mir Jasmin zurückbringen, damit werde ich leben müssen, bis ans Ende meiner Tage. Dennoch möchte ich leben … und ich würde das gerne an deiner Seite tun.«

Loipenmord
Alpen-Krimi von Martina Thaler

Vroni Obergmainer fühlt sich gefangen im nervenden Alltagstrott von Hausarbeit, Zimmervermietung und der kräftezehrenden Betreuung ihrer betagten Tante Rosa. Um dem Stress für eine Weile zu entkommen, versucht sie ihren strapazierten Nerven beim Langlauf ein wenig Erholung zu gönnen. Während dieser sportlichen Ablenkung stolpert sie fast über eine Leiche. Nun stehen Vroni erst recht jede Menge Aufregungen und Turbulenzen ins Haus. Denn bei dem Mordopfer handelt es sich um Herrn Ruben van der Roar, einen ihrer Feriengäste.

978-3-99074165-8